LE TRÉSOR DU MAGOUNIA

A mon frère Jean Luc

ISBN 2-258-06735-9

Pascal Martin

LE TRÉSOR DU MAGOUNIA

Roman

Production Jeannine Balland
Romans Terres de France

PRESSES DE LA CITÉ

1

Un homme était en train de mourir.

D'épaisses gouttes de sueur coulaient sur son visage. Ou étaient-ce des larmes ? Ses mains étaient crispées sur son ventre, comme pour tenter de contenir la douleur qui lui fouillait les entrailles. Dans un ultime effort, il tenta de se redresser, mais ses forces l'avaient abandonné et il retomba lourdement sur sa litière. Il ne le voulait pas, mais ce fut plus fort que lui et il se mit à crier. Un long cri déchirant, dans lequel il semblait avoir mis tout ce qui lui restait de colère.

Dehors, un vent violent giflait les arbres en miaulant. Tourmenté par la fièvre, l'homme se revit enfant, au cœur de la forêt. Il devait avoir dix ans, tout au plus. Ce jour-là, il avait vu un cerf mourir, comme lui-même mourait, aujourd'hui, empoisonné par son propre sang. Il se souvint d'avoir plongé son regard dans les yeux de la bête agonisante, de lui avoir demandé pardon au nom de tous les hommes. Puis les chiens étaient arrivés, tout suants et fébriles. Le son des cors résonnait au loin. L'enfant s'était caché. Il avait entendu les clameurs triomphantes des chasseurs posant sur la dépouille, la voix de Montalembert, plus forte, plus joyeuse, plus cruelle que toutes les autres. Une bouffée de haine l'avait submergé. Et puis Montalembert était tombé de cheval. Une mauvaise chute. L'enfant avait éprouvé un plaisir intense.

Que la voix du vieux Montalembert, jadis si arrogante, ne soit plus qu'un mince filet, que son corps, autrefois si vigoureux, repose aujourd'hui sur la ferraille grinçante d'un fauteuil roulant, cela ne changeait rien aux sentiments qu'il éprouvait envers lui.

Il fit une grimace, frissonna. L'odeur déjà fétide de son propre corps, autant que le souvenir de Montalembert, lui inspirait du dégoût. Il tenta à nouveau de se redresser. Que voulait-il regarder une dernière fois par la fenêtre ? Les arbres de la forêt qu'il avait tant aimée ? Le ciel étoilé, si grand, si beau, si clair ? Ou bien son propre reflet dans le carreau ? Son cœur rompit soudain, sa tête retomba lourdement sur la paillasse et il se vida d'un coup.

C'est triste, un homme qui meurt.

Pourtant, qu'aurait dit un témoin, s'il y en avait eu un, de la mort de cet homme-là ? A coup sûr, il aurait juré sur tous les saints qu'avant de pousser son dernier soupir l'homme avait souri.

2

Au petit matin, une vieille femme drapée dans une robe noire ample et longue avait poussé la porte de la cabane. Elle s'était agenouillée au-dessus du corps de l'homme, avait posé ses lèvres sur le front glacé du cadavre. Elle était restée un long moment à murmurer à son oreille, puis, avec des gestes doux, elle l'avait dénudé, entièrement lavé et frictionné à l'eau de Cologne. Après l'avoir rhabillé de frais et embrassé une dernière fois, elle s'en était allée prévenir les gendarmes.

3

Le soleil brillait déjà haut dans le ciel lorsque les gendarmes avaient plongé le corps enveloppé d'un linceul à l'arrière d'une ambulance. Autour de la cabane, la nature, encore étourdie, séchait tranquillement comme après une grande lessive.

— Il est mort par un soir d'orage, murmura le curé.

— Ouais, soupira Macabiau.

Le curé était planté près de la fenêtre, Macabiau assis à la table. Ni l'un ni l'autre ne semblait se résoudre à quitter la cabane. Qu'est-ce qui les retenait dans les lieux ? Le curé ne parvenait pas à détacher son regard de l'assiette posée sur la margelle. Elle était encore pleine de champignons. Des amanites. Les gendarmes avaient effectué des prélèvements.

— Cesse de te torturer, curé ! lança Macabiau. Le Magounia s'est suicidé, voilà tout.

— Je ne parviens pas à y croire.

— Il s'est fait frire une ventrée d'amanites et il en

a bouffé la moitié. Personne mieux que lui ne connaissait les champignons. Ce type voulait mourir, curé, c'est clair comme de l'eau de roche.

Le curé agita la tête. Macabiau frappa nerveusement du plat de la main sur le bois de la table.

— Tu m'énerves, curé ! Pourquoi nier l'évidence ? Le Magounia s'est suicidé, que tu le veuilles ou non.

— Voilà Montalembert, soupira le curé, comme soulagé.

Macabiau souleva sa lourde carcasse pour s'approcher de la fenêtre. Un homme s'avançait vers l'entrée de la cabane.

— Qu'est-ce qu'il vient foutre ici, celui-là ?

— La même chose que nous, je suppose. Essayer de comprendre.

Macabiau pinça ses narines et battit en retraite. Le curé était atteint par une maladie du larynx, une sorte de putréfaction maligne, et son haleine dégageait une odeur pestilentielle. Il reprit sa place à la table.

— Tu es le curé, je suis le maire. Nous c'est normal, mais lui ?

— Souviens-toi que c'est son père qui était maire à l'époque où le Magounia a été recueilli.

Montalembert poussa la porte de la cabane.

— Qu'est-ce que j'apprends ? Le Magounia est mort ?

— Il a bouffé une ventrée d'amanites, mais le curé refuse d'admettre qu'il s'est suicidé ! lança Macabiau.

— On ne sait pas, murmura le curé.

— Tu refuses de l'admettre parce que sitôt sorti de son panier tu as commencé à lui donner de la religion.

— Mais non.

— Mais si ! Tu lui as farci le crâne. Il savait faire son signe de croix avant même de savoir marcher !

— Croyez-vous que ce soit le moment et le lieu pour se quereller ? demanda Montalembert.

Il était grand, mince, vêtu d'un costume en velours taillé sur mesure, et son visage d'aigle faisait curieusement contraste avec les traits ronds et massifs de Macabiau.

— Ça l'emmerde que son ancien enfant de chœur se soit suicidé, voilà tout ! lança Macabiau en faisant claquer ses bretelles.

— Il aimait trop la vie ! rétorqua le curé.

— Qu'est-ce qui a bien pu se passer ? demanda Montalembert, s'interrogeant autant lui-même qu'il interrogeait les autres.

Il y eut un long silence.

— C'était un enfant abandonné, finit par murmurer le curé.

— Certains lui ont fait beaucoup de mal, ajouta Macabiau en toisant Montalembert.

— Je ne vous le fais pas dire, répliqua sèchement Montalembert.

Les deux hommes se faisaient face, se jaugeant, comme deux coqs de combat prêts à se ruer l'un sur l'autre.

— Vous n'allez pas remettre ça ! soupira le curé d'un air las. Pas ici, pas maintenant !

Il y eut à nouveau un long silence. Puis un sourire vint soudain fleurir sur le visage de Macabiau.

— C'est pourtant vrai, qu'il aimait la vie.

Montalembert sourit à son tour.

— La forêt, le grand air, la liberté...

— Et le cul des femmes aussi.

Montalembert pouffa.

— Oui, c'est vrai.

Le curé poussa un profond soupir.

— Croyez-vous vraiment que ce soit le genre de conversation qui...

— Oh ça va, curé ! Tout le monde au village connaissait la réputation du Magounia. Il a sauté toutes les veuves du canton, et pas seulement les veuves, d'ailleurs. Sa cabane, c'était pas un quatre-étoiles, mais on raconte qu'elles se battaient pour y venir la nuit et même de jour.

— C'est pourtant vrai, souffla Montalembert.

— Tiens, une fois, je me souviens quand on était mômes, on a suivi... bon, inutile que je dise qui, curé, c'est une de tes bonnes paroissiennes... La dame faisait semblant de cueillir des champignons...

Le curé tourna son regard vers la fenêtre. Mais il ne perdait pas une miette du récit de Macabiau.

— Ce qui nous avait intrigués, c'est qu'elle tournait comme un papillon autour de la cabane. Elle ne s'en éloignait jamais de plus de deux cents mètres. Le Magounia avait repéré son manège. A un moment, il était sorti. Nous, on était planqués derrière la futaie, là-bas, près des bouleaux, tu vois, curé ?

Le curé hocha la tête.

— On n'entendait pas ce qu'ils se disaient, mais on devinait.

Macabiau prit soudain une voix grave et timbrée :

— « Vous cherchez des champignons, madame ? »

Il prit une voix de flûte :

— « Oui. »

Voix grave :

— « Il faudrait vous enfoncer plus loin dans la forêt. »

Voix de flûte :

— « Je sais, mais je suis si fatiguée. »

Grave :

— « Permettez que je vous offre un verre d'eau fraîche. J'en ai tiré au puits ce matin. »

Flûte :

— « Vous êtes très aimable. C'est vrai, je meurs de soif. »

Macabiau tendit son bras comme s'il invitait la femme à entrer dans la maison puis il frappa la table du plat de la main en éclatant de rire.

— Un quart d'heure plus tard, sans exagérer, curé, un quart d'heure plus tard on les entendait râler tous les deux.

— C'est vrai que c'était un sacré gaillard, approuva Montalembert.

Loin de s'offusquer, le curé, toujours planté à la fenêtre, souriait.

— Qu'est-ce qui te fait sourire, curé ? demanda Macabiau.

— Je connais cette histoire.

— Comment ça ? Qui te l'a racontée ?

— La paroissienne dont tu parles est venue se confesser le lendemain.

Macabiau eut une moue de dépit.

— Bon Dieu, c'est bien les bigotes, ça ! Non contentes de se faire sauter en douce, en plus elles vont tout raconter le lendemain !

— Ne blasphème pas, Macabiau ! soupira le curé.

Macabiau eut un ricanement moqueur.

— Et... vous n'avez rien trouvé ? demanda soudain Montalembert d'une voix faussement détachée.

— Rien ! strictement rien ! répondit Macabiau comme s'il s'attendait à la question.

— Généralement, quand un homme décide de se donner la mort, il laisse un mot, une lettre...

— Rien ! affirma de nouveau Macabiau. J'ai retourné toute la maison. J'ai tout passé au peigne fin.

Comme par dépit, Macabiau renversa brusquement un grand pot en étain dont le fond était tapissé de brindilles et de terre séchée et le secoua comme un prunier.

— Il n'y a guère que là-dedans que...

Au bout d'un temps, intrigué par le silence qui s'était soudainement installé dans la cabane, le curé se retourna.

Macabiau et Montalembert, éberlués, tenaient

chacun entre leurs mains une liasse de feuilles parcheminées, jaunies par le temps.

— Qu'est-ce que c'est ? demanda le curé en s'approchant. Qu'est-ce que vous regardez tous deux comme ça avec la mine du diable ?

— C'était au fond du pot.

— C'est quoi ?

— On dirait... des titres, murmura Montalembert.

— Des quoi ?

— Des titres, des bons au porteur, souffla Macabiau.

— Qu'est-ce que vous racontez ?

Le curé se pencha à son tour pour ramasser une liasse tombée à terre. Il s'approcha de la fenêtre pour étudier les papiers à la lumière du jour. Macabiau, les yeux soudain fiévreux, vint près de lui.

— Bon Dieu, curé, souffla-t-il dans son cou, regarde ça ! Regarde bien ! Ils ont l'air authentiques.

— Impossible.

— Il y en a pour une véritable fortune, chuchota Montalembert.

— Vous avez trouvé quelque chose ?

Les trois hommes sursautèrent. Un gendarme se tenait sur le pas de la porte. Ni Macabiau, ni le curé, ni Montalembert ne l'avaient entendu arriver.

4

En gare de Clérac, l'autorail s'immobilisa dans un dernier crissement et Saint-Sauveur descendit du train. Alors que les autres voyageurs désertaient le quai, il demeura immobile face à la machine, comme si la masse de ferraille était une sorte de fiancée dont il avait du mal à se séparer. A l'autre bout du quai, le contrôleur agita un drapeau. Alors que l'autorail s'élançait à nouveau, Saint-Sauveur récita pour lui-même : « Picasso X 3800. Mise en service : 1950. Type : autorail à deux bogies. Longueur : 21,85 mètres. Poids total : 32 tonnes. Puissance : 300 chevaux. Vitesse maximale : 120 kilomètres/heure. Nombre d'exemplaires construits : 251. »

La machine allait disparaître au bout de la courbe lorsque le conducteur actionna la trompe et Saint-Sauveur répondit en agitant sa main comme si le message lui était adressé. Puis il ajusta son sac à dos, saisit la poignée de son étui et se dirigea vers la sortie.

Il aperçut un hôtel qui faisait l'angle de la place, l'hôtel de la Gare. Il nota avec plaisir que la bâtisse était ancienne, solidement plantée en terre et tapissée de vigne vierge. Et également que la terrasse sous la tonnelle était ombragée, calme et coquette, et qu'une batterie de fenêtres, aux deux étages, donnait directement sur la voie ferrée.

Il poussa la porte. L'endroit sentait la pierre humide et le suint de cheminée.

— Bonjour, monsieur.

Le patron de l'hôtel était un homme grand au visage peu aimable et aux gestes lents.

— Vous avez une chambre ?

Le patron laissa glisser un doigt machinal sur ses registres.

— J'en voudrais une qui donne sur la voie ferrée.

Le patron fronça les sourcils.

— J'aime entendre les trains, surtout la nuit. C'est bien la ligne du TGV Paris-Bordeaux, n'est-ce pas ?

— Oui.

Saint-Sauveur poussa un gloussement de plaisir et le patron eut un sourire amusé.

— C'est vrai que c'est agréable d'entendre les trains la nuit, murmura-t-il. Moi, ça ne m'a jamais gêné, mais il faut bien reconnaître que généralement les clients me demandent une chambre sur cour.

— Les gens ne savent plus goûter les bonnes choses.

De nouveau, le patron eut un sourire.

— Vous êtes ici pour affaires ?

— Je parcours le pays.

— Ah !

Le patron hocha la tête.

— Je vous donne la 8, au premier étage, dit il en faisant claquer la clef sur le comptoir. Si vous laissez la fenêtre ouverte, vous aurez l'impression que le TGV vous passe sur le ventre. Ça ira ?

— Formidable ! C'est le canard du coin ?

Saint-Sauveur désignait un journal posé sur le comptoir dont la une était entièrement barrée par un titre imposant : LE CLOCHARD ÉTAIT PLUS RICHE QUE CRÉSUS.

— Je peux vous l'emprunter ?

— Bien sûr. Il était d'ici, lança fièrement le patron en désignant la photo. Le dîner est à huit heures, ajouta-t-il alors que Saint-Sauveur grimpait l'escalier.

La chambre était petite et douillette. Il y traînait un léger parfum de lavande. Saint-Sauveur s'allongea sur le lit et déploya le journal. Le baveux n'était pas à court de superlatifs pour rapporter l'histoire extraordinaire du Magounia. Il racontait comment le curé du village l'avait trouvé, un beau matin. Niché au creux d'un panier, emmailloté dans un linge, abandonné sur le parvis de l'église. L'enfant devait avoir à peine trois semaines. On avait retrouvé un billet : « Prenez soin de lui. » Les habitants du village avaient suivi la consigne. Le Magounia avait été élevé comme un vrai petit républicain, entre le curé, le maire et l'institutrice. Les gens de Clérac conservaient le souvenir d'un enfant gentil, mais renfermé. « Il préférait la compagnie des bêtes à celle des hommes, écrivait le journaliste. Au fil du temps, il s'était marginalisé et avait choisi de vivre au cœur de la forêt plutôt que de s'intégrer. »

Saint-Sauveur eut un petit sourire. Certains mots, portés par une sorte de mode, s'ancrent dans les esprits. On finit par les employer par réflexe, comme des clés. Pourtant, ils recèlent souvent plus de mystère qu'ils n'apportent de lumière.

A la fin de l'article, le plumitif posait une foule de questions : « Comment un tel homme a-t-il pu vivre ainsi couché dans la fange et s'accommoder d'un destin misérable alors qu'à portée de main, caché au fond d'un pot d'étain, il possédait assez d'argent pour se payer les plus fastueux palaces de la planète ? Pourquoi s'est-il donné la mort alors qu'une vie de rêve lui tendait les bras ? D'où tenait-il tout cet argent ? Le clochard avait-il conscience de ce que représentaient les bons qui croupissaient au fond de son pot ? »

Sans fournir aucune réponse, le journaliste concluait son papier en indiquant qu'en l'absence d'ayants droit l'argent du clochard revenait à l'Etat.

5

A vingt heures précises, Saint-Sauveur descendit pour dîner. La salle du restaurant était déserte, à l'exception d'un groupe qui occupait une table près de la cheminée. Saint-Sauveur les salua machinalement.

C'est seulement une fois installé qu'il remarqua la femme. Elle était de type asiatique, des yeux noirs, profonds, taillés en amande, une bouche large et charnue, un nez fin bien que légèrement épaté. Exactement le genre de femme qui plaisait à Saint-Sauveur. L'avait-elle senti ? Elle lui souriait, cherchant son regard qui se dérobait.

Elle était en compagnie de trois hommes. Saint-Sauveur nota immédiatement la caméra qui reposait aux pieds de l'un d'eux, un bellâtre vêtu d'une saharienne pleine de poches et parlant haut et fort. Il croyait dur comme fer que le clochard avait dû ramasser les bons du trésor quelque part dans la forêt pour se torcher le cul avec.

— Tu ne me feras pas croire qu'il savait ce que

cela représentait. Je ne connais pas un homme qui continuerait à vivre dans une cabane pourrie alors qu'il a les moyens de se taper la cloche !

— Va savoir, protesta mollement celui qui lui faisait face, un homme aux traits torturés qui regardait son verre de haut.

La conversation ne semblait pas passionner la jeune femme. Elle avait même l'air de s'ennuyer ferme. Etait-ce devenu un jeu ? Une distraction ? Elle ne quittait plus Saint-Sauveur des yeux, amusée par son trouble. Lui ne faisait qu'effleurer son regard, comme effrayé par ces fentes mystérieuses où brillaient deux pointes noires, vaguement moqueuses.

Pourquoi avait-il toujours cette impression que certaines femmes, particulièrement les Asiatiques, devinaient tout de lui au premier regard ?

Brusquement, la jeune femme se leva et se dirigea vers lui. Saint-Sauveur plongea immédiatement le nez dans son assiette. Elle passa près de lui en le frôlant et Saint-Sauveur aurait juré entendre une sorte de gloussement moqueur. Il avait eu le temps d'enregistrer sa silhouette. Elle était fine, élancée. Une démarche souple et chaloupée, gracieuse. Elle disparut un court instant au fond de la salle. Lorsqu'elle revint, les mains encore humides, Saint-Sauveur eut tout loisir de regarder son dos. Elle était vêtue d'un pantalon en soie noire qui moulait ses fesses, longilignes et charnues à la fois. A chaque pas, le tissu fin frémissait avec la chair. Il sembla à Saint-Sauveur qu'en passant à sa hauteur elle avait accentué le balancement de ses hanches. Lorsqu'elle se retourna pour s'asseoir, Saint-Sauveur se décida à soutenir son regard.

Elle lui adressa un large sourire en inclinant la tête. Il répondit timidement.

La patronne, une petite femme blonde, boulotte et affable, vint prendre sa commande. Saint-Sauveur se décida pour une entrecôte aux échalotes et une bouteille de vin de pays.

— Joignez-vous à nous, au lieu de rester tout seul !

Saint-Sauveur redressa la tête.

— C'est à moi que vous parlez ?

La Chinoise éclata de rire.

— A qui d'autre ?

Elle désignait la salle déserte. Saint-Sauveur eut le sentiment désagréable qu'elle se foutait de lui. De sa timidité. De son incapacité à soutenir le regard d'une femme. Il lui en voulut.

— Vous préférez dîner seul ?

— Non.

— Alors joignez-vous à nous.

Il se leva.

— Je ne vous dérange pas ?

Saint-Sauveur s'était adressé à tous, mais la jeune femme ne laissa pas à ses compagnons le soin de répondre.

— Asseyez-vous !

Elle lui parlait avec un mélange de douceur et de fermeté, et de nouveau Saint-Sauveur en fut irrité. Pour qui se prenait-elle, cette fille ?

— Vous êtes journaliste ? demanda-t-elle.

— Non.

— Flic ?

— Pas plus !

— Vous êtes de la région ?

— Non.

Elle parut intriguée.

— Qu'est-ce que vous faites ici, alors ?

— Je parcours le pays.

— Ah !

— Et vous ?

De nouveau, il s'adressait à tous.

— Vous êtes une équipe de télévision, n'est-ce pas ?

— On est venus couvrir l'affaire du clochard, répondit le cameraman. Vous en avez entendu parler ?

— Oui, bien sûr, répondit Saint-Sauveur.

— Qu'est-ce qui vous fait sourire ? demanda la fille.

— L'expression.

— Quelle expression ?

Saint-Sauveur s'adressa au cameraman :

— Vous avez bien dit : « On est venus couvrir l'affaire du clochard » ?

— Et alors ?

— Vous ne devriez pas plutôt dire « découvrir » ?

— C'est vrai, ça ! approuva la Chinoise. Pourquoi on dit « couvrir » plutôt que « découvrir » ?

Le cameraman fronça les sourcils et haussa les épaules.

La conversation se mit à rouler sur « l'affaire du clochard ». Pour le cameraman, les choses étaient limpides. Le Magounia était un simple d'esprit qui avait trouvé par hasard, dans la forêt ou ailleurs, une liasse de bons au porteur. Qu'il sache lire ou pas importait peu.

— Pourquoi ? demanda Saint-Sauveur.

— Parce qu'on ne lit pas les papiers avec lesquels on se torche le cul, asséna le cameraman, qui tenait à son idée.

— Quand tu penses que tout ce fric va revenir à l'Etat, murmura l'homme aux traits torturés en vidant son verre.

— Vous êtes le journaliste ? demanda Saint-Sauveur.

— Oui.

— Et vous ? demanda-t-il à la jeune femme.

— Moi ? Je prends le son.

— Et vous le rendez ?

Elle éclata de rire.

— Je m'y efforce.

Le cameraman affirma qu'il conservait une copie de toutes les images qu'il avait tournées.

— Pourquoi ? demanda Saint-Sauveur.

— Elles sont un témoignage de l'histoire, répondit-il pompeusement.

— L'histoire des hommes est si complexe...

— Justement ! laissa tomber le cameraman.

Saint-Sauveur sourit à son tour. A ses yeux, rien n'était plus complexe que la vérité et plus trompeur qu'une image. La Chinoise l'avait-elle deviné ?

Cachée derrière ses paupières bridées, elle observait Saint-Sauveur. Il avait le sentiment qu'elle fouillait en lui et il était troublé.

— Et vous ? demanda-t-elle, vous faites quoi ?

— Je voyage.

— Mais encore ?

— Je parcours le monde.

— C'est vague ! fit-elle remarquer d'une voix acide. Vous ne voulez pas en dire plus ?

Il regarda la jeune femme. Qu'aurait-elle voulu qu'il lui réponde ? Que, deux jours avant de poser les pieds sur le quai de la gare de Clérac, il se trouvait dans la fournaise surpeuplée de Surabaya, en Indonésie ? Qu'il aimait se fondre dans la foultitude de l'Asie pour mieux s'y perdre ? Que, là-bas, il passait ses jours à étudier de nouvelles implantations dans les rizeries et que cela le passionnait ? Qu'il passait ses nuits dans les bordels de la ville avec des filles en tous points pareilles à elle, mais beaucoup moins curieuses ?

Et quoi encore ?

Que les femmes l'effrayaient tant qu'il préférait les payer plutôt que les séduire ? Qu'il avait suffi d'un simple coup de téléphone – trente secondes ! Un ordre ? – pour qu'il abandonne tout et saute dans le premier avion ?

Est-ce cela qu'elle aurait voulu qu'il lui réponde ?

Il y avait de quoi y passer la nuit.

Il préféra se lancer dans un long développement sur les bienfaits des voyages et particulièrement sur ceux de la SNCF. Les trois hommes l'écoutaient poliment en hochant la tête, mais la jeune femme semblait contrariée. Elle se leva brusquement et déclara qu'elle était fatiguée, qu'elle montait se coucher. Ses collègues la saluèrent d'un « Salut, Sony ».

— Sony, c'est votre vrai nom ? demanda Saint-Sauveur en tendant sa main.

Elle adressa à Saint-Sauveur un sourire crispé.

— Pourquoi est-ce que je répondrais aux questions que vous me posez alors que vous refusez de répondre aux questions qu'on vous pose ?

A son tour, elle tendit sa main.

Alors qu'il la tenait dans la sienne, alors qu'il sentait sous ses doigts le grain de sa peau, Saint-Sauveur ressentit une bouffée de désir intense.

Il abandonna sa main. Elle laissa ses doigts glisser le long des siens.

Dix minutes plus tard, Saint-Sauveur monta également se coucher. La conversation des trois hommes le barbait.

Allongé sur son lit, il songeait à Sony – qu'est-ce qu'il aimait le plus en elle ? son regard, sa voix, son cul, ses doigts ? – lorsqu'il lui sembla entendre un bruit à la fenêtre, comme un caillou qu'on aurait lancé sur la vitre. Avait-il rêvé ? A nouveau, un gravier vint frapper le carreau. Il se leva et regarda dehors. La rue était déserte. Il allait regagner son lit lorsqu'il aperçut au loin deux taches blanches qui trouaient la nuit. Il ouvrit la fenêtre pour profiter pleinement du passage du TGV.

Comment ne pas aimer ces flèches intrépides, si

vives, si puissantes ? Comment ne pas goûter ces instants où les monstres d'acier déferlent près de vous, vous laissant comme suspendu dans le vide, étourdi, presque hagard ? Comment, l'instant d'après, ne pas regretter tous ces rêves d'aventures engloutis dans les tourbillons et les vapeurs de ballast ?

Il attendit, ému, que les vibrations soient complètement éteintes avant de refermer la fenêtre et de regagner son lit. Il allait se coucher lorsque, à nouveau, un petit caillou vint frapper le carreau. Il glissa vers le mur du fond, attendit qu'un nouveau projectile frappe la vitre et se rua à la fenêtre. Il eut juste le temps d'apercevoir une ombre qui se fondait au cœur de la nuit. Il ouvrit la fenêtre et lança d'une voix forte :

— Qui êtes-vous ? Que voulez-vous ?

Personne ne répondit. Une chose était sûre : Sony n'avait rien à voir là-dedans. Saint-Sauveur avait eu le temps d'apercevoir la silhouette d'une vieille femme vêtue de noir. Pourquoi était-elle venue jeter des cailloux contre son carreau ?

Il n'avait plus envie de dormir. Il saisit la poignée de son étui et sortit de sa chambre. La salle du restaurant était vide, seulement occupée par le patron qui était en train de regarder Ardisson à la télévision. Il eut une moue sceptique lorsque Saint-Sauveur lui demanda la clé de la porte d'entrée.

— Je risque de rentrer tard. Vous serez couché, expliqua Saint-Sauveur.

Il sortit et longea la voie ferrée. La nuit était noire,

opaque, une nuit sans lune. Après vingt minutes de marche, il trouva ce qu'il cherchait : un pont.

D'une ballastière s'échappait le bras d'une rivière, dont on devinait les eaux, calmes, au loin. Sous le pont, un passage étroit reliait les deux côtés de la voie ferrée. Les lieux étaient parfaitement déserts, juste habités par le clapotis lugubre de l'eau qui résonnait sous la voûte de pierre. Un endroit idéal pour une conversation discrète.

Il déposa son étui et l'ouvrit. Il emboucha le saxophone et fit quelques essais. Le son rebondissait sur la pierre, enveloppait la voûte et s'échappait en résonances pures sur les côtés. Ce soir-là, Saint-Sauveur improvisa sur *It Could Have Been So Beautiful*, un thème langoureux des Lounge Lizards, un groupe de jazz qu'il avait côtoyé à New York. Saint-Sauveur appréciait beaucoup les façons de John Lurie, le saxo alto. Il joua longtemps, en songeant à Sony. Personne ne vint troubler son concert. Il aurait pourtant juré qu'on l'avait suivi. Mais peut-être que la vieille femme n'appréciait pas la musique.

6

Le lendemain matin, Saint-Sauveur s'apprêtait à pénétrer dans la salle de restaurant pour prendre son petit déjeuner, lorsque le patron s'adressa à lui :

— On a laissé un mot pour vous.

Il lui tendit une feuille pliée en quatre. « Je vous ferai signe. Sony. »

— Ils sont partis ce matin ? demanda Saint-Sauveur.

— Oui, de très bonne heure. Vous prenez du café ?

Saint-Sauveur prit son petit déjeuner en lisant le journal. L'affaire du clochard n'occupait plus que quelques lignes. Rien de nouveau. Il se rendit à la gare et prit un billet pour Bordeaux. Il voyagea à bord d'une X 2400. « Mise en service : 1951. Longueur : 27,73 mètres. Puissance : 600 à 640 chevaux. Poids : 43 tonnes. Vitesse maximale : 120 kilomètres/heure. Nombre d'exemplaires construits : 79. »

Le trésor du Magounia

A Bordeaux, Saint-Sauveur apprit que son autorail stationnerait une heure à la gare Saint-Jean avant de reprendre son chemin vers la pointe de Grave. Il prit un billet pour Soulac et sortit se fondre dans la grande ville en attendant le départ. Deux heures plus tard, il était sur la plage, face à la mer. Saint-Sauveur appréciait les grandes plages de l'Atlantique, il aimait y passer de longues heures, le visage giflé par les embruns. Il éprouvait alors très fort le sentiment du temps qui passe et de l'histoire des hommes, pareille aux vagues, qui sont toujours semblables mais jamais parfaitement identiques.

7

La première série de lettres anonymes arriva dès le lendemain à Clérac. Postées la veille depuis Bordeaux, elles avaient été adressées à de nombreuses personnes, avec un contenu parfaitement identique. Trois phrases, tapées sur ordinateur en Times New Roman, corps 14, imprimées sur feuille de papier machine. Un texte à la fois simple, étrange et inquiétant.

On le croyait pauvre, et pourtant le Magounia était riche.

Ceux qui lui ont fait le plus de mal vont vouloir récupérer son argent. Ils n'en profiteront pas !

8

Saint-Sauveur était installé au comptoir du bar de l'hôtel lorsque Macabiau et le curé firent irruption. Macabiau semblait très agité.

— Mets-moi une côte, ordonna-t-il au patron.

— Je vous sers quelque chose, monsieur le curé ?

— La même chose, souffla le curé, comme à regret.

— Tu l'as reçue, toi aussi ? demanda Macabiau en agitant une feuille sous le nez du patron.

— Oui, je l'ai reçue.

Le patron désigna Saint-Sauveur.

— J'en parlais justement avec monsieur.

Au moment de l'arrivée des deux hommes, le patron était effectivement en train de raconter à Saint-Sauveur que le village était sens dessus dessous à cause d'une lettre anonyme que beaucoup avaient reçue, à propos de l'histoire du clochard.

— Vous avez reçu cette lettre, vous aussi ? interrogea Macabiau, surpris.

— Non ! répondit simplement Saint-Sauveur.

— Ah ! lâcha Macabiau, rassuré. Je me disais aussi, vous n'êtes pas du village. Vous êtes journaliste ?

— Non.

— Vous faites quoi par ici alors ?

— Je suis de passage.

Dès lors, Macabiau sembla se désintéresser complètement de la présence du visiteur. Il saisit le ballon de côte et avala son contenu d'un trait.

— Bordel, ça fait du bien, soupira-t-il en faisant claquer ses bretelles. Mets-moi la petite sœur !

— Qu'est-ce que les gens disent ? demanda le patron en remplissant à nouveau le verre.

— Tu sais comment sont les gens, ils parlent, ils parlent, ils blablatent. Ils disent n'importe quoi. C'est pourtant simple : personne ne profitera du fric vu que le Magounia n'a pas d'héritier.

— Certains disent qu'il ne s'est pas suicidé, ajouta le patron en jetant un œil en coin vers le curé.

— Et voilà ! tonna Macabiau en prenant le curé à partie. Tu vois où ça mène ?

— Je me pose des questions, se défendit le curé.

— C'est exactement ce que cherche l'auteur de ce torchon. Semer le doute, jeter la suspicion...

— Il s'est vraiment suicidé ? demanda le patron. On en est sûr ?

— Bien sûr, qu'il s'est suicidé ! Tu imagines le Magounia prendre des amanites pour des trompe-la-mort ? De toute façon, j'ai demandé une autopsie. Bernard doit m'apporter les résultats dans la matinée. Bon Dieu, quand j'y pense... ajouta Macabiau, soudain rêveur.

— Quand tu penses à quoi ? demanda le curé.

— A Bernard, tiens ! Rappelle-toi ! On était avec Montalembert dans la cabane. Je retourne le pot et vlan !... Une liasse de bons anonymes qui tombent du ciel.

— Et alors ?

— Et alors ? Si Bernard ne pointe pas son nez à ce moment-là, on ne dit rien à personne et on empoche le magot. Ni vu, ni connu ! Tu fais refaire le toit de ton église et moi je me bâtis une nouvelle mairie.

— Et Montalembert ?

— Montalembert ? Euh... On l'expédie aux Bahamas !

Le patron éclata de rire.

— Au lieu de ça, poursuivit Macabiau, un sale corbeau balance des foutaises dans toutes les boîtes aux lettres du village. Je voudrais bien savoir ce qu'il a derrière la tête, ce petit malin. En attendant, tous les fouille-merdes du coin vont revenir racler nos poubelles. On avait bien besoin de ça... !

Soudain, comme si l'évocation des journalistes avait rendu Saint-Sauveur à la vie, Macabiau sembla de nouveau se soucier de sa présence.

— Vous êtes de passage ici, dites-vous ? demanda-t-il, soudain suspicieux.

— Oui.

— C'est indiscret de vous demander ce que vous faites ?

— Je visite la région.

— Ah !

Macabiau plissa les yeux. Il y eut un silence. Un début de malaise. Macabiau attendait qu'il en dise plus, mais Saint-Sauveur conserva le silence.

— Monsieur le maire, j'ai le rapport d'autopsie !

Bernard, le gendarme, venait d'entrer dans la pièce.

— Donne ça !

Macabiau arracha presque l'enveloppe des mains du gendarme et l'ouvrit sur-le-champ.

— Tu bois quelque chose, Bernard ? demanda le patron alors que Macabiau prenait connaissance du rapport du médecin légiste.

— Je suis en service.

— Allez, allez, une petite côte.

— Juste une, alors.

Le patron était en train de servir lorsque Macabiau, soudain pâle, replia la lettre.

— Alors ? demanda le curé.

— C'est bien ça ! Ingestion d'amanites. Mort par empoisonnement. Il n'y a pas de mystère !

— Tu es tout pâle ! Il y a autre chose ? demanda le curé.

— Je t'en parlerai plus tard, laissa tomber Macabiau en repliant la lettre.

Il s'adressa au gendarme et au patron de l'hôtel :

— Je peux vous dire un mot en privé ?

Il les entraîna dans la salle de restaurant attenante, déserte à cette heure. Saint-Sauveur se retrouva seul face au curé.

— Alors, comme ça, vous visitez la région ?

— Oui.

— Seul ?

— Oui.

— Notre village doit vous sembler bien agité. Cette histoire est...

Le curé semblait ne pas trouver le mot.

— Etrange ? suggéra Saint-Sauveur.

— Plus que cela.

— Mystérieuse, alors ?

— Oui, c'est cela... mystérieuse.

— Vous pensez réellement que le Magounia ne s'est pas suicidé ?

— Je ne sais...

— Tu viens, l'abbé ! coupa Macabiau en sortant de la salle de restaurant après avoir jeté un œil noir à Saint-Sauveur.

— Euh... Ne manquez pas d'aller voir l'abbaye d'Aubeterre. Elle est superbe, glissa le curé.

— Je comptais justement m'y rendre dans l'après-midi.

Le curé inclina la tête.

— Je t'attends, curé ! tonna Macabiau.

— A bientôt... monsieur ?

— Saint-Sauveur.

— A très bientôt, monsieur Saint-Sauveur, murmura le curé.

Le patron avait repris sa place derrière son comptoir. Il essuyait silencieusement ses verres en observant Saint-Sauveur du coin de l'œil. Exactement comme on surveille un suspect.

9

Le regard de Saint-Sauveur glissait doucement sur les pierres comme s'il les caressait. Il paraissait à la fois fasciné et recueilli. Le sol de l'église monolithe était presque entièrement tapissé de sarcophages creusés à même la roche. Combien d'hommes et de femmes avaient été enterrés dans l'abbaye en couches successives, tels des sédiments de l'histoire, les corps succédant aux corps, les os aux os ? Saint-Sauveur frissonna. Il avait beau savoir qu'il s'agissait de l'odeur de la craie, il éprouvait la sensation de respirer le parfum âcre et morbide de la mort.

Il se dirigea vers la crypte. Il était parvenu à l'entrée lorsqu'il entendit une voix murmurer à son oreille :

— Savez-vous comment on a découvert cette crypte ?

L'haleine fétide du curé mêlée à l'odeur de la craie souleva le cœur de Saint-Sauveur, mais il n'en laissa rien paraître.

— Oui. Un camion trop chargé circulait devant l'église lorsque la chaussée s'est effondrée. C'est comme cela qu'on a découvert qu'il existait une crypte sous l'église. C'était en 1961, si mes souvenirs sont bons.

— Ils le sont. Vous êtes très cultivé, monsieur Saint-Sauveur.

— On dit que les voyages forment la jeunesse, monsieur l'abbé.

Le curé eut un sourire et il invita Saint-Sauveur à pénétrer plus avant dans la salle.

— L'église monolithe d'Aubeterre a été construite entre le neuvième et le douzième siècle, récita-t-il à la manière d'un guide.

— C'est la plus grande de France, non ?

— Exact.

Tous deux murmuraient et leurs voix étouffées se perdaient sous la voûte, mêlées aux chuchotements des autres visiteurs. Le curé raconta tout ce qu'il savait de l'histoire de l'abbaye, puis il fit une pause. Saint-Sauveur en profita :

— Si j'ai bien compris, vous souhaitiez me parler seul à seul, monsieur le curé.

Le curé se gratta la gorge.

— Oui.

— Pourquoi moi ?

Le curé se contenta d'un sourire énigmatique.

— Bien ! acquiesça Saint-Sauveur. De quoi est-ce que vous souhaitez me parler ?

— Cette affaire...

— Ce mystère...

— Oui.
— Dites-moi ce qui vous tracasse.
— Il y a tant de choses...
Saint-Sauveur hocha la tête.
— De quoi est mort le clochard ?
— C'était bien un suicide. Le Magounia est bien mort empoisonné par des amanites, mais il y avait autre chose. Il était atteint d'une maladie très grave, incurable.
— Laquelle ?
— Macabiau m'a dit qu'il s'agissait d'une sorte de cancer très rare.
— Le Magounia était très malade, et vous, son curé, vous ne vous étiez rendu compte de rien ?
— De rien !
— Lorsqu'il était jeune, le Magounia était votre enfant de chœur, n'est-ce pas ?
— Comment savez-vous cela ? demanda brutalement le curé.
— C'était écrit dans le journal, monsieur l'abbé.
Le curé hocha la tête.
— Oui c'est vrai, pardonnez-moi.
— Vous étiez resté proche de lui ?
Le curé baissa la tête.
— Récemment, le Magounia avait changé. Il était devenu... sombre, renfermé. Il ne parlait plus à personne. Sans doute la maladie... J'ai pensé qu'il faisait une sorte de dépression.
— Avait-il vu un médecin ?
— Je l'ignore.
— Il devait se sentir bien seul.

— C'est la vie qu'il avait choisie.

— L'avait-il vraiment choisie ?

Le curé ne répondit pas.

— Vous avez raison, fit remarquer Saint-Sauveur. Qui peut dire qu'il a vraiment choisi sa vie ? A part les curés, peut-être ?

Le curé leva les yeux au ciel avec, à nouveau, un petit sourire énigmatique.

— La seule personne avec qui le Magounia a toujours gardé le contact, c'est la Chouette.

— Qui est la Chouette ?

— Oh, une vieille folle.

— Habillée en noir ?

— Vous la connaissez ? Vous lui avez parlé ?

— Non. Je l'ai juste aperçue.

— Ah !

Saint-Sauveur eut le sentiment que le curé était rassuré.

— Pourquoi l'appelle-t-on la Chouette ?

— Parce qu'elle ne sort que la nuit.

— Et pourquoi ne sort-elle que la nuit ?

— Parce qu'elle a honte.

— Et de quoi ? demanda Saint-Sauveur avec un brin d'irritation dans la voix.

— Oh, c'est une longue histoire.

— Je vous écoute. Je suis là pour ça, non ?

De nouveau, le curé se gratta la gorge.

— Jadis, la Chouette était une enfant gaie, juste un peu simplette. La guerre est arrivée. Elle était toute jeune fille. Pas farouche et… elle ne faisait pas vraiment la différence entre les uniformes, vous voyez ce que je veux dire ?

— Oui.

— Lorsque les Allemands ont fui, Macabiau lui a tondu le crâne et l'a promenée en chemise blanche dans tout le village.

— Macabiau ? Le maire ? demanda Saint-Sauveur, incrédule.

— Son père ! Il était le chef de la résistance. La Chouette, enfin... Marie, c'est son prénom, a été très choquée que toutes les femmes du village viennent lui cracher à la figure. Elle ne comprenait pas pourquoi. Elle ne s'en est jamais remise. Elle a commencé à avoir honte d'elle-même. Elle s'est réfugiée dans le silence, claquemurée derrière sa porte. Elle s'est mise à ne plus sortir que la nuit.

Le curé fut interrompu par les rires de deux enfants qui, ayant échappé à la surveillance de leurs parents, jouaient à saute-mouton entre les tombeaux.

— Sshhh ! ordonna le curé en plaçant son doigt sur sa bouche.

— Ils n'ont aucune idée de la mort, murmura Saint-Sauveur pour excuser les deux bambins.

— Tout de même, protesta le curé.

— Donc, reprit Saint-Sauveur, le Magounia et la Chouette étaient liés d'amitié.

— C'était plus que cela. Je ne saurais vous l'expliquer. Plus que de se connaître, tous deux donnaient le sentiment de se reconnaître. Vous saisissez ?

— Parce qu'ils vivaient tous deux en marge du village ? hasarda Saint-Sauveur.

— Peut-être, murmura le curé, mais j'ai toujours eu le sentiment qu'il y avait autre chose. Quelque chose de plus intime.

— Vous voulez dire...

— Oh non !

Le curé conserva le silence.

— Y a-t-il autre chose dont vous vouliez me parler ? demanda Saint-Sauveur au bout d'un temps.

— Il y a tant d'autres choses dont j'aimerais vous parler. Mais nous avons le temps, n'est-ce pas, monsieur Saint-Sauveur ?

Saint-Sauveur hocha la tête. Avait-il compris que, pour l'heure, le curé n'en dirait pas plus ? Il voulut se diriger vers la sortie de la crypte mais le curé le retint en posant sa main sur son bras.

— Attendez ! Il y a tout de même une dernière chose que je souhaite vous dire. Voyez-vous, je suis le curé de ce village depuis une cinquantaine d'années. Je connais tous ses habitants, leur passé, leur histoire et toutes leurs manigances. J'ai reçu beaucoup d'entre eux en confession. Je suis très inquiet.

— Pourquoi cela ?

— Ce village est bâti sur un tas de fumier. Il est fertile en calomnies, en mensonges de toutes sortes, en violences aussi. Faites attention à vous, monsieur Saint-Sauveur.

Saint-Sauveur sourit.

— Je ne suis que de passage.

Le curé leva les yeux au ciel.

— Comme nous tous sur cette terre. Néanmoins, beaucoup au village se demandent ce que vous êtes venu faire ici.

Etait-ce une question ? Saint-Sauveur tapota la main du curé posée sur son bras et se dirigea vers la sortie de la crypte sans ajouter un mot.

— J'ai cru comprendre que vous aviez pris un taxi pour vous rendre jusqu'ici ! lança le curé dans son dos.

— En effet, répondit Saint-Sauveur. La gare SNCF n'est plus en service.

— Le diocèse met à ma disposition une modeste 4L. Permettez que je vous ramène au village.

— Volontiers.

Dans la voiture, Saint-Sauveur se mit à tempêter contre l'incurie des pouvoirs publics, coupables d'avoir, au fil du temps, condamné un réseau ferroviaire si riche, si dense, si bien maillé, que c'était indubitablement le scandale du siècle de l'avoir ainsi laissé crever. Saint-Sauveur n'arrêta pas de parler pendant tout le trajet, évitant ainsi que le curé n'ouvre la bouche et n'empuantisse encore plus l'habitacle de la petite voiture.

Le curé, un peu désemparé, l'écouta sans l'interrompre. Il le déposa devant l'hôtel.

10

— La fille a déposé un paquet pour vous ! lança le patron de l'hôtel alors que Saint-Sauveur s'engageait dans l'escalier.

Saint-Sauveur fit demi-tour, excédé par le ton et les mots du patron.

— La fille ? Quelle fille ?

— Celle de l'équipe télé.

Le patron lui tendit une enveloppe sur laquelle figurait le logo de France 3/Charentes-Poitou.

— Vous étiez avec le curé ? demanda-t-il innocemment.

— Pourquoi est-ce que vous me le demandez puisque vous m'avez vu sortir de sa voiture ?

— Oh, comme ça. Vous êtes courageux !

— Pourquoi ?

Pour toute réponse, le patron se pinça le nez.

Saint-Sauveur attendit d'être dans sa chambre pour ouvrir l'enveloppe. Elle contenait une carte de visite au nom de Sony Li Chang, avec adresse, numéro de téléphone et la mention « preneur de son ». Saint-Sauveur eut un sourire : Sony avait rayé le mot « preneur » et l'avait remplacé par « voleuse ». Elle avait également griffonné une phrase au dos de la carte. Saint-Sauveur hésitait : « L'ai-je bien vendu ? » Ou bien « tendu », « rendu » ?

Elle écrivait en pattes de chat.

Dans l'enveloppe, la carte accompagnait un CD. Saint-Sauveur l'enfourna illico dans la gueule de son baladeur et chaussa son casque. Il entendit une sorte de grondement sourd et mit un moment avant de le reconnaître : « le chant des dunes ». L'enregistrement, unique, que Saint-Sauveur avait eu l'occasion d'entendre sur France Culture, avait été réalisé il y a peu. D'après les scientifiques, le chant des dunes provenait du frottement entre eux de millions de grains de sable microscopiques mus par le vent. Les crissements s'ajoutaient aux crissements, pour produire un murmure qui, porté par le souffle et la multitude, enflait jusqu'au tonnerre.

Pourquoi Sony lui avait-elle envoyé cet enregistrement ? Pour lui faire comprendre qu'ils n'étaient l'un et l'autre que deux minuscules grains de sable perdus dans les dunes de l'humanité ? Il allait interrompre le lecteur, lorsqu'il eut soudain une sorte de vertige. Très faible d'abord, presque imperceptible, puis enflant jusqu'à submerger le chant des dunes, il entendit le son de son propre saxophone. Il reconnut l'improvisation de *It Could Have Been So Beautiful*, qu'il avait joué sous le pont.

Il ne s'était pas trompé. Quelqu'un l'avait bien suivi, ce soir-là.

Sony avait enrobé les notes du saxophone dans les volutes d'un synthétiseur aux accents orientaux. Il s'allongea sur le lit et se laissa absorber par la musique. C'était envoûtant. Sony maniait le clavier avec sensualité. Saint-Sauveur avait le sentiment troublant que sa musique s'enroulait autour de la sienne pour mieux s'en éloigner l'instant d'après et y revenir dans un incessant mouvement de marée. Avait-elle conscience que sa « composition » était d'une rare impudeur ?

Soudain, comme elles étaient venues, les notes du saxo et celles du synthé s'éteignirent progressivement. Saint-Sauveur entendit la voix de Sony : « Je vous ai volé votre son. Je ne le regrette pas, il est si beau. J'espère simplement que je l'ai bien rendu. A bientôt. »

Saint-Sauveur se précipita aussitôt sur le téléphone et il composa le numéro indiqué sur la carte. « Bonjour, vous êtes chez Sony. Je ne suis pas là pour le moment. Laissez un message. Je vous rappellerai. »

— C'est moi... Heu... je veux dire, c'est Saint-Sauveur. Je... je viens d'écouter votre CD. Je... je voudrais... heu... vous voir... heu... vite.

Il raccrocha en se maudissant d'avoir été aussi maladroit et se rendit dans la salle de bains pour prendre une douche froide.

Le soir tombait à peine lorsqu'il descendit dans la salle du restaurant. Elle était déserte. Le patron, comme s'il souhaitait une plus grande intimité avec son téléviseur, l'avait posé au bout du comptoir, tout près de lui. Il invita Saint-Sauveur à le rejoindre.

— Ils vont passer un reportage sur l'histoire des lettres anonymes, annonça-t-il. Ils l'ont dit au début du journal. L'équipe de la télé a tourné toute la journée au village.

Saint-Sauveur comprit qu'il était hors de question d'arracher l'homme à son téléviseur et qu'il ne pourrait pas passer à table avant la diffusion du reportage. Il demanda au patron de lui servir un scotch. Il le sirotait tranquillement lorsque le présentateur apparut sur l'écran, visage fermé.

« Un corbeau sévit-il dans le petit village de Clérac ? » demanda-t-il en regardant la caméra au fond de l'objectif.

Tout au fond, songea Saint-Sauveur, qui ne fut pas surpris par les premières images : les rues de Clérac désertes, des volets fermés, des silhouettes filmées de loin qui semblaient raser les murs. Le journaliste – Saint-Sauveur reconnut la voix de celui avec qui il avait dîné – annonça que, depuis l'intervention du Corbeau, les habitants du village vivaient dans l'angoisse. Suivait une interview de Macabiau dans laquelle le maire disait avec fermeté que le petit plaisantin qui s'amusait à « ça » n'avait qu'à bien se tenir. Le reportage suivait son cours lorsque Saint-Sauveur eut un choc. Pour illustrer l'histoire du clochard « plus riche que Crésus », Sony avait utilisé « leur » musique.

Pourquoi Sony avait-elle cherché à lier leur

histoire à celle du clochard ? Par jeu ? Par dérision ? Par malice ? Saint-Sauveur lui en voulut.

Il dîna seul d'une côte de veau aux morilles arrosée de bourgueil. Puis il remonta dans sa chambre. Il se sentait maussade. Il s'allongea sur son lit, le téléphone à portée de main. Il allait se déshabiller lorsqu'il entendit un bruit à la fenêtre. A nouveau, quelqu'un avait lancé un caillou contre le carreau. En maugréant, Saint-Sauveur ouvrit le battant. Contrairement à l'autre soir, la Chouette ne s'était pas enfuie. Elle restait plantée en bas, à attendre. Saint-Sauveur apercevait les traits de son visage, pâles et tendus.

— Je descends ! lança-t-il au bout d'un moment.

Elle n'avait pas bougé de place lorsqu'il la rejoignit.

— Bonjour.

— Bonjour, Corbeau !

— Pourquoi m'appelez-vous « Corbeau » ?

— Macabiau pense que c'est toi qui as envoyé les lettres.

— Pourquoi ?

— Tu es le seul étranger au village, et Macabiau n'aime pas les étrangers. Surtout les Allemands.

La Chouette avait une voix sèche, tendue. Une voix de crécelle.

— Moi je sais bien que ce n'est pas toi qui envoies les lettres, ajouta-t-elle.

— Comment le savez-vous ?

— Parce que je sais.

— Vous savez qui les envoie ?

— Oui !

— Pourquoi n'allez-vous pas le dire à la police ?

— La police ? Rien que des traîtres, des collabos !

La Chouette délirait. Elle avait dû entendre ce genre de phrase à la Libération, criée dans ses oreilles par des bouches haineuses. Elle ne faisait que répéter.

— La guerre est finie, hasarda Saint-Sauveur.

— Oh non ! Elle ne fait que commencer. D'autres lettres vont arriver. Tout le monde dénonce tout le monde ! L'heure de la libération a sonné. La vengeance sera terrible.

— Quelle vengeance ?

— La nôtre !

Saint-Sauveur plissa le front. Il cherchait à comprendre ce que voulait lui dire la Chouette.

— Vous êtes beaucoup à vouloir vous venger ?

— Nous sommes unis comme les doigts de la main par-delà la mort.

— Vous et le Magounia, c'est bien ça ?

— Oui, Corbeau !

— De qui voulez-vous tant vous venger ?

La Chouette désigna les maisons du village autour d'elle.

— Mais d'eux ! Ils nous ont fait tant de mal.

— Quel mal vous ont-ils fait ?

La Chouette haussa les épaules, comme désarçonnée par une telle question, et elle revint à son idée première :

— Méfie-toi de Macabiau, Corbeau ! Il pense

que c'est toi qui envoies les lettres et c'est un homme mauvais, comme son père.

— Vous voulez bien cesser de m'appeler « Corbeau » ? demanda Saint-Sauveur.

La Chouette éclata de rire.

— Sais-tu pourquoi je t'appelle comme ça ?

— Non.

— Parce que je suis la Chouette. La chouette et le corbeau s'entendent bien. Ce sont tous deux des oiseaux de mauvais augure.

— Je ne veux de mal à personne, répliqua Saint-Sauveur.

— Je connais les hommes, figure-toi, murmura la vieille en plongeant ses yeux dans les siens. Tu as le visage d'un ange, mais tu vas déclencher la foudre. C'est pour cela que tu es venu.

Malgré lui, Saint-Sauveur frissonna. Rarement on l'avait regardé avec une telle intensité, une telle flamme.

— Tu verras, Corbeau, toi et moi, on va bien s'entendre, ricana la Chouette en s'éloignant.

— Attendez !

La vieille avait déjà disparu dans la pénombre.

Saint-Sauveur demeura un instant immobile, songeur. Pourquoi la Chouette avait-elle souhaité lui parler alors qu'elle ne parlait jamais à personne ?

Il pénétra dans le hall de l'hôtel et il allait s'engager dans l'escalier lorsqu'il l'aperçut. Elle était tranquillement installée dans un des grands fauteuils de l'entrée et elle lui souriait. Saint-Sauveur s'avança vers elle. Il allait ouvrir la bouche lorsqu'elle plaqua un doigt sur ses lèvres en faisant « Shhhh ! ». Elle se pencha à son oreille.

— Emmène-moi.

Sony glissa sa main dans la sienne et tous deux s'engagèrent dans l'escalier. Lorsque Saint-Sauveur eut refermé la porte de sa chambre, il voulut lui parler mais de nouveau elle fit « Sshhh ». Elle sortit de son sac un petit baffle, le connecta au baladeur, appuya sur la touche *play*. Alors que le chant des dunes envahissait la pièce, elle commença, sans aucune gêne, à se déshabiller, puis, d'un geste impératif, elle invita Saint-Sauveur à faire de même.

Ils firent l'amour, leurs corps traversés par la musique. Sony décidait de tout, prenait toutes les initiatives avec une autorité presque hargneuse. Avait-elle compris ce que Saint-Sauveur recherchait avec les femmes ? Elle lui avait mis le sexe à vif et l'avait chevauché sans précautions. Saint-Sauveur se laissait faire, rassuré par la sauvagerie presque barbare de Sony. Au moment où il s'abandonnait, elle le saisit brutalement par les cheveux, l'obligea à se redresser comme si elle voulait l'obliger à regarder la vérité en face alors qu'elle jouissait également. Puis elle roula sur le côté.

— Pourquoi as-tu utilisé cette musique dans le reportage ? demanda Saint-Sauveur au bout d'un moment.

— Et toi, qu'est-ce que tu es venu faire dans ce village ? répliqua-t-elle, ses yeux fendus fixés au plafond.

Saint-Sauveur ne répondit pas. Alors qu'elle

s'était repliée en chien de fusil, il chercha sa main. Il noua ses doigts dans les siens, mais la main de la jeune femme demeura inerte. Dormait-elle déjà ? Dans la chambre, le chant des dunes continuait de rugir.

11

Le lendemain matin, le village de Clérac réchauffait sa frêle carcasse aux premiers rayons du soleil lorsque les chiens de la grand-rue se mirent à aboyer. Ils saluaient le passage du curé qui courait comme un dératé au beau milieu de la chaussée. A chaque foulée, ses pieds menaçaient de s'emmêler dans sa soutane. Sans se donner la peine de frapper, il poussa la porte de Macabiau et se précipita dans le salon. Il trouva le maire attablé en compagnie d'un inconnu.

— Oh ! Pardon...

Le curé avait le souffle court. Il parvenait à peine à reprendre sa respiration.

— Qu'est-ce qui t'arrive, curé ? demanda Macabiau, intrigué. On dirait que tu viens de croiser Satan.

— Je... Tu as... un instant ? Il faut... que je te parle.

— Excusez-moi, murmura le maire en se levant.

— Je vous en prie, répondit l'homme.

Macabiau entraîna le curé dans le vestibule.

— Qu'est-ce qui se passe, curé ? Tu as l'air affolé.

— J'ai reçu… une visite… ce matin.

— Et alors ?

Le curé peinait à reprendre son souffle et Macabiau fit la grimace tant il répandait dans la pièce une odeur de marais.

— Bon Dieu, curé, tu remugles ! protesta Macabiau en ouvrant la fenêtre. Parle ! J'ai moi-même une affaire importante à traiter, ajouta-t-il en désignant l'homme qui patientait dans le salon.

— Qui est cet homme ? demanda le curé comme s'il venait de prendre conscience de la présence de l'inconnu.

— Dis-moi plutôt ce qui t'amène.

— Non ! Réponds-moi, toi ! Que fait cet homme chez toi ?

— En quoi est-ce que ça te regarde ?

— Réponds, Macabiau !

— Je suis en affaires avec lui.

— Depuis quand ?

— Dis-moi, curé, tu te crois sous l'Inquisition ?

— Réponds !

— C'est tout récent.

— C'est maître Bordenave qui l'envoie, n'est-ce pas ?

Macabiau fronça les sourcils.

— Comment le sais-tu ?

— Ce matin, un homme s'est également présenté au presbytère de la part de maître Bordenave.

— Qu'est-ce qu'il voulait ?

— Il m'a proposé de refaire le toit de l'église.

— Tu es sérieux, curé ?

— J'ai l'air de plaisanter ? Il m'a dit que tout avait déjà été payé.

— Bon Dieu, soupira Macabiau.

Le curé désigna l'homme.

— Qu'est-ce qu'il veut ?

— Il est venu me proposer de bâtir une nouvelle mairie.

— Doux Jésus, murmura le curé en se signant.

— Il dit que tout a déjà été payé, ajouta Macabiau comme s'il se parlait à lui-même. Suis-moi !

Il entraîna le curé dans le salon et s'adressa à l'homme :

— Vous dites que vous venez de la part de maître Bordenave ?

— C'est exact.

— Vous avez son téléphone ?

— Bien sûr. Vous souhaitez l'appeler ?

— Oui.

— C'est naturel.

L'homme égraina les chiffres, Macabiau les composant dans la foulée.

— Allô, maître Bordenave ?

D'autorité, le curé appuya sur le haut-parleur.

— Ici Macabiau, le maire de Clérac. Un homme, monsieur…

Macabiau consulta l'homme.

— Lefranc, laissa tomber l'homme en souriant.

— Monsieur Lefranc se présente chez moi ce matin. Il affirme venir de votre part.

— Oui, je suis au courant, monsieur Macabiau.

— Il me propose de bâtir une nouvelle mairie.

— C'est exact.

— Il dit que tout a été payé.

— Je comprends votre surprise, monsieur Macabiau, et je la partage. Il reste qu'un... généreux donateur s'est présenté à mon étude et a effectivement déposé les fonds pour la construction d'une nouvelle mairie à Clérac. J'ai désigné monsieur Lefranc, qui est un entrepreneur très sérieux. Vous pouvez lui faire entière confiance.

— C'est une histoire de fous !

— J'en conviens.

— Il est venu vous voir quand, ce généreux donateur ?

— Je ne suis pas habilité à vous le dire, monsieur Macabiau.

— Le curé me dit que...

— Le toit de l'église ? Je suis au courant, monsieur Macabiau.

— C'est le même donateur ?

Maître Bordenave sembla hésiter.

— Euh...

— Allons, maître !

— Oui, c'est le même.

— Décrivez-le !

— Je suis désolé, monsieur Macabiau, mais votre mécène a exigé la plus stricte confidentialité.

— Il est jeune ?

— Je suis désolé, monsieur Macabiau. Je ne peux rien vous dire.

— Il a donné une explication ?

— Aucune.

— Je vous rappellerai ! tonna Macabiau en raccrochant rageusement.

Lefranc se leva. Il semblait embarrassé.

— Je suis conscient que la situation est pour le moins... originale. Je pense que le mieux est que je vous laisse réfléchir. Vous avez mes coordonnées. Faites-moi signe sitôt que vous aurez pris une décision.

Il salua les deux hommes et sortit. Macabiau, abasourdi, se laissa tomber dans le grand fauteuil qui bordait la cheminée. Le curé s'installa à table et plongea son visage au creux de ses mains. Les deux hommes gardèrent le silence un moment. Macabiau fut le premier à le rompre. Sa voix était grave.

— Tu te souviens, l'autre jour à l'hôtel ?

— Quoi ?

— J'ai raconté que si Bernard n'avait pas été là, on aurait escamoté la fortune du Magounia.

— Je m'en souviens.

— C'était une plaisanterie, bien sûr.

— Oui.

— Tu te souviens de ce que j'ai dit ensuite ?

— Non.

— J'ai dit que tu aurais fait refaire le toit de ton église et que j'aurais bâti une nouvelle mairie. J'ai même ajouté qu'on aurait expédié Montalembert aux Bahamas.

— Oui, ça me revient.

— Te rappelles-tu qui était présent, à ce moment-là ?

— Il y avait le patron de l'hôtel et…

— Oui ! Saint-Sauveur. Il était là, également. Je suis sûr que c'est lui qui manigance tout ça.

— Tu ne vas pas un peu vite ?

— Tu as parlé avec lui.

Ce n'était pas une question mais une affirmation.

— Comment le sais-tu ?

— Je le sais. Il t'a dit ce qu'il était venu faire au village ?

— Non.

— Les lettres anonymes ont commencé à pleuvoir le lendemain de son arrivée.

— C'est peut-être une simple coïncidence.

Macabiau haussa les épaules.

— Tu es naïf, curé. Je parle devant lui du toit de l'église et d'une nouvelle mairie et vlan ! Le lendemain, les travaux tombent du ciel.

— Tu as certes parlé devant lui, mais tout le monde au village sait que tu rêves depuis longtemps d'une nouvelle mairie. Quant à moi, il y a un demi-siècle qu'il pleut sur la tête de mes paroissiens et que j'implore en vain l'évêché de faire des travaux. Tout le monde sait cela.

— Je suis sûr que Saint-Sauveur est derrière tout ça. Je le sens, curé !

— Mais pourquoi ? Dans quel but ?

— Je l'ignore. D'où vient-il ? Que fait-il ? Pourquoi s'est-il installé au village ?

— Je n'en sais rien, répondit le curé, désemparé.

— Il poursuit un but, curé. J'ignore lequel, mais je le découvrirai.

— Que vas-tu faire ?

— Le prendre à son propre jeu ! On me propose une mairie toute neuve sans débourser un centime ? Je ne vais pas cracher dessus !

— Tout cela ne me dit rien de bon...

— De quoi as-tu peur, curé ?

Le curé resta un moment à réfléchir. Puis :

— De nous, Macabiau, c'est de nous que j'ai peur.

— Foutaises !

12

Saint-Sauveur émergea du sommeil comme on sort d'un rêve, lentement, à regret. Il réalisa que Sony était penchée au-dessus de lui et qu'elle lui caressait doucement les fesses en soufflant dessus.

— Je ronflais ? demanda-t-il.

Il savait qu'en Asie il est fréquent que les épouses caressent le cul de leur mari en soufflant dessus lorsqu'ils ronflent.

— Non ! répondit Sony.

— Alors ?

— Alors quoi ?

— Pourquoi tu fais ça ?

— J'avais envie que tu te réveilles, minauda gaiement la jeune femme sans interrompre ses caresses. Tu as de jolies fesses. Elles sont rondes, douces, toutes blanches. J'étais en train de me demander une chose..,

— Quoi ?

— Pourquoi tes fesses sont-elles toutes blanches alors que le reste de ton corps est bronzé ?

— A ton avis ?

Elle prit une voix enfantine, le genre de voix qu'on prend quand on caresse une pomme qu'on s'apprête à mordre à pleines dents.

— Parce que, sur la plage, tu portes un maillot de bain !

— Exactement !

— Le problème, c'est qu'il n'y a pas de plage à Clérac.

— Et alors ?

— Alors ? Sur quelles plages as-tu protégé tes jolies petites fesses des rayons du soleil ?

Saint-Sauveur bâilla longuement.

— Tu poses toujours autant de questions le matin ?

Les doigts de Sony se refermèrent brutalement et ses ongles s'incrustèrent dans la chair. Saint-Sauveur poussa un cri de douleur. Il se redressa, furieux.

— Tu es malade ou quoi ?

Ses yeux lançaient des éclairs. Saint-Sauveur, pour des raisons qui lui étaient personnelles, pouvait apprécier qu'une femme le domine. Pas qu'elle le fasse souffrir, même pour jouer. Saint-Sauveur détestait l'idée qu'une femme puisse être violente avec lui. Sony pouvait-elle comprendre cela ?

Elle lui faisait face, furibarde également.

— Tu ne réponds jamais aux questions qu'on te pose ? demanda-t-elle rageusement.

Ils étaient comme deux chats mouillés, furieux l'un de l'autre, vexés, toutes griffes dehors.

— C'était quoi, la question ? demanda-t-il.

— Où étais-tu avant de venir à Clérac ?

— A Surabaya !

— Surabaya ? C'est où, ça ?

— A Java.

— C'est où, Java ?

— En Indonésie.

— Qu'est-ce que tu faisais là-bas ?

— Je m'occupais d'une rizerie.

— Tu fais dans le riz ?

— Oui, je fais dans le riz.

Elle pouffa.

— Et moi je suis la reine d'Angleterre !

Mais elle cessa d'égrainer ses questions.

— Remarque, elle a de la chance, la reine d'Angleterre, soupira-t-elle.

— Pourquoi ?

— Elle est riche !

Il y eut un silence et on frappa à la porte.

— On vous demande en bas, monsieur Saint-Sauveur.

C'était le patron.

— J'arrive, répondit laconiquement Saint-Sauveur.

— Tu ne demandes pas qui c'est ? s'étonna Sony alors que Saint-Sauveur se levait pour s'habiller.

— Non.

— Tu n'es pas curieux...

— Non.

Elle éclata d'un petit rire nerveux.

— Moi si !

— Je sais.

Il termina de s'habiller, ouvrit la porte, sortit sans ajouter un mot.

13

Un homme d'une quarantaine d'années était installé au comptoir de l'hôtel. Il portait un blouson de cuir noir.

— Vous souhaitez me parler ? demanda Saint-Sauveur.

— Oui.

L'homme désigna une table à l'écart.

— Nous serons plus tranquilles.

— Je vous sers quelque chose, messieurs ? demanda le patron.

L'homme commanda un demi, Saint-Sauveur un café. Ils attendirent, sans échanger un mot, que le patron les serve et s'éloigne.

— Je me présente : inspecteur Mignoni, fit l'homme en sortant une carte sur laquelle Saint-Sauveur ne jeta pas un regard. Voilà ce qui m'amène. Certains dans le village vous suspectent d'être l'auteur des lettres anonymes.

— Dont le maire, n'est-ce pas ? C'est lui qui vous envoie ?

— Qu'est-ce qui vous fait penser cela ?

— J'ignore pourquoi, mais Macabiau fait une fixation. Il est persuadé que c'est moi qui envoie les lettres anonymes. C'est absurde ! Je suis étranger à ce village. Je n'y connais personne.

Le flic inclina la tête. Il souriait.

— C'est peut-être bien pour cela que vous êtes suspect à ses yeux. Je peux vous poser quelques questions ?

— Allez-y, répondit Saint-Sauveur.

— Qu'avez-vous fait dans la journée du 9 ?

Le 9, c'était le lendemain de son arrivée à Clérac.

— Je suis allé faire un tour au bord de la mer.

— Où ?

— A Soulac.

— Comment y êtes-vous allé ?

— J'ai pris l'autorail.

— Il n'y a pas de train direct pour Soulac.

— Je suis d'abord allé à Bordeaux et...

— Vous étiez donc à Bordeaux dans la journée du 9 ?

— Oui.

— Le train que vous avez pris stationne une heure en gare de Bordeaux avant de repartir pour Soulac, c'est bien ça ?

— Oui.

— Qu'avez-vous fait durant cette heure-là ?

— Je me suis baladé.

— J'imagine que vous ne vous êtes pas trop éloigné de la gare. Une heure, ce n'est pas beaucoup.

— Effectivement.

— Les lettres anonymes ont été déposées le 9 à Bordeaux dans une boîte aux lettres proche de la gare Saint-Jean, annonça le flic. Avez-vous posté ces lettres, monsieur Saint-Sauveur ?

— Non.

L'inspecteur inclina la tête.

— Avez-vous été témoin d'une conversation entre le curé du village, le patron de l'hôtel et monsieur Macabiau, conversation au cours de laquelle monsieur Macabiau a déclaré, en plaisantant, que si le gendarme Bernard n'avait pas été présent lors de leur découverte, ils auraient pu garder l'argent et qu'ils auraient alors, l'un fait refaire le toit de son église, l'autre fait bâtir une nouvelle mairie ?

— J'ai bien été témoin de cette conversation, répondit Saint-Sauveur.

— Qu'est-ce qui vous fait sourire ?

— Vous parlez comme un procès-verbal, monsieur l'inspecteur.

— L'habitude, sans doute, répondit le flic. Figurez-vous qu'un généreux et anonyme donateur, dont on ignore les motivations réelles, a fourni les fonds pour que le curé refasse le toit de son église et que Macabiau bâtisse une nouvelle mairie...

Saint-Sauveur ne put réprimer un léger haut-le-corps qui n'échappa pas au flic.

— Avez-vous quelque chose à voir avec cette mystérieuse donation ?

— Non, rien.

— Quelle est votre profession, monsieur Saint-Sauveur ?

— Musicien.

— Puis-je vous demander ce que vous êtes venu faire dans notre charmante région ?

— Du tourisme.

— Vous avez une pièce d'identité ?

Saint-Sauveur piocha dans la poche arrière de son pantalon et tendit son passeport. Le flic sortit un stylo et prit des notes en le feuilletant.

— Saint-Sauveur ! Ainsi, c'est votre vrai nom.

— Oui, pourquoi ?

— Ça sonne comme un pseudonyme…

Un voile pâle comme un nuage passa sur le visage de Saint-Sauveur et ses traits se contractèrent.

— Cambodge, Vietnam, Malaisie, Indonésie… Vous voyagez beaucoup. En Asie, surtout.

— J'aime l'Asie.

— Clérac doit vous sembler bien terne.

— Pas tant que cela.

— J'aimerais que dorénavant vous me teniez informé de tous vos déplacements.

— Pour cela, monsieur l'inspecteur, il faudrait me placer sous contrôle judiciaire. Suis-je placé sous contrôle judiciaire ?

— Non.

— Alors je n'ai strictement aucun compte à vous rendre.

Le flic accusa le coup.

— Je disais cela dans votre intérêt.

— Je n'ai jamais laissé personne s'occuper de mes intérêts. Et surtout pas la police.

L'inspecteur eut une moue attristée.

— Pourquoi êtes-vous si agressif, soudain ?

Saint-Sauveur se défendit :

— Je ne suis pas agressif. Je réponds à vos questions.

— Alors pourriez-vous m'expliquer pourquoi les gens ne nous aiment pas, nous autres les flics ?

— Vous êtes rarement là quand on a besoin de vous. Je sais que c'est un poncif, mais je pense qu'il correspond à la réalité.

L'inspecteur hocha la tête comme s'il approuvait.

— Vous m'êtes sympathique, monsieur Saint-Sauveur.

— Vous aussi, inspecteur Mignoni.

— Tiens, c'est curieux, vous vous souvenez de mon nom. C'est rare que les gens se souviennent du nom d'un flic à la première rencontre.

— Cela dépend peut-être du flic.

L'inspecteur tendit sa main.

— A bientôt, monsieur Saint-Sauveur.

Lorsque Saint-Sauveur regagna sa chambre, Sony était assise en tailleur, occupée à peigner ses cheveux. Elle avait décroché la glace du mur et l'avait posée à terre. Saint-Sauveur avait toujours été frappé par cette façon qu'ont les Asiatiques de vivre au ras du sol, de s'enraciner dans un endroit, de se l'approprier. Elle souriait.

— C'était qui ?

— Un flic.

— Qu'est-ce qu'il voulait ?

— Me poser des questions.

Elle éclata de rire.

— Décidément...

— Oui, c'est la journée, bougonna Saint-Sauveur.

Le téléphone portable de la jeune fille se mit à sonner. Elle décrocha.

— Oui, c'est moi !

Elle écoutait et, derrière ses paupières effilées, ses yeux étaient rivés sur Saint-Sauveur.

— Ça tombe bien, je suis déjà sur place. OK ! A toute !

Elle raccrocha.

— Tu sais ce qui se passe ?

— Non.

Elle expliqua l'affaire du toit de l'église et de la nouvelle mairie payés par un mystérieux mécène. Le maire organisait une réunion le soir même pour informer la population. La télé était conviée.

— Qu'est-ce que tu en penses ? demanda Sony. C'est dingue, non ?

— Oui.

— Il y a quelqu'un derrière tout ça, murmura Sony. Quelqu'un qui tire les ficelles.

Elle regardait Saint-Sauveur avec un sourire vaguement narquois.

— Je me demande qui c'est et quel est son but.

— Moi aussi, répondit Saint-Sauveur.

Il avait l'air sincère.

14

La nuit était tombée et tous les habitants du petit village de Clérac étaient rassemblés dans la salle des fêtes. Il régnait une ambiance à la fois électrique et bon enfant. Chacun y allait de sa petite hypothèse concernant l'identité du mystérieux mécène. Pour le boucher, un garçon roux et sanguin au sourire très doux, il s'agissait d'un Américain.

— Pourquoi un Américain ? demanda la boulangère.

— Parce qu'il n'y a qu'un Américain pour être fou à ce point-là !

— Moi je pense plutôt qu'il vient d'Orient, rétorqua la boulangère, rêveuse. Il doit être jeune, beau, riche et cruel, comme le comte de Monte-Cristo.

— Pourquoi cruel ? demanda le boucher, interloqué.

— Tous les Orientaux sont cruels !

— Le comte de Monte-Cristo voulait se venger. Vous pensez à une vengeance ?

— Pourquoi pas ? Si ce type veut le bien du village, alors pourquoi se cache-t-il ?

— Il ne se cache pas, madame Loiseau, lança Macabiau qui draguait dans les parages. Il veut rester anonyme. C'est différent.

— Pour moi c'est pareil, rétorqua la boulangère. Je suis sûre qu'il y a anguille sous roche. La fortune du Magounia d'abord, et puis tout cet argent qui tombe du ciel, c'est pas clair.

— Moi je n'y comprends rien ! lâcha la Parisienne.

Elle était nouvelle au village, le fils Goulot était allé la pêcher dans la capitale quelques mois plus tôt.

— Au bout du compte, poursuivit-elle, ce type fait un cadeau au village. Pourquoi voir le mal partout ?

— Vous avez bien raison, madame Goulot ! lança Macabiau. C'est comme cela qu'il faut prendre les choses.

Le maire passait de groupe en groupe, picorant les conversations, comme s'il souhaitait prendre la température des habitants du village, juger leur état d'esprit. Il avait l'air satisfait. Les gens de Clérac étaient certes intrigués mais pas réellement inquiets, plutôt heureux même, et fiers, pour certains, de tenir à nouveau la vedette. Dans leur bouche, une histoire revenait avec insistance pour expliquer cette manne céleste tombée du ciel, celle de « la dame en noir ».

Une dizaine d'années auparavant, en effet, une

mystérieuse « dame en noir » avait séjourné à Clérac. Nul n'avait aperçu les traits de son visage, toujours couvert par une voilette en crépine. Rares étaient ceux qui avaient entendu le son de sa voix. Le patron de l'hôtel de la Gare, où elle avait séjourné, en faisait partie. Elle ne s'était jamais adressée directement à lui, mais il l'avait entendue donner ses ordres à son chauffeur. D'après lui, la femme était très âgée, avait une voix sèche, autoritaire, et s'exprimait en espagnol. Elle avait séjourné une semaine au village en compagnie de son chauffeur, sillonnant la campagne à bord d'une grosse berline aux vitres teintées. Un détail avait marqué les esprits : chaque matin, la vieille femme, toujours vêtue de noir comme si elle était en deuil, pénétrait dans l'église de Clérac, s'agenouillait face à l'hôtel et passait une bonne heure à se recueillir. Le curé avait bien tenté d'établir le contact avec elle, mais elle n'avait pas répondu à ses avances. Une semaine après son arrivée, elle avait disparu, aussi mystérieusement qu'elle était venue. A l'époque déjà, certains avaient avancé l'hypothèse qu'il s'agissait de la mère du Magounia et qu'elle était venue à Clérac pour voir où et comment l'enfant qu'elle avait abandonné avait vécu. Cela expliquait les longues heures passées en prière : elle voulait que Dieu lui pardonne sa faute. Toutefois, nul ne l'avait jamais vue en compagnie du Magounia et elle n'avait tissé aucun lien, ni même adressé la parole à quiconque au village.

On l'avait vite oubliée.

Mais, alors que des tombereaux d'argent s'abattaient mystérieusement sur Clérac, on s'était souvenu de son passage. Pour beaucoup, en tout cas, l'affaire de la fortune du Magounia et cette manne céleste qui tombait du ciel étaient liées.

— Les gens du village n'ont pas toujours été très tendres avec le Magounia, insista la boulangère, qui tenait à son idée de vengeance.

— Les hommes oui, mais les femmes ? répliqua le maire.

— C'est ce qu'on dit, admit la boulangère, soudain gênée.

— Ah bon ? C'était un don Juan ? demanda la Parisienne. Pourtant, il n'était pas bien beau.

— Excusez-moi, glissa la boulangère en se retirant, visage fermé.

— J'ai dit une bêtise ? demanda la Parisienne, soudain rouge de confusion.

La Parisienne, qui ignorait encore tout de l'histoire du village, ignorait également ses nombreuses rumeurs. L'une d'entre elles, insistante, disait qu'à l'époque où elle était encore jeune et appétissante la femme du boulanger venait souvent traîner aux alentours de la cabane, surtout aux heures où son mari était occupé au fournil.

Lorsque Macabiau eut terminé de faire le tour des groupes, il gagna le fond de la salle des fêtes et grimpa à la tribune. Il frappa plusieurs fois du poing pour faire taire les conversations.

— Vous savez tous pourquoi nous sommes réunis ici ce soir ?

Il y eut un murmure d'approbation.

— Bien ! Je vais demander au curé de me rejoindre, ainsi qu'à monsieur de Montalembert. Une nouvelle mairie, cela le concerne autant que moi ! Je l'ai battu aux dernières élections mais je le connais. Il est têtu. Je suis sûr qu'il va se représenter. Je ne sais pas pourquoi, mais il veut absolument me piquer ma place...

— C'est qu'elle doit être bonne ! lança un solide gaillard au milieu des rires, alors que le curé et Montalembert grimpaient à la tribune.

Sony, perche à la main, observait la scène. Autant Macabiau semblait serein, autant le curé, épaules basses, semblait fébrile, presque accablé. Mais celui qui intriguait le plus la jeune femme, c'était Montalembert. Comme tous les Asiatiques, si soucieux de ce qui touche à la « face », Sony savait lire sur les visages. Celui de Montalembert paraissait impassible, mais Sony n'était pas dupe. Elle était impressionnée, fascinée presque, par toutes ces émotions qu'elle sentait bouillir en lui et qu'il s'efforçait de contenir.

Macabiau était en train de raconter la visite de l'émissaire de maître Bordenave lorsqu'il cessa soudain de parler. Il y eut un grand silence. Sony tourna la tête. Saint-Sauveur venait de pénétrer dans la salle. Il n'était pas seul. Une vieille femme habillée de noir, le visage pâle et agité, se tenait dans son dos. Elle lançait à la salle des regards affolés.

— Vous n'avez rien à faire ici, monsieur Saint-Sauveur ! tonna soudain Macabiau. Cette réunion ne vous concerne pas. Elle est réservée aux gens du village.

Sony vit le visage de Saint-Sauveur pâlir.

— Tais-toi, sale ordure ! cracha la Chouette.

Il y eut un grand murmure dans la salle.

— Je t'en prie, Marie, soupira Macabiau d'un air las.

De nouveau, il s'adressa à Saint-Sauveur :

— Vous n'avez rien à faire ici. Je vous prie de sortir.

Saint-Sauveur resta un instant immobile, comme suspendu, puis il sortit de la salle, entraînant la vieille femme dans son sillage.

— Tu ne l'emporteras pas au paradis, Macabiau, lança la Chouette avant de disparaître.

De nouveau il y eut un grand murmure dans la salle. Macabiau leva la main en signe d'apaisement.

— Allons, allons, l'incident est clos.

15

Il était presque onze heures lorsque Sony poussa la porte de la chambre. Saint-Sauveur était allongé sur le lit, pâle, les traits tirés. Elle posa son matériel dans un coin et s'allongea à ses côtés.

— C'est qui, cette vieille femme qui était avec toi ?

— La Chouette. Elle n'était pas avec moi.

— Comment ça, elle n'était pas avec toi ?

— Non. Elle s'est glissée en même temps que moi dans la salle, mais elle n'était pas avec moi.

— On avait vraiment l'impression que vous étiez ensemble.

— Je sais.

— Pourquoi est-ce qu'on l'appelle la Chouette ?

Saint-Sauveur lui raconta son histoire. Il avait juste terminé lorsqu'on toqua à la porte.

— Monsieur Saint-Sauveur ?

— Oui.

— Un pli pour vous...

Saint-Sauveur ouvrit la porte et le patron de

l'hôtel lui tendit une enveloppe. Elle n'était pas cachetée et Saint-Sauveur songea que le patron avait pu en prendre connaissance. Elle contenait un mot de Montalembert.

Cher Monsieur Saint-Sauveur,

Je vous prie d'accepter mes excuses et celles de tous les habitants de Clérac. Ce soir, Macabiau a eu une attitude inqualifiable à votre égard. Pour nous faire pardonner, je vous prie, si vous êtes disponible, de venir dîner demain soir chez moi. Vingt heures vous conviendrait-il ? Faites connaître votre réponse au patron de l'hôtel, qui me la transmettra.

Bien amicalement.

Georges Albert de Montalembert

— Georges Albert de Montalembert... Tu connais ? demanda-t-il à Sony.

— Oui.

— Qui c'est ?

— Le rival de Macabiau. Ils se disputent la mairie. Macabiau et lui se haïssent. Ce soir, il était à la tribune.

— Le grand sec ?

— Oui.

— Il m'invite à dîner.

— Tu vas y aller ?

— Pourquoi pas ?

— Alors tu vas faire la connaissance de son père. Georges Arthur. C'est le héros du village.

— Pourquoi ?

— Pendant la guerre, il a mené les Allemands en bateau. Il leur faisait croire qu'il collaborait avec eux. En vérité, il fournissait des renseignements à la Résistance. Tu verras, il est impressionnant.

— Tu l'as rencontré ?

— Oui.

Sony raconta. Peu de temps après l'arrivée des lettres anonymes, Montalembert avait reçu l'équipe de télévision, venue recueillir ses réactions. Ce jour-là il faisait chaud, et Montalembert les avait invités à entrer dans la maison pour prendre un rafraîchissement. En pénétrant dans le grand salon, Sony avait été frappée en apercevant un vieil homme cassé en deux dans un fauteuil roulant face à la cheminée. Ce n'est pas le corps de l'homme, recroquevillé dans sa carcasse métallique, qui l'avait surprise, mais son regard.

— Montalembert nous a raconté son histoire, poursuivit Sony. Héros de la résistance, maire du village, et puis patatras ! Un accident de cheval. Sa vie foutue en l'air !

Tout en l'écoutant, Saint-Sauveur avait décroché son téléphone et composé le numéro de la réception. Le patron décrocha immédiatement.

— Dites à monsieur de Montalembert que c'est d'accord pour demain soir.

Il raccrocha.

— Tu vas voir ses yeux ! dit Sony. Je n'ai jamais vu un regard pareil. Une telle violence, une telle dureté. Comme s'il en voulait à la terre entière !

16

Le lendemain matin, Saint-Sauveur prit la première micheline à destination de Bordeaux et il se rendit directement place Jacques-Lemoine, dans les locaux du journal *Sud-Ouest*, où il demanda à consulter les archives. Lorsqu'il s'attaquait à un dossier, Saint-Sauveur ne manquait jamais de se renseigner sur l'histoire des lieux et des hommes. Il passa sa journée dans une pièce aux odeurs d'encre, à feuilleter avec délice les vieilles pages jaunies des collections. Aussi loin qu'il put remonter, il se plongea dans l'histoire de Clérac.

Le nom de Montalembert était comme une liane nouée à l'histoire du village. Une liane à deux branches, symbolisée par deux lettres, *G* et *A*, qui s'entrelaçaient pour former le blason de la famille. Georges Auguste, Georges Arnold, Georges Arthur… Les prénoms des ancêtres commençaient invariablement par Georges, auquel venait s'adjoindre un second prénom commençant toujours par la lettre « A ».

Aucune des péripéties liées à la famille n'échappait à la curiosité des chroniqueurs. Ainsi, en juillet 1919, l'un d'entre eux rapportait, avec force détails colorés, la naissance de Georges Arthur de Montalembert, dont le père, Georges Antoine, se conduisait en héros à la tête d'un régiment de poilus dans les tranchées boueuses de Sedan. Le père ne connut jamais son fils puisque, quinze jours seulement après sa naissance, il se faisait hacher menu par une mitrailleuse allemande. MORT POUR LA FRANCE ! titrait pompeusement le journal en présentant en pleine page une photo du glorieux soldat.

Georges Arthur de Montalembert fut élevé discrètement dans un couvent de nonnes à Angoulême. Comme il était d'usage à l'époque, les événements qui ponctuaient l'éducation du jeune comte faisaient l'objet d'échos dans la presse locale. Une photo retint particulièrement l'attention de Saint-Sauveur. Elle représentait le jeune Georges Arthur en communiant. C'était la première fois que Saint-Sauveur voyait le visage de celui qui reposait aujourd'hui dans un fauteuil roulant et dont le regard avait tant frappé Sony. L'enfant souriait, mais son innocence était déjà voilée par un regard sombre, magnétique, difficile à cerner. Saint-Sauveur songea au « poète de sept ans » de Rimbaud. Le début du texte lui revint en mémoire :

Et la mère, fermant le livre du devoir,
S'en allait satisfaite et très fière, sans voir
Dans les yeux bleus et sous le front plein d'éminence,
L'âme de son enfant livrée aux répugnances...

Saint-Sauveur s'arrêta sur une autre photo. Elle avait été prise dix ans plus tard, en juillet 39, lors de la mobilisation, et représentait Georges Arthur en tenue de soldat. Les traits s'étaient affinés, les joues s'étaient creusées, mais le regard était toujours aussi troublant. Saint-Sauveur s'y attarda longuement, tâchant d'en percer le mystère. On lisait dans ce regard-là de la ruse, de la patience, de la dureté aussi, le tout porté par un orgueil démesuré. Saint-Sauveur frissonna en songeant que c'était le regard d'un chasseur. Pas de n'importe quel chasseur. De ceux qui jouissent en donnant la mort. Il se rappela ce que Sony lui avait raconté : le vieux s'était retrouvé dans un fauteuil roulant à la suite d'un accident de cheval lors d'une chasse à courre.

Au fil de ses recherches, Saint-Sauveur trouva plusieurs autres photos représentant Montalembert, toujours souriant, en compagnie d'officiers allemands. Il se demanda comment les Allemands avaient pu se laisser berner par un tel homme, tant la trahison et la duplicité semblaient inscrites en lui. Il tomba également sur un avis de recherche concernant un certain Macabiau, ancien ouvrier agricole, soupçonné d'activités subversives.

Un épisode particulièrement dramatique retint toute son attention. Une nuit de 1944, peu avant la débâcle, un groupe de résistants (là encore, le nom de Macabiau était cité) assassina un officier allemand dans les rues de Clérac. L'article suggérait qu'il sortait de chez une jeune femme particulièrement accueillante. Saint-Sauveur songea qu'il s'agissait sans doute de la Chouette. En guise de représailles les SS avaient fusillé dix otages, hommes et femmes, choisis au hasard parmi les habitants du village. Et pour bien marquer les esprits, ils refusèrent que les corps soient enterrés au cimetière. Saint-Sauveur se demanda où on les avait enfouis, mais l'auteur de l'article ne le précisait pas.

Puis vint la Libération. Saint-Sauveur eut une grimace de dégoût en voyant la photo d'une femme, crâne rasé, regard perdu. Un homme hilare, mitraillette en bandoulière, avait une main posée sur son épaule. Saint-Sauveur mit un moment à reconnaître la Chouette, tant la peur et l'incompréhension déformaient ses traits. L'homme était Macabiau, le chef de la résistance, le père de l'actuel maire.

Il passa rapidement sur la suite et sur la lutte féroce qui avait opposé Georges Arthur de Montalembert à Macabiau pour la conquête de la mairie après la Libération. Montalembert jouissait du prestige du nom, Macabiau de celui des armes. C'est Montalembert qui l'avait emporté. Il était resté maire jusqu'à son accident de cheval. Après, Macabiau avait pris sa place. Plus tard, les fils avaient repris le combat des pères pour la conquête du fameux fauteuil, sans doute devenu pour eux un enjeu symbolique. En refermant les lourds volumes,

Saint-Sauveur songeait à l'histoire des hommes, pareille aux vagues, toujours semblables, jamais identiques.

En fin d'après-midi, il regagna Clérac à bord d'un OC2 De Lion inconfortable, dont, heureusement, il n'avait été construit que six exemplaires. Lors du voyage, il pensa à ce que lui avait dit le curé à propos de l'histoire du village, lequel, selon lui, était « bâti sur un tas de fumier ». Sans trop encore savoir pourquoi, il pressentait que ce fumier-là était du genre irrespirable.

17

Il était vingt heures passées de cinq minutes lorsque Saint-Sauveur se présenta face au grand portail de la propriété de Montalembert. C'était une vaste demeure, haute sur murs, solide et bien proportionnée. Le maître des lieux accueillit son hôte avec simplicité :

— Merci d'avoir accepté mon invitation.

— Merci à vous de me l'avoir transmise.

Montalembert invita Saint-Sauveur à pénétrer chez lui. En entrant dans le grand salon, Saint-Sauveur fut immédiatement frappé, comme l'avait été Sony, par le vieil homme dans son fauteuil roulant. Il était face à la cheminée qui crépitait et il jeta à Saint-Sauveur un regard noir où dansaient des ombres.

— Mon père ne parle plus, mais par contre il entend parfaitement bien, murmura Montalembert. Je vous présente ma femme, Huguette de Montalembert.

Saint-Sauveur s'inclina devant une femme

blonde, grande, très élégante, qui lui tendit la main. Saint-Sauveur la saisit délicatement et la porta à ses lèvres.

Montalembert eut un léger sourire en le regardant faire.

— Vous prendrez bien un apéritif ? demanda gaiement Huguette.

Saint-Sauveur accepta un scotch et Montalembert se fit servir une Suze.

— Alors ? Que pensez-vous des événements qui agitent notre village ?

— Je pense qu'ils sont... très insolites.

— Mais encore ? demanda Montalembert.

— Il est assez inhabituel de retrouver une telle somme d'argent chez un clochard.

— C'est cela le vrai mystère, approuva Montalembert. Il n'y en a pas d'autre ! Cette histoire de lettres anonymes, c'est de l'anecdote. Je vous renouvelle mes excuses concernant le comportement de Macabiau à votre égard.

Saint-Sauveur sourit. Il se demandait quelles étaient, dans l'attitude de Montalembert, la part de sincérité et celle de calcul. Pourquoi Montalembert l'avait-il invité chez lui ?

Une jeune femme au visage diaphane fit soudain son entrée dans le grand salon.

— Ah, Delphine, te voilà enfin. Je te présente monsieur Saint-Sauveur, qui séjourne actuellement au village. Delphine, ma fille.

Delphine s'avança et tendit à Saint-Sauveur une main incertaine qu'il se contenta de serrer. Delphine était grande, élancée comme sa mère, mais autant sa mère semblait solide, autant Delphine paraissait fragile. Elle avait un long visage, très beau, mangé par de grands yeux verts, vaguement humides, qui lui donnaient un regard triste. Mais en même temps – était-ce cette façon de tenir sa tête droite ? de regarder son interlocuteur bien en face ? – elle semblait animée par une grande force intérieure.

— Vous séjournez actuellement à Clérac ? demanda-t-elle.

— Oui.

— Pour quelles raisons ?

— C'est un très joli village.

— C'est curieux. Depuis quelque temps, des tas de gens trouvent à Clérac un charme fou.

— Il est vrai qu'on en parle beaucoup.

— Trop ! laissa tomber Delphine en toisant Saint-Sauveur.

Montalembert lança à sa fille un regard sombre qu'elle ignora.

La maîtresse de maison annonça que le dîner était servi. Delphine se leva et se rendit près de la cheminée. Saint-Sauveur la vit se pencher sur l'épaule du vieux et murmurer quelques mots à son oreille. Il répondit en agitant brusquement la main. Un geste vif, excédé. Saint-Sauveur fut frappé par le regard que la jeune femme lança alors au patriarche, un regard où l'on pouvait lire une admiration folle, sans limites, et il en fut presque effrayé. Tant de passion dans un regard si fugitif, tant de connivence, d'acceptation, alors même que le vieux l'avait repoussée.

Delphine se redressa et poussa le fauteuil jusqu'en bout de table. Malgré son état, le vieillard continuait de présider les repas de la famille Montalembert. Georges Albert invita Saint-Sauveur à s'asseoir et il s'installa lui-même à côté de son père. Saint-Sauveur les observa un instant tous les deux. Ils ne se ressemblaient pas et, contrairement à Delphine, rien ne semblait les unir. A côté du vieux, Montalembert faisait songer à un sirop fadasse. Saint-Sauveur songea que le fils Montalembert avait été écrasé par son père et il eut soudain la conviction qu'il n'était pas un enfant désiré. Comme c'était souvent le cas dans ce genre de situation, les gènes du vieux avaient sauté une génération, délaissant le fils pour se reporter sur Delphine. C'était elle qui avait hérité du caractère du vieux, de sa force. Elle en était consciente et plus que reconnaissante : toucher à un cheveu de son grand-père, c'était comme la scalper elle-même.

— Vous aimez le potage au potimarron ? demanda la maîtresse de maison.

— Bien sûr.

— Chez nous, le potage est une tradition, enchaîna Montalembert en remplissant les assiettes.

Saint-Sauveur attendit que la maîtresse de maison commence à manger, mais elle semblait, elle-même, attendre un signal. Saint-Sauveur vit alors le vieillard tendre un doigt autoritaire devant lui. Il désignait le pain. Sans prononcer un mot, Delphine saisit la miche et découpa des tranches qu'elle déposa dans l'assiette de son grand-père. Lorsqu'elle eut terminé, le vieux saisit sa cuillère et chacun se mit à manger.

— Pardonnez ma curiosité, monsieur Saint-Sauveur, mais vous faites quoi, dans la vie ? attaqua Montalembert.

— Actuellement, je voyage.

— Ah ! Et vous avez choisi notre région par hasard ?

— Je ne la connaissais pas.

— Ah ! Et vous l'aimez ?

— Oui.

— Ah !!!

Montalembert se mit à disserter sur la richesse du patrimoine régional et le peu de crédits accordés par les pouvoirs publics pour l'entretenir. Saint-Sauveur laissa doucement glisser son regard vers le vieux. Il mangeait sa soupe mécaniquement, le regard absent, et sa main ne tremblait pas d'une once lorsqu'il portait sa cuillère à sa bouche. Saint-Sauveur songea que, plus que le prolongement de son corps, la main du vieux était le prolongement de son esprit. Plus de quarante ans qu'il était tombé de cheval. Plus de quarante ans qu'il était cloué dans son fauteuil métallique. Mais, à coup sûr, le cerveau du vieillard fonctionnait encore à merveille.

— C'est comme ma propre demeure, soupira Montalembert. Elle est classée monument historique. J'ai bien fait des demandes auprès des autorités pour effectuer des travaux de restauration, mais elles sont restées lettre morte. Je trouve cela injuste, monsieur Saint-Sauveur. Voyez-vous, je comprends que le mystérieux donateur fournisse les fonds pour refaire le toit de l'église et construire une nouvelle mairie, mais je pense qu'il devrait également se soucier de la restauration du patrimoine du village, or cette bâtisse, où je vous accueille aujourd'hui, est l'un de ses plus beaux fleurons.

Saint-Sauveur faillit avaler sa soupe de travers. D'un trait, il venait de comprendre pourquoi Montalembert l'avait invité à dîner. Que Saint-Sauveur soit, ou non, l'auteur des lettres anonymes lui importait peu. En revanche, si Saint-Sauveur était, comme cela était possible, le mystérieux mécène qui faisait tomber sur le village une pluie de dollars, pourquoi donner sa part aux chiens ? Montalembert était tout simplement en train de réclamer son dû.

Saint-Sauveur, amusé, aurait voulu lui indiquer qu'il faisait fausse route, mais son hôte, devenu intarissable, s'était lancé dans un long plaidoyer :

— Cette maison porte toute la symbolique de l'histoire du village. Autrefois, lorsque les guerres menaçaient, les paysans venaient s'y réfugier. Je vous signale que les Allemands l'avaient choisie comme QG lors de l'Occupation. D'ailleurs, le Magounia lui-même adorait cette bâtisse. S'il était encore de ce monde, je suis sûr que...

— Tais-toi, papa ! cracha soudain Delphine. Tu ne vois pas que tu ennuies monsieur Saint-Sauveur ?

Le visage de la jeune femme était d'une pâleur inquiétante.

— Je vous ennuie ? demanda Montalembert, désemparé.

— Pas du tout, répondit Saint-Sauveur.

— Alors c'est moi que tu ennuies ! cracha Delphine.

— Et pourquoi donc ?

— Magounia n'aimait pas cette maison ! Il n'aimait aucune des maisons du village. Il n'aimait que sa cabane !

Montalembert paraissait sidéré.

— Comment le sais-tu ?

— Il me l'a dit.

— Toi, tu parlais avec le Magounia ?

— Je faisais plus que parler avec lui.

— Diable ! Tu le connaissais si bien ?

— Oui, figure-toi ! explosa Delphine. Je le connaissais bien. Très bien même ! Mieux que tu ne peux le penser.

— Delphine ! lança Huguette comme si elle souhaitait rappeler sa fille à l'ordre.

— Quoi, « Delphine » ? hurla la jeune femme. Oui, je m'appelle Delphine. Delphine de Montalembert ! Née de Georges Albert de Montalembert et de Huguette de Montalembert… et je l'aimais.

Elle éclata en sanglots.

— Quoi ? s'étrangla Montalembert, soudain livide.

— Ne dis pas n'importe quoi ! protesta la mère, sans conviction.

— Si ! Je l'aimais, je l'aimais.

Delphine se leva brusquement, faisant tomber la chaise sur laquelle elle était assise. Elle porta la main à son ventre, fut prise de spasmes et se mit à vomir à même le carrelage.

— Encore !... soupira la mère.

Montalembert se leva à son tour. Il semblait complètement affolé.

— Qu'est-ce que ça veut dire ? Et toi, pourquoi dis-tu « encore ? »

Huguette désigna le sol souillé.

— C'est la troisième fois depuis le début de la matinée. Georges Albert, j'ai bien peur que ta fille ne soit enceinte.

En entendant ces mots, Delphine éclata à nouveau en sanglots et s'enfuit de la salle à manger.

— Enceinte ? Mais... mais de qui ?

— Tu n'as pas compris ? demanda Huguette. Je vais la rejoindre.

Montalembert se retourna vers Saint-Sauveur, le regard vide.

— Delphine ? Enceinte ?...

— Je vais vous laisser, murmura Saint-Sauveur.

Montalembert ne semblait plus avoir conscience de sa présence. Il était écrasé par l'énormité de ce qu'il venait d'apprendre.

— Enceinte ? répéta-t-il. Du Magounia ? C'est impossible ! Huguette !

À son tour Montalembert sortit de la pièce, laissant Saint-Sauveur seul avec le vieillard cloué dans son fauteuil. Saint-Sauveur s'approcha de lui. Son regard était toujours aussi fixe, aussi dur, mais quelque chose dans sa physionomie avait changé. Saint-Sauveur mit un certain temps avant de réaliser qu'il souriait. Il se pencha à l'oreille du vieux.

— Qu'est-ce qui vous fait sourire ? demanda Saint-Sauveur.

Il vit que le vieux faisait un effort pour bouger ses lèvres et il approcha son oreille.

— La vie ! murmura le vieillard.

Dix minutes plus tard Montalembert, qui semblait avoir retrouvé ses esprits, vint les rejoindre dans la salle à manger. Il pria Saint-Sauveur de les excuser, lui et sa famille, pour le misérable spectacle qu'ils avaient offert et proposa à son invité de poursuivre le repas. Saint-Sauveur déclina l'invitation et Montalembert n'insista pas. Alors qu'il le raccompagnait à la porte, Montalembert pria son invité de rester discret et de ne rapporter à personne la scène dont il avait été témoin.

— Il en va de l'honneur de ma fille et de ma famille. Vous comprenez ?

Saint-Sauveur lui répondit qu'il comprenait et l'assura de sa complète discrétion. En le quittant, Montalembert lui serra chaleureusement la main.

Sur le chemin du retour, Saint-Sauveur ne parvenait pas à chasser une image de son esprit. Celle du sourire cynique du vieux Georges Arthur de Montalembert lorsqu'il avait appris que sa petite-fille, Delphine, était enceinte du Magounia.

18

Lorsqu'il se réveilla le matin, le lit était vide. Sony avait laissé un mot sur la table de chevet : « Ce soir, chez moi ! »

Saint-Sauveur prit sa douche et se rendit à la boulangerie, comme il le faisait chaque matin. A elle seule, la boulangère était un thermomètre. Les clients stationnaient longtemps dans sa boutique tant elle était bavarde et vivait les événements avec passion.

— Tout cet argent qui tombe du ciel, au début, j'ai cru à une supercherie, une sorte d'attrape-nigaud, disait-elle au moment ou Saint-Sauveur poussait la porte. Mais je ne le crois plus.

La boutique était pleine d'ouvriers venus en masse au village depuis le lancement des travaux.

— Pourquoi avez-vous changé d'avis ? demanda l'un d'eux.

— L'intuition féminine, peut-être, répondit la boulangère en minaudant. Voyez-vous, il n'y avait pas meilleur homme que le Magounia. Je ne sais ni comment, ni pourquoi, mais je suis sûre que tout cet argent, c'est grâce à lui. Cet homme était un saint ! C'est simple, on devrait le béatifier et lui faire une statue !

— Vous l'avez bien connu ? demanda un autre.

— Oh, quand j'étais jeune, oui, répondit la boulangère en rosissant.

En observant les rires sous cape des ouvriers, Saint-Sauveur songea que les ragots devaient aller bon train dans le village. La boulangère devait en être consciente et elle avait décidé de retourner la situation à son avantage en vantant les mérites de son ancien amant. Saint-Sauveur acheta deux pains au chocolat et s'en alla flâner du côté de l'église. Il admirait les équilibristes suspendus comme des araignées sur la toile pour reconstituer la charpente lorsque le curé vint le saluer.

— Bonjour, monsieur Saint-Sauveur.

— Bonjour, monsieur le curé. Les travaux avancent bien ?

— Et vous, votre enquête ? répliqua abruptement le curé.

Saint-Sauveur plissa son front.

— De quelle enquête est-ce que vous parlez, monsieur le curé ?

— Pardonnez-moi. J'oubliais que vous êtes ici pour visiter la région.

Il y avait de l'amertume dans sa voix, comme s'il en voulait à Saint-Sauveur de manquer de confiance en lui.

— Je suis inquiet, ajouta-t-il.

— Inquiet ? Pourquoi ?

— L'église, la mairie... Savez-vous que Macabiau est persuadé que vous êtes derrière tout ça ?

— Oui, je sais. Il a tort.

— Je le pense également. J'ai confiance en vous, Baptiste.

— Merci, acquiesça Saint-Sauveur, non sans avoir noté que le curé l'avait appelé par son prénom. Comment le connaissait-il ?

— Quels sont les motivations de notre mystérieux mécène, à votre avis ?

Saint-Sauveur se contenta de hausser les épaules.

— C'est un cadeau empoisonné ! murmura le curé.

— Qu'est-ce qui vous fait penser cela ?

— Je l'ignore. Un pressentiment.

— Depuis quand les hommes d'Eglise croient-ils aux pressentiments ?

— Avant d'appartenir à l'Eglise, les hommes sont des hommes, soupira le curé en s'éloignant.

Saint-Sauveur se rendit à la gare et acheta un billet pour Angoulême. Il voyagea dans un automoteur X 4790 de couleur caca d'oie d'assez mauvais goût – « Mise en service : 1980. Puissance : 440 kilowatts. Longueur : 21,24 mètres. Vitesse maximale : 140 kilomètres/heure. Nombre d'exemplaires construits : 7... » – et passa le temps du voyage à méditer. Il songeait à sa conversation avec le curé. Il lui arrivait également d'avoir des pressentiments. Il détestait cela, comme il détestait tout ce dont il ignorait la provenance et la destination. D'où venaient ses propres pressentiments ? Il lui semblait qu'ils naissaient au plus profond de lui, qu'ils enflaient en cheminant et venaient éclater dans son esprit comme de grosses bulles gazeuses. Parfois ils se révélaient justes, parfois faux. Comment savoir ?

Il décida de chasser ses idées noires et de se laisser bercer par le tam-tam des essieux qui glissaient sur leur fil d'acier. Il aperçut bientôt la flèche de la cathédrale d'Angoulême qui s'élançait dans le ciel.

Il passa la journée à traîner dans les ruelles de la vieille ville. Alors que le soleil disparaissait derrière les toits, il sonna à la porte de Sony. Elle déclencha l'ouverture automatique de la porte et sa voix résonna dans l'interphone :

— Troisième étage !

Il grimpa l'escalier. Au troisième, une porte était entrouverte. Il pénétra dans l'appartement.

— Sony ?

— Je suis dans la salle de bains. Sers-toi à boire !

Saint-Sauveur sourit. Cette fille savait-elle parler autrement qu'en donnant des ordres ? Il fit rapidement le tour de l'appartement. Elle habitait un joli petit studio en soupente au cœur de la vieille ville. Pas un meuble ne dépassait le mètre en hauteur. Le sol était jonché de synthétiseurs, de baffles, de fils et de tout un fatras électronique.

— C'est ici que tu composes ? demanda Saint-Sauveur en forçant sa voix.

— Oui.

— Tu as du talent.

Saint-Sauveur l'entendit pouffer.

— Pourquoi tu ris ?

— Parce que tu joues les modestes. Moi, je pianote. Toi, tu as vraiment du talent. Tu as déjà fait de la scène ?

— A une époque, oui.

— Tu as arrêté ?

— Oui.

— Pourquoi ?

Elle poussa la porte de la salle de bains et Saint-Sauveur eut un choc. Elle était vêtue d'une robe en soie rouge, très courte, qui moulait ses hanches et découvrait largement sa poitrine. Des chaussures fines à talons hauts prolongeaient ses jambes. Elle était superbe et provocante. Elle souriait.

— Je te plais ?

Saint-Sauveur eut un sourire.

— Bien sûr.

— Tant mieux ! On dit que les Indonésiennes sont les plus belles filles du monde. Il faut que j'assure. Je sais pourquoi tu as arrêté la scène, poursuivit Sony. Parce que tu ne supportes pas le regard des autres et particulièrement celui des femmes. Je me trompe ?

— Non.

— Moi, j'aime le regard des hommes.

Elle pêcha son sac à main à la volée.

— On y va ?

19

Ils dînèrent dans un restaurant calfeutré près de la cathédrale. Dans la rue, Saint-Sauveur avait remarqué que Sony multipliait les attitudes provocantes, accentuant son déhanchement, la cambrure de ses reins, le roulement de ses fesses. Pourquoi faisait-elle cela ?

— Qu'est-ce qui te plaît le plus, chez une femme ? demanda-t-elle abruptement alors qu'ils venaient de s'installer à table. Qu'elle soit belle ?

— Non, enfin... oui, bien sûr.

— Qu'elle soit tendre ?

— Oui !

— Qu'elle fasse bien l'amour ?

Saint-Sauveur hésita.

— J'aime faire l'amour avec toi, murmura-t-il au bout d'un temps, comme s'il avait prononcé un aveu honteux.

— Tu as connu beaucoup de femmes ?

A nouveau, il sembla hésiter.

— Connaître, c'est beaucoup dire.

— Tu as eu beaucoup de femmes ? insista Sony.

— Oui.

— Tu les as toutes aimées ?

— Non.

— Tu en as aimé certaines ?

— Tu m'embêtes.

— Réponds !

— Non.

— Je sais pourquoi tu ne veux pas répondre.

Saint-Sauveur conserva le silence.

— Parce que les femmes, tu les prends, tu les payes et tu les jettes. Je me trompe ?

— Tu m'emmerdes, Sony !

Le garçon vint déposer les plats sur la table et ils commencèrent à manger en silence.

— Si tu réussis à récupérer l'argent du Magounia, tu m'en donneras une part ? demanda Sony, le nez plongé dans son assiette.

Saint-Sauveur sursauta et Sony redressa la tête. Elle avait un petit sourire amusé.

— Tu es sérieuse ?

— On ne peut plus sérieuse. Ça te choque ?

— Qu'est-ce qui te fait penser que je veux récupérer l'argent du Magounia ?

— Tu es ici pour ça, j'en suis sûre !

— Admettons !... et admettons que je réussisse à récupérer cet argent. Pourquoi est-ce que je t'en donnerais une part ?

— Parce que...

Elle sembla hésiter. Elle était amusée et gênée à la

fois. Saint-Sauveur se demanda à quel jeu elle jouait.

— J'aime l'idée que tu me payes !

Saint-Sauveur accusa le coup.

— Tu as de drôles de fantasmes, murmura-t-il.

— Tu n'en as pas, toi ?

— Si.

— Lesquels ?

— Ça ne te regarde pas. C'est bon, ce que tu manges ?

Sony avait commandé des rognons de veau.

— Oui. Et toi ?

Saint-Sauveur engloutissait un cassoulet.

— Délicieux.

— Tu sais, je suis une femme comme les autres, murmura Sony.

— C'est-à-dire ?

— Vénale !

— Non. Tu n'es pas une femme comme les autres.

— C'est un compliment ?

— Je ne sais pas encore.

— Moi aussi, j'aime que tu sois différent.

Ils passèrent le reste du repas à parler de musique. Puis ils allèrent se promener autour de la cathédrale, dont le parvis était occupé par des orchestres de rue et des cracheurs de feu. Saint-Sauveur connaissait bien l'histoire du bâtiment. Il était en train de raconter comment l'amiral Coligny, protestant bien trempé, avait torpillé la tour sud en bombardant la ville, lorsqu'un homme posa sa main sur son épaule.

Au début, Sony ne réalisa pas vraiment ce qui s'était passé. Tout était allé très vite. Saint-Sauveur avait brusquement tournoyé sur lui-même et Sony avait entendu un bruit sourd.

L'instant d'après, l'homme gisait à terre, le nez en sang.

— Excusez-moi !

Saint-Sauveur tendait sa main pour aider l'homme à se relever.

— T'es dingue ou quoi ? demanda l'homme.

— Excusez-moi. J'ai été surpris. J'ai eu peur.

— Je voulais simplement te demander une petite pièce, dit l'homme en se relevant.

C'était un des cracheurs de feu qui occupaient la place. Il porta la main à son nez.

— Putain de merde ! Je saigne.

Saint-Sauveur fouilla dans sa poche. Il en sortit un billet.

— Tenez ! Excusez-moi encore.

L'homme prit le billet.

— Ça ira ? demanda Saint-Sauveur à l'homme, sans qu'on sache s'il parlait de l'état de son nez ou de la valeur du billet.

— Ouais ça ira, murmura l'homme en empochant l'argent, mais merde, faut apprendre à te contrôler, mon vieux !

Saint-Sauveur renouvela ses excuses et ils reprirent leur promenade. Une sorte de gêne s'était installée entre lui et Sony.

— Quand tu as peur, tu cognes ? demanda Sony au bout d'un temps.

— J'ai été surpris.
— Alors j'ai bien fait de te prévenir.
— De quoi ?
— Ce type voulait juste du fric.
— Et alors ?
— Avec moi, tu sais où tu vas !
— Tu me fais chier, Sony !

Elle éclata de rire et elle entraîna Saint-Sauveur dans une ruelle qui plongeait dans les bas quartiers.

— Tu m'emmènes où ?
— Tu verras bien.

Ils entrèrent dans un cabaret, le Lazy Bird, que Sony semblait bien connaître. Ils descendirent un escalier qui menait à une cave voûtée et enfumée. Les lumières, bleutées et crues, se reflétaient sur les visages des clients, irisant les chevelures, accentuant les traits. Saint-Sauveur songea au bar d'*Orange mécanique*. Kubrick aurait aimé ces lumières-là. La salle était bondée, mais le regard de Saint-Sauveur fut immédiatement attiré par une jeune femme qui, verre à la main, discutait gaiement au bar avec des amis. Saint-Sauveur songea que Delphine de Montalembert se remettait vite de ses émotions.

Sony lui avait pris la main pour fendre la foule.

— C'est la boîte branchée d'Angoulême ! cria-t-elle dans ses oreilles.

Elle mit résolument le cap sur le bar, embrassant au passage des grappes de filles et de garçons.

— Tu connais tout le monde, ici, fit remarquer Saint-Sauveur.

— Angoulême est petit. Ici, tout le monde connaît tout le monde !

Tenant fermement la main de Saint-Sauveur, Sony se fraya un passage jusqu'au bar, et, jouant des coudes, se fit une niche à côté de Delphine de Montalembert. Saint-Sauveur songea que cela n'avait strictement rien à voir avec le hasard.

Le barman siffla dans ses lèvres.

— Pfuuu... Bon Dieu, Sony ! Tu devrais nous faire ça plus souvent.

— Quoi ? demanda la jeune femme, amusée.

— Manque juste les jarretelles !

Sony se retourna vers Saint-Sauveur.

— J'ai vraiment l'air d'une pute ?

Il n'aima pas son regard à la fois malicieux et cruel et il baissa la tête.

— Ce n'est pas ce que je voulais dire, s'excusa le barman en regardant Saint-Sauveur.

Elle éclata de rire.

— Menteur !

— Tu bois quelque chose ? demanda le barman.

— Tequila pamplemousse !

— Et ton ami ?

Saint-Sauveur commanda un scotch.

— Pourquoi m'as-tu amené ici ? demanda-t-il à Sony.

— Je ne suis pas sûre que tu comprennes.

— Vas-y toujours...

— Parce que je suis fière de toi.

Elle posa son verre sur le comptoir et se détacha du bar.

— Tu m'attends ici !

— Tu m'abandonnes déjà ?

Il y avait presque de la détresse dans la voix de Saint-Sauveur et Sony sourit.

— J'en ai pour une seconde.

Elle se dirigea vers la scène et tomba dans les bras d'un grand type aux cheveux longs et filandreux qui devait avoir une cinquantaine d'années. Le type lui saisit la main et la fit tourner sur place en sifflant d'admiration. Sony riait aux éclats. Fort. Trop fort pour Saint-Sauveur, qui détourna son regard.

— Bonjour, monsieur Saint-Sauveur. Votre amie est très jolie, glissa Delphine en se penchant à son oreille.

Elle désigna l'homme qui avait pris Sony dans ses bras et l'enlaçait presque amoureusement.

— C'est Richard, un des patrons de la boîte. Vous n'avez rien à craindre de lui, il est pédé comme un phoque !

Saint-Sauveur regarda Delphine. Les yeux mouillés de la jeune femme lui parurent plus grands encore que la première fois où il l'avait rencontrée, plus beaux aussi, mais, cette fois-ci, il n'y lut aucune tristesse. Plutôt du défi.

— Vous êtes choqué que je parle comme ça ? demanda la jeune femme en riant. Pourtant, que peut-on attendre d'une fille comme moi, hein ? Une noble qui baise avec un clodo !

— Ne dites pas ça ! protesta Saint-Sauveur.

— C'est la vérité !

Saint-Sauveur évitait de croiser le regard de

Delphine. Il sentait que cette femme était profondément blessée, mais ce qui le mettait vraiment mal à l'aise, c'était que ses blessures lui rappelaient les siennes. En plus vif, en plus récent.

— Vous aviez l'air mal en point, hier soir, murmura-t-il.

— Mais je me soigne, cher monsieur. Avec ça !

Elle désigna la coupe de champagne qu'elle tenait à la main.

— Est-ce bien indiqué, dans votre état ? demanda Saint-Sauveur.

Delphine laissa glisser sa main sur son ventre.

— N'oubliez pas que c'est le fils d'un clodo que je porte.

Saint-Sauveur lui saisit la main.

— Ne dites pas des choses comme ça !

— Aïe ! Vous me faites mal !

— Pardonnez-moi.

Lentement, il desserra son étreinte. Delphine éclata d'un rire nerveux.

— On dirait que mon histoire vous touche personnellement.

— C'est possible.

— Votre père était un clochard ?

— L'alcool et la fumée ne sont pas indiqués pour une femme enceinte, quel que soit le père, éluda Saint-Sauveur.

De nouveau, Delphine éclata de rire.

— Vos leçons de morale, vous pouvez vous les foutre au cul, mon vieux. Tiens, mon vieux, j'y pense... Vous avez vu sa tête hier soir ? Quel con !

Subitement, la salle fut plongée dans l'obscurité. Seule la lumière blanche d'un projecteur qui tombait à pic sur la scène découpait l'espace, dessinant sur le sol un cercle parfait. Sony entra dans le halo, et se planta devant le micro, reins cambrés dans une attitude provocante. Elle avait les jambes légèrement écartées et laissait, entre elles, le pied du micro frôler son ventre. Il y eut quelques sifflets admiratifs, et le silence se fit.

— Mesdames et messieurs, j'ai rencontré pas mal de musiciens dans ma vie...

— Ouais ! firent des voix dans la salle.

Elle avait pris une voix suave, exagérément sensuelle.

— Mais celui que vous allez avoir le privilège d'entendre ce soir est unique. Non seulement il connaît par cœur les agissements funestes de l'amiral Coligny sur notre belle cathédrale en 1568, non seulement il est capable de réciter par cœur toutes les caractéristiques des autorails de la SNCF, mais en plus c'est un merveilleux musicien. Mesdames et messieurs, je vous demande d'accueillir...

Le projecteur de la scène s'éteignit soudain, plongeant la salle dans une totale obscurité. Presque immédiatement, une poursuite s'alluma, qui cadrait le visage de Saint-Sauveur.

— Saint-Sauveur ! déclama Sony sous les applaudissements.

— La garce, murmura Saint-Sauveur, dents serrées.

Le projecteur de la scène se ralluma. Sony avait disparu. A sa place, un saxophone était posé contre le pied du micro. Delphine se pencha sur l'épaule de Saint-Sauveur.

— Alors comme ça vous êtes musicien ? demanda-t-elle, vaguement goguenarde.

Saint-Sauveur, toujours prisonnier du halo de lumière, était comme pétrifié. Tous les regards étaient tournés vers lui. Dans la salle, certains se mirent à taper en cadence dans leurs mains.

— Ne faites pas cette tête-là ! protesta Delphine. Vous ne pouvez pas y couper, mon vieux. Il faut y aller.

Saint-Sauveur se leva comme un automate. Au bas de la scène, il croisa Sony.

— Tu me paieras ça !

Elle éclata de rire. Il monta sur scène, emboucha le saxophone et commença à jouer dans le brouhaha des conversations déjà reprises. Au fil des notes, il se fit dans la salle un silence de cathédrale. Saint-Sauveur gardait les yeux fermés, seul dans son halo de lumière, et les notes qui sortaient de son instrument ressemblaient à des appels déchirants. Delphine de Montalembert s'était approchée de la scène. Ses grands yeux verts fixaient Saint-Sauveur et elle paraissait fascinée. Saint-Sauveur termina son improvisation par un solo étourdissant et il s'affaissa, vidé. La salle éclata en applaudissements. Alors que Saint-Sauveur descendait de la scène, Richard se précipita sur lui et le prit dans ses bras. Il était ému.

— Ah mon vieux... mon vieux, c'était extraordinaire !

Alors que Richard le serrait dans ses bras, Saint-Sauveur chercha du regard Delphine de Montalembert. Elle semblait s'être évaporée.

Richard desserra son étreinte. Il était accompagné par un homme plus jeune au visage cireux, doux et torve à la fois.

— Vous êtes un formidable musicien, dit l'homme.

— Nous sommes les patrons de la boîte. Je m'appelle Richard. Et voici Jack. Nous serions heureux de vous accueillir au Lazy Bird.

— Je peux vous proposer un bon contrat, ajouta Jack.

— Moi je m'occupe de l'artistique. Jack s'occupe des finances. Nous pourrions...

— Hou là, hou là ! Laissez-le respirer, protesta Sony en passant son bras sous celui de Saint-Sauveur.

Elle l'attira à l'écart.

— C'était beau et... très émouvant. J'ai bien vu comment elle te regardait.

— Qui ?

— Ne fais pas l'innocent. Delphine de Montalembert ! Il y a quelque chose entre vous ?

— Non. Enfin... Nous partageons un secret.

— Lequel ?

— Hier soir, j'ai appris en même temps que son père qu'elle était enceinte.

— De qui ?

Saint-Sauveur hésita un court instant.

— Du Magounia.

— Tu plaisantes ?

— Non !

Elle éclata de rire.

— Cela signifie que le clochard a un héritier, poursuivit Saint-Sauveur.

Le rire de Sony se bloqua dans sa gorge. Soudain désemparée, elle posa sa main sur celle de Saint-Sauveur.

— Cela veut dire que...

— Oui. Adieu la fortune !

— Non, c'est pas ça.

— C'est quoi, alors ?

— Cela veut dire que tu vas t'en aller ?

Il sourit.

— Je croyais que tu ne t'intéressais qu'au fric.

— Réponds ! Tu vas partir, oui ou non ?

Son visage était blême.

— Non, répondit Saint-Sauveur. Pas encore.

20

Ce soir-là, ils burent un dernier verre au Lazy Bird. Sony était maussade. Elle en avait ras le bol de faire la preneuse de son à la télé. Au début, cela l'avait amusée, elle avait rencontré des gens intéressants, et puis cela lui permettait de gagner du fric, de quoi vivre confortablement. Mais elle en avait marre.

« Pourquoi est-ce que tu ne composes pas ? avait demandé Saint-Sauveur.

— Tu connais beaucoup de compositeurs qui vivent de leur art ? »

Saint-Sauveur avait souri.

« Non, ce que je veux, avait poursuivi Sony, c'est faire un gros coup ! Après, je pourrai vivre à ma guise. Un peu comme toi... »

Saint-Sauveur n'avait pas relevé. Sony proposa de rentrer. Lorsqu'ils furent devant chez elle, Sony désigna une grosse moto japonaise garée dans la cour.

Elle déchaussa ses hauts talons et les fourra dans son sac.

— Je n'ai pas envie de me coucher. On va faire un tour à moto ?

Saint-Sauveur fit la grimace.

— Tu ne veux pas ?

— J'ai peur à moto.

Elle haussa les épaules.

— Tu n'auras qu'à me serrer très fort.

Un quart d'heure plus tard, ils roulaient à tombeau ouvert sur les routes charentaises, étroites et vallonnées. Saint-Sauveur avait passé ses bras autour de la taille de Sony. La robe de la jeune Chinoise était remontée jusqu'au nombril. Saint-Sauveur avait incrusté son corps contre le sien et tous deux épousaient les courbes dessinées par la route.

Ce soir-là, sur sa moto, Sony songea que Saint-Sauveur était un menteur. Et qu'il mentait bien.

Elle gara la moto devant l'hôtel de la Gare, à Clérac, et ils s'embrassèrent longuement sans échanger un mot avant de monter dans la chambre.

21

Il était un petit peu plus de dix heures lorsque Saint-Sauveur descendit prendre son café. Derrière son comptoir, le patron était en train d'essuyer ses verres.

— Bonjour. Bien dormi ?

— Oui, merci.

Saint-Sauveur commença à feuilleter distraitement le journal. Le patron l'observait, petit sourire aux lèvres.

— Qu'est-ce que vous avez, à me regarder comme ça ? demanda brusquement Saint-Sauveur.

— Rien, je vous assure, se défendit le patron.

— Servez-moi un café sur la terrasse. Il fait bon, ce matin.

Saint-Sauveur choisit une table au soleil et poursuivit sa lecture, soulagé de ne plus avoir à supporter la trogne du patron. Il était installé depuis à peine cinq minutes lorsque Montalembert fit irruption, frémissant d'indignation.

— Vous êtes une sale petite ordure, monsieur Saint-Sauveur !

— Pardon ?

Montalembert serrait une feuille de papier roulée en boule dans son poing.

— Judas !

Avec une moue de dégoût, il lança la feuille de papier au visage de Saint-Sauveur.

— Mais qu'est-ce qui vous prend ?

— Ce qui me prend ? s'étrangla Montalembert. Il y a vingt ans, jeune homme, je vous aurais proprement cassé la gueule ! Aujourd'hui…

Saint-Sauveur eut juste le temps de placer sa main en écran pour éviter de recevoir le crachat en pleine figure. Alors que Montalembert s'éloignait, il essuya sa main et se pencha pour ramasser la boule de papier. Il défroissa la feuille. Elle contenait un texte imprimé en Times New Roman, corps 14.

La fille Montalembert est une catin.

Cette salope couchait avec le Magounia et aujourd'hui elle attend un bébé. Elle veut hériter des sous du clochard. Elle n'en profitera pas.

Après avoir lu le texte, Saint-Sauveur roula la feuille en boule et la jeta dans le caniveau. Il regagna l'intérieur de l'hôtel. Le patron, derrière son comptoir, n'avait pas perdu une miette de son altercation avec Montalembert.

— Montalembert avait l'air très en colère, non ? lança-t-il.

— Il l'est. Vous étiez au courant, pour la lettre ?

— Oui. Tout le village l'a reçue.

— Par la poste ?

— Oui. Par la poste.

Saint-Sauveur poussa un soupir de soulagement. La seule personne à qui il avait confié le secret des Montalembert était Sony. Il le lui avait dit la veille. Elle avait passé la nuit avec lui. Elle avait quitté l'hôtel au petit matin. Impossible que ce soit elle.

Saint-Sauveur se rendit à la boulangerie acheter ses pains au chocolat. Le magasin bruissait comme une ruche. Face à son public, la boulangère était survoltée :

— Ah, la Delphine, qui aurait cru ça, hein ? Oh, mais ils sont nombreux à m'avoir dit qu'on la voyait sans cesse traîner autour de la cabane. De là à penser que… hein ? On lui aurait volontiers donné le bon Dieu sans confession, à cette petite sainte-nitouche, avec ses airs de pimbêche effarouchée. Tu parles ! Une monte-au-cul, oui ! Faut toujours se méfier de l'eau qui dort ! Et une Montalembert, en plus ! Remarquez, sa mère ne sort pas de la cuisse de Jupiter, hein ? Il n'y a pas de secret. Telle mère, telle fille ! Deux pains au chocolat, monsieur Saint-Sauveur ? Vous êtes au courant, pour la Delphine ?

— Oui.

— Vous avez reçu la lettre ?

— Non. Son père me l'a… montrée.

— Ah ! Il doit être dans un bel état, le Georges Albert !

— Il est bouleversé.

— On le serait à moins. Pensez ! Une Montalembert, coucher avec un clochard !

— Un clochard riche, fit remarquer un ouvrier.

— Oui, mais un clochard tout de même ! aboya la boulangère, qui avait oublié que, la veille encore, elle réclamait qu'on érige une statue au Magounia.

Saint-Sauveur décida d'aller se promener. Les rues du village étaient baignées de soleil, mais, curieusement, elles étaient vides, comme si chacun préférait rester terré chez soi. Derrière les fenêtres, Saint-Sauveur apercevait parfois des rideaux qui se soulevaient, des visages qui l'observaient discrètement, des voix qui murmuraient après son passage. Il songea que le village était à point, comme un rôti au four se craquelle et s'apprête à livrer son jus. Vaguement écœuré, il se dirigea vers la gare.

22

Dans l'après-midi, le facteur distribua une seconde fournée. Deux lettres anonymes dans la même journée !

La deuxième lettre, tapée sur papier machine ordinaire en Times New Roman, corps 14, disait :

Macabiau dit qu'il ne sait pas d'où vient l'argent pour l'église et la nouvelle mairie.

Il ment ! Il le sait très bien. Il n'en profitera pas.

La lettre qui concernait Delphine avait été postée la veille depuis Angoulême. Celle qui concernait Macabiau l'avait été, la veille également, mais depuis Bordeaux. Cela expliquait sans doute que l'une était arrivée dès le matin, l'autre dans l'après-midi.

23

La nuit était tombée, mais l'air était encore étouffant. L'ombre de la Chouette, portée par la lune blafarde, glissait le long des murs comme si elle s'y coulait. La vieille était encore étonnamment vive et souple pour son âge. Surtout la nuit, où elle semblait retrouver l'agilité de ses vingt ans.

La nuit était son royaume.

Lorsque le soleil lançait ses derniers feux derrière les collines du village, la Chouette sortait ses antennes. La nuit, rien ne lui échappait. Pas le moindre ronflement, le moindre râle, le moindre murmure, le moindre aboiement dont elle n'eût su dire de quelle poitrine, de quelle maison, de quel chien ils provenaient. Jusqu'aux disputes et aux conversations les plus discrètes ! La Chouette veillait sur la nuit comme une maîtresse jalouse. Elle en connaissait tous les secrets.

Elle monta la route de la Combe au moulin et se dirigea vers la propriété des Montalembert. Elle contourna le grand portail, pénétra dans la grange par une ouverture discrète et se glissa dans la cour. Elle resta un long moment immobile, à épier les bruits de la nuit. Puis, silencieusement, elle traversa la cour et se plaqua contre le mur de la grande bâtisse. Elle attendit à nouveau un moment avant de se courber en deux et de remonter le bâtiment. Elle vint s'accroupir au pied de la fenêtre du grand salon et ne bougea plus. De là où elle se trouvait, elle entendait distinctement les voix de Macabiau et de Montalembert. Les deux hommes se disputaient. Dans le ciel, les nuages léchaient la lune.

— Je veux la moitié du gâteau ! hurlait Macabiau.

— Tu n'auras rien du tout ! rétorqua Montalembert.

— Alors personne n'aura rien. Tu vois ce papier ? Si tu ne me donnes pas ma part, je lâche le morceau et on se retrouve tous marron.

Il y eut un silence.

— Quelqu'un d'autre que toi est au courant ? demanda Montalembert.

— Non ! Personne.

— La chose pourrait s'ébruiter...

— Pas si tu sais fermer ta bouche. N'oublie pas que le Magounia repose deux pieds sous terre.

Il y eut un nouveau silence.

— Alors tu te décides ? C'est oui ou c'est non ? demanda Macabiau.

— Tu ne me laisses pas le choix, gredin.

— Te voilà raisonnable. Même part à deux, ça fait beaucoup d'argent. Te voilà de nouveau riche,

Montalembert, et moi, m'y voilà enfin ! Buvons un coup !

Deux heures plus tard, Macabiau, légèrement titubant, passait le portail de chez Montalembert. Il emprunta la route du village en sifflotant gaiement. Arrivé à la hauteur de la croix de Jonzac, il aperçut un homme qui s'avançait vers lui. Macabiau le connaissait. Il éprouvait peu de sympathie pour lui. Macabiau n'aimait pas les étrangers qui venaient traîner au village, surtout les jeunes. Mais il se sentait d'humeur joyeuse et il s'apprêtait à le saluer, lorsque l'homme se précipita sur lui. Avant que Macabiau comprenne qu'il en voulait à sa vie, l'homme lui enfonça un couteau au fond de la gorge. Macabiau s'écroula comme une masse, sans un cri.

Au moment où la lame perçait la gorge de Macabiau, la Chouette avait senti un frémissement parcourir son corps. Une onde de plaisir intense avait pris naissance dans son bas-ventre et s'était répandue partout en elle. Elle avait failli pousser un cri. Mais elle s'était contenue. Elle était restée cachée et elle observait, haletante.

L'homme attendit un moment, aux aguets. Mais il ne perçut que le souffle léger du vent et le bouillonnement du sang de Macabiau qui achevait de se vider. Rassuré, l'homme s'agenouilla près du corps et fouilla les poches de sa victime. Il en ressortit un bout de papier, le tourna à la lueur de la lune, le fourra dans la poche arrière de son pantalon. Puis il reprit le chemin du village.

Arrivé sur la place de la gare, il essuya soigneusement le manche de son couteau avec un mouchoir et lança l'arme dans le caniveau. Au même moment il y eut une sorte de vibration dans l'air, un rugissement lointain qui se rapprochait. L'homme courut se plaquer contre le mur d'une maison.

Les phares du TGV trouèrent la nuit, jetant sur les alentours une lumière crue. Le monstre d'acier déferla dans un miaulement sauvage.

Lorsqu'il ne fut plus qu'un grondement lointain, une fois l'obscurité revenue, la Chouette sortit du recoin où elle s'était dissimulée. Elle se pencha pour jeter un œil sur la place. Elle était déserte. L'homme qu'elle avait suivi depuis la croix de Jonzac avait disparu.

24

Saint-Sauveur poussa un grognement de plaisir et se tourna sur le côté. Il adorait le rugissement des TGV, surtout au cœur de la nuit, lorsqu'ils surgissaient brutalement des ténèbres, telles des épées chevaleresques et indomptables. Il était alors emporté dans un tourbillon, celui de son enfance et de ses rêves.

A l'orphelinat, la fenêtre de sa chambre surplombait la voie ferrée. Le bruit et les lumières des trains qui filaient dans la nuit lui étaient familiers. Blotti au fond de son lit, il entendait au loin le roulis des essieux qui enflait en cadence, puis les phares venaient balayer les murs de sa chambre comme des projecteurs de cinéma. Saint-Sauveur s'évadait alors de sa prison pour se retrouver passager de trains imaginaires qui le menaient au bout du monde. Il traversait le Mexique à bord du Chihuahua al Pacifico, dont la cheminée lançait une fumée si épaisse et si noire qu'elle enveloppait jusqu'aux clochers des églises, il sautait dans la locomotive rouge et or du train des nuages pour franchir d'un trait la cordillère des Andes, il atterrissait sur le toit du fabuleux train des maharadjahs, le plus luxueux d'entre tous. Aucun wagon n'était semblable à l'autre et tous portaient des noms magiques, Bikaner, Jodhpur, Alwar, Jaipur...

Ce matin-là, il était en train de rêver lorsque des coups violents interrompirent son sommeil.

On frappait, ou plus exactement on cognait à la porte de sa chambre.

— Monsieur Saint-Sauveur ? Monsieur Saint-Sauveur ? Vous êtes là ?

C'était la voix du patron. Il avait l'air affolé.

— Oui, c'est pour quoi ?

— Ouvrez !

Saint-Sauveur se leva, passa son peignoir et ouvrit la porte. Il se retrouva brutalement rejeté en arrière par deux hommes qui le plaquèrent au sol pendant qu'un troisième lui passait les menottes. Saint-Sauveur avait eu le temps de reconnaître la silhouette de l'inspecteur Mignoni.

— Qu'est-ce qui vous prend ? réussit-il à demander.

— Restez tranquille, murmura l'inspecteur Mignoni en refermant les pinces d'acier.

L'inspecteur avait placé son genou sur l'échine de Saint-Sauveur et il faisait pression. Saint-Sauveur avait du mal à respirer.

— Pourquoi faites-vous ça ?

— C'est moi qui pose les questions. Où étiez-vous, cette nuit ?

— Ici.
— Dans votre chambre ?
— Oui.
— A quelle heure vous êtes-vous couché ?
— Vers une heure, je pense.
— Seul ?
— Oui, seul.
— Votre amie, la Chinoise, n'était pas avec vous ?
— Non.
— Où est-elle ?
— En reportage. A Royan, je crois.
— Qu'avez-vous fait jusqu'à une heure du matin ?
— J'ai joué de la musique.
— Où ?
— Sous le pont, près de la ballastière.
— Seul ?
— Oui, seul.
— Avez-vous un témoin ?
— Non. Pouvez-vous cesser d'appuyer votre genou sur ma colonne vertébrale ?

L'inspecteur relâcha la pression de son genou, mais il continuait à maintenir Saint-Sauveur plaqué à terre en appuyant sur ses épaules.

— C'est tout ce que vous avez comme alibi ?
— Pourquoi aurais-je besoin d'un alibi ?
— Un homme a été tué, cette nuit.
— Qui a été tué ?
— Macabiau. Je dois vous conduire chez le juge.

Saint-Sauveur soupira. Il essayait de réfléchir, mais tout allait trop vite.

— J'aimerais prendre une douche et me laver les dents. C'est possible ?

L'inspecteur se redressa, poussa la porte de la salle de bains et étudia les lieux.

— C'est possible.

Il libéra une des mains de Saint-Sauveur et passa le bracelet autour du tuyau de la douche.

— Ne soyez pas trop long, le juge nous attend.

Saint-Sauveur hocha la tête.

— Si vous n'avez rien de plus épais à lui offrir que de la musique sous un pont désert, vous êtes dans de sales draps, mon vieux, ajouta Mignoni avant de refermer la porte.

Saint-Sauveur laissa couler l'eau sur son visage afin de reprendre ses esprits et il tenta de faire le point.

La veille, Sony avait laissé un mot sur la table de chevet avant de quitter l'hôtel au petit matin : « Deux jours en reportage à Royan. » Il était descendu boire son café et Montalembert lui était tombé dessus.

L'atmosphère de Clérac était vite devenue irrespirable. Il avait éprouvé le besoin de prendre l'air.

Il avait pris un billet pour Saint-Emilion et il avait passé la journée à arpenter paresseusement les coteaux, à traîner dans la vieille ville, à goûter le soleil aux terrasses des cafés.

Il était rentré le soir à Clérac. Il avait dîné seul à l'hôtel. Puis il avait décidé d'aller faire un tour pour profiter de la fraîcheur qui tombait. Il avait passé un long moment à jouer du saxo sous le pont. Lorsqu'il était rentré, vers une heure du matin, l'hôtel était désert et il était monté directement se coucher.

Il toqua à la porte de la salle de bains pour indiquer qu'il avait terminé. L'inspecteur Mignoni lui ouvrit la porte. Un de ses hommes était en train de passer la chambre au peigne fin. L'autre se présenta à la porte. Dans ses mains gantées, il tenait un couteau dont la lame était tachée de sang et une feuille de papier froissée.

— J'ai trouvé ça.

— Où ?

— Dans le caniveau, à côté de la terrasse.

— Bien. Apporte-les immédiatement au labo.

Saint-Sauveur songea que la feuille de papier froissée était la lettre anonyme que Montalembert lui avait jetée à la figure. Ses empreintes y figuraient. Le couteau ? Vraisemblablement celui qui avait servi à tuer Macabiau.

Il acheva de se vêtir en présence de l'inspecteur. Le flic n'était ni hostile, ni aimable. Il semblait absent. Ils n'échangèrent pas un mot dans la voiture qui les conduisait au palais de justice d'Angoulême.

25

— Il y a mes empreintes sur la feuille de papier, murmura Saint-Sauveur alors que la voiture se garait sur le parking du palais de justice.

— Quelle feuille de papier ? demanda Mignoni.

— Celle qu'un de vos hommes a trouvée dans le caniveau.

— Ah ! Et pourquoi y a-t-il vos empreintes sur cette feuille ?

— Montalembert est venu me la jeter à la figure ce matin.

— Il y avait un couteau avec la feuille.

— Oui, je sais.

— J'espère pour vous qu'il ne porte pas également vos empreintes !

Ils descendirent de la voiture et Mignoni conduisit Saint-Sauveur jusqu'à un bureau encombré de dossiers poussiéreux dans lequel l'attendait une jeune femme blonde aux ongles peints.

— Asseyez-vous, monsieur Saint-Sauveur, lança

la jeune femme en désignant une chaise. Non, restez, monsieur Mignoni, ajouta-t-elle alors que l'inspecteur s'apprêtait à sortir du bureau.

L'inspecteur Mignoni hocha la tête et s'installa au fond du bureau. La juge prit place en face de Saint-Sauveur.

— Vous savez pourquoi vous êtes ici ?

— Macabiau est mort et vous me suspectez de l'avoir tué.

— Exact.

Elle s'exprimait avec une sécheresse qui ne parvenait pas à dissimuler la finesse et la douceur de ses traits. Saint-Sauveur eut un frisson. Déjà, il craignait la justice. Mais il la redoutait d'autant plus lorsqu'elle se parait de charme et de féminité.

— Nous allons tout reprendre à zéro, si vous le voulez bien. Vous êtes arrivé à Clérac dans la journée du 7 juin. Exact ?

— Oui.

— Qu'est-ce que vous êtes venu faire dans ce village ?

— Je voyage.

Elle ne sembla pas surprise par le manque de précision de sa réponse. Juste un brin excédée.

— Les premières lettres anonymes sont arrivées à Clérac le matin du 9, postées depuis Bordeaux la veille. Où vous trouviez-vous, la veille du 9 juin, monsieur Saint-Sauveur ?

— J'ai passé la journée à Soulac, mais je suis effectivement resté une heure à Bordeaux.

— Vous aviez donc le temps matériel de poster ces lettres ?

— Oui.

— Bien ! Il est de notoriété publique que le maire de Clérac vous soupçonnait d'être l'auteur des lettres anonymes. Vous êtes d'accord ?

— Oui.

— Dans la soirée du 11 juin, le maire de Clérac organise une réunion afin de tenir les habitants informés des événements. Vous vous présentez à cette réunion sans y être invité. Le maire vous fait sortir de la salle. Exact ?

— Exact !

— Selon certains témoignages, vous étiez furieux.

Saint-Sauveur fit la moue.

La juge saisit un procès-verbal qui traînait sur son bureau et se mit à lire :

— « J'ai regardé Saint-Sauveur au moment où le maire lui demandait de sortir. Il avait un rictus mauvais. Je me souviens d'avoir pensé à ce moment-là que ce type, il avait le visage d'un assassin. »

Saint-Sauveur se demanda qui avait déclaré cela. Le patron de l'hôtel, la boulangère, le boucher, Montalembert ? Tous ? Le rôti rendait son jus. Il était rance, comme prévu.

— J'ai plusieurs témoignages de ce genre, précisa la juge comme si elle avait deviné ses pensées. Poursuivons ! Le lendemain, vous êtes invité à dîner chez monsieur de Montalembert. Vous êtes témoin d'une scène où Delphine, la fille de monsieur de

Montalembert, laisse entendre clairement qu'elle est enceinte d'un homme récemment décédé, qu'on appelait le Magounia.

De nouveau, elle saisit un procès-verbal.

— J'ai ici une déclaration de monsieur de Montalembert. Souhaitez-vous que je vous en donne lecture ?

— C'est inutile.

— Vous reconnaissez donc que monsieur de Montalembert vous a demandé de ne rapporter à personne la scène dont vous aviez été le témoin ?

— Oui.

— Le lendemain, vous passez la journée à Angoulême et la soirée avec votre amie Sony Li Chang. Exact ?

— Exact.

Saint-Sauveur se retourna vers Mignoni. Il était impossible que la juge ait pu réunir autant d'informations en si peu de temps. Le flic l'avait pisté. Peut-être même l'avait-il suivi ? Saint-Sauveur avait plusieurs fois éprouvé la sensation d'être filé. Il chercha le regard du flic, mais Mignoni fixait le bout de ses godasses.

— Le 14 juin, poursuivit la juge, une seconde série de lettres anonymes arrive à Clérac. Deux, pour être précise. La première est postée depuis Bordeaux, la seconde depuis Angoulême. Or, vous étiez la veille à Angoulême, et vous seul, d'après monsieur de Montalembert, étiez au courant pour Delphine. Nous sommes toujours d'accord ?

— Je n'ai pas posté de lettres.

— C'est ce que nous verrons ! Que faisiez-vous, cette nuit, entre vingt-deux heures et deux heures du matin ?

Saint-Sauveur poussa un soupir.

— Je suis sorti faire un tour, puis je suis rentré me coucher.

— Le patron de l'hôtel vous a vu sortir vers vingt-deux heures. Où êtes-vous allé ?

— Sous un pont, jouer de la musique.

— Vous avez un témoin ?

— Non.

— D'après le médecin légiste, monsieur Macabiau a été assassiné entre minuit et deux heures du matin. Je vais vous dire pourquoi je vous suspecte.

Fut-ce l'accent de sa voix à ce moment-là ? Saint-Sauveur se sentit soudain glacé.

— Monsieur Macabiau a été sauvagement assassiné d'un coup de poignard plongé en pleine gorge. Saigné comme un animal ! Ça ne vous rappelle rien ?

Saint-Sauveur tressauta comme s'il avait reçu une décharge électrique.

La juge désigna un dossier de couleur jaunâtre.

— J'ai ici votre casier judiciaire.

Elle ouvrit le dossier et se mit à lire. Saint-Sauveur en connaissait le contenu. Il connaissait sa vie mieux que personne. Les images défilaient dans sa tête, au fil des mots prononcés par la juge. « Orphelinat, violence, être asocial… »

Des images lui revenaient, et surtout celle du couteau qu'il avait saisi le jour où le concierge de l'orphelinat, une brute avinée, avait tenté de le violer. Il revoyait le visage de l'homme penché sur lui, les yeux exorbités. Il entendait encore les mots qu'il prononçait, « Toi, tu te prends pour le caïd, mais tu vas passer à la casserole mon mignon, comme tous les autres. » Il revoyait le sang gicler de sa gorge comme d'une fontaine. L'homme s'était effondré et Saint-Sauveur avait assisté à son agonie, pétrifié. « Il l'a saigné comme un animal », avait dit le juge pour enfants avant de prononcer son incarcération. « La société ne peut laisser en liberté un adolescent en proie à de telles pulsions », avait-il ajouté. A cette époque, Saint-Sauveur avait tout juste seize ans. Il en avait vingt lorsqu'il était sorti de prison.

— Les psychiatres vous ont déclaré sain de corps et d'esprit. D'ailleurs, vous avez effectué des études très brillantes en prison. Licence de droit, maîtrise en art et archéologie, maîtrise de langues orientales, premier prix de conservatoire. Vous avez fait feu de tout bois. Félicitations. Mais les psychiatres ont également déclaré que vous pouviez encore être capable de pulsions violentes, liées à un traumatisme d'abandon lors de votre petite enfance. Vous êtes né sous X, n'est-ce pas ?

— Oui.

— D'après les psychiatres, ces pulsions peuvent vous conduire jusqu'à des absences de conscience, que les spécialistes appellent des « trous noirs ». Avez-vous connu un de ces « trous noirs » récemment, monsieur Saint-Sauveur ?

— Non.

— Même sur la place de la cathédrale d'Angoulême, avec un cracheur de feu ?

De nouveau, Saint-Sauveur se tourna vers Mignoni, mais le flic s'obstinait à fuir son regard.

— Avez-vous connu d'autres trous noirs récemment ? répéta la juge.

— Non.

— Comment pouvez-vous le savoir, puisqu'il s'agit d'absence de conscience ?

— Ne vous laissez pas influencer par les termes utilisés par les psychiatres.

La juge se raidit.

— Vous haïssiez Macabiau !

— Au point de le tuer ?

— Vous ne supportez pas d'être rejeté, monsieur Saint-Sauveur. Les psychiatres l'ont écrit noir sur blanc dans votre dossier. C'est phobique chez vous depuis que votre mère, elle-même, vous a rejeté !

La juge fit une pause, observant le visage de Saint-Sauveur, pour l'heure d'une pâleur cadavérique.

— Macabiau vous suspectait d'être l'auteur des lettres anonymes. Il vous suspectait d'être derrière toutes ces manigances concernant la fortune du clochard. Il ne voulait plus de vous au village. Il voulait vous exclure. Vous le saviez. La nuit dernière, vous l'avez tué. Exactement comme, quinze ans plus tôt, vous avez saigné le concierge de l'orphelinat : en lui plongeant un couteau dans la gorge. Vous laisser en liberté, même sous contrôle judiciaire, constituerait incontestablement une menace pour l'ordre public ! Je prononce donc votre incarcération !

Saint-Sauveur, comme s'il cherchait désespérément de l'aide, se tourna à nouveau vers Mignoni. Mais il venait de sortir du bureau.

26

Le gardien ouvrit la porte de la cellule et Saint-Sauveur y pénétra. Il connaissait l'importance des premiers regards entre codétenus. Ils étaient deux, un grand costaud vêtu d'un tee-shirt blanc immaculé et d'un pantalon de jogging soyeux, pantoufles aux pieds, et un petit beur, assis sur son lit, ramassé, tassé sur lui-même. Saint-Sauveur nota immédiatement qu'il avait les ongles rongés jusqu'au sang.

— Salut.

— Salut.

Il s'allongea sur le lit du haut, croisa ses mains derrière la tête et ferma les yeux.

Il lui semblait qu'il était revenu douze ans en arrière. Les mêmes odeurs de pisse, de sueur âcre, de salpêtre, de féculents et de vieilles peintures qui se superposent en couche fétides. Les mêmes bruits. Les cris des gardiens qui hurlent « Surveillant ! » pour franchir les sas. Les cliquetis des clés qui pendent à leur ceinturon. Les rires. Les éclats. Les insultes. Le fracas des serrures, ouvertes et refermées vingt fois, cent fois par jour.

Il songea à la première année qu'il avait passée à la prison pour jeunes de Fleury-Mérogis. Une année à se battre contre les plus vieux, qui voulaient imposer leur loi. Une année à mordre, à ruer, à cogner, jusqu'à ce que ses poings saignent et que ceux qui voulaient le réduire abandonnent face à tant de rage. Une année de combats féroces, jusqu'à ce que le nom de Saint-Sauveur inspire un mélange de crainte et de respect.

A cette époque, Saint-Sauveur pensait naïvement que c'était la seule voie possible. Il avait pensé cela jusqu'à ce qu'un homme se présente au parloir et demande à lui parler. Saint-Sauveur avait été surpris. Il ne recevait jamais la moindre visite.

L'homme était grand, large d'épaules, le visage taillé à la serpe, vêtu d'une sorte de grand pardessus en laine peignée qui ajoutait à sa carrure. Immédiatement, en le voyant, Saint-Sauveur avait songé à un personnage de Victor Hugo. Cette impression ne l'avait plus jamais quitté.

« Je m'appelle Foch. Tu ne me connais pas mais moi je te connais, enfin… j'ai entendu parler de toi.

— Qui vous a parlé de moi ?

— Certaines personnes.

— Qu'est-ce que vous me voulez ?

— Je veux discuter avec toi.

— Pourquoi ? »

Foch n'avait pas répondu à sa question. Foch ne

répondait jamais aux questions qu'on lui posait. Il s'était mis à parler des enfants des orphelinats, particulièrement de ceux qui, comme Saint-Sauveur, n'avaient connu ni père, ni mère. Il avait parlé de ce qu'ils ressentaient, de leurs fureurs et de leurs tourments, de l'errance de leur vie brisée. Saint-Sauveur l'avait d'abord écouté par curiosité, puis avec attention. Foch employait des mots justes, profonds. Saint-Sauveur n'avait jamais entendu personne les prononcer avant lui.

Il s'était demandé si Foch lui-même avait partagé le sort de ces enfants abandonnés. Il en fut très vite persuadé, mais jamais il ne lui posa la question. Foch ne répondait jamais aux questions qu'on lui posait.

« On me dit que tu ne cesses de te battre contre les autres détenus, avait dit Foch. Pourquoi ?

— Pour qu'ils me respectent. »

Foch avait ricané.

« Tu as pourtant l'air intelligent. Se battre ne sert à rien.

— Il faut se laisser faire ?

— Non.

— Alors ?

— Sais-tu quel est le seul moyen d'être en paix avec soi-même et avec les autres ? avait demandé Foch.

— Non !

— La connaissance ! Savoir d'où viennent toutes choses et où elles vont. C'est la seule voie ! »

Saint-Sauveur avait haussé les épaules.

« Je ne sais pas moi-même d'où je viens ni où je vais.

— Justement. »

Saint-Sauveur se souvenait de s'être demandé à ce moment-là qui était cet homme dont les paroles le troublaient tant. Il n'était ni juge, ni avocat, ni aumônier, ni visiteur de prison, et pourtant les regards des matons se posaient sur lui avec respect. Presque avec crainte. Il émanait de lui une sorte de magnétisme, de force calme et sûre que Saint-Sauveur lui envia, lui qui devait sans cesse montrer les crocs pour survivre.

Lorsqu'il reçut le premier livre que Foch lui envoya, « le manuel d'Epictète », il le dévora. Il en reçut bien d'autres. Au fil de ses lectures, il se transforma. Il cessa de se battre. Curieusement, les autres détenus cessèrent de le provoquer. Il se lança dans l'apprentissage de la connaissance. Aucune matière, histoire, géographie, physique, philosophie, musique, ne résistait à sa soif d'apprendre.

Foch lui rendait de fréquentes visites au parloir de la prison. Ils discutaient des heures entières sans que les matons les interrompent. Mais si, de son côté, Saint-Sauveur se livrait entièrement, Foch conservait tout son mystère.

Un jour, alors que sa libération approchait, Saint-Sauveur se décida à poser la question qui le démangeait. La seule à laquelle il aurait exigé que Foch réponde.

« Vous m'avez beaucoup aidé. Qu'attendez-vous de moi en retour ?

— Que tu me serves ! »

Saint-Sauveur avait hoché la tête, comme si Foch avait énoncé une évidence.

« Le jour où tu sortiras de prison, je serai là », avait simplement ajouté Foch avant de se lever.

Lorsque Saint-Sauveur était sorti de prison, Foch l'attendait sur le trottoir d'en face. Pour la première fois, depuis trois ans qu'ils se connaissaient, ils se serrèrent la main. Comme on scelle un pacte.

Les cris de ses deux compagnons de cellule sortirent Saint-Sauveur de sa rêverie. Le grand costaud gueulait parce qu'Ibrahim, le petit beur, n'arrêtait pas de s'agiter et que ça l'énervait.

— Reste tranquille, bordel ! Bouffe-toi les mains et arrête de faire ièch !

— J'ai plus d'ongles, décréta Ibrahim.

— T'as qu'à te bouffer les pieds !

— Je suis pas un singe, connard !

Ibrahim cogna contre le lit de Saint-Sauveur.

— Eh, toi !

— Quoi ?

— T'as pas des cachetons ?

— Quel genre ? demanda Saint-Sauveur.

Il savait qu'en prison celui qui peut dealer des cachetons est mieux considéré qu'un roi.

— Calmants, neuroleptiques, n'importe quoi. Je crève.

— Je vais voir ce que je peux faire.

Un quart d'heure plus tard, un surveillant cognait

à la porte de la cellule pour annoncer la promenade. Saint-Sauveur demanda à être reçu par le médecin psychiatre.

— Je transmets, affirma le gardien.

Saint-Sauveur se laissa porter par le flot des détenus jusqu'à la grande cour centrale. Il prit plaisir à arpenter le pavé, laissant les rayons du soleil vif lui lécher le visage. En croisant le regard des autres détenus, il frissonna. Il savait que certains d'entre eux pouvaient se métamorphoser en bêtes féroces une fois la nuit tombée et les portes des cellules closes. Rien ne faisait plus horreur à Saint-Sauveur que le viol. Cette répulsion lui venait du plus profond de lui-même. Saint-Sauveur était persuadé d'être né d'un viol. Sinon, pourquoi sa mère aurait-elle accouché sous X ?

« Fin de la promenade ! » cracha le haut-parleur.

Alors qu'il avait réintégré le rang et qu'il s'apprêtait à regagner sa cellule, un gardien s'adressa à lui :

— Saint-Sauveur, psy !

Il lui indiqua un couloir d'un jaune pisseux, au bout duquel se trouvait l'infirmerie. Le maton de service le fit entrer en cellule d'isolement. Il n'y resta qu'un court instant. Un homme jeune et frêle ouvrit la porte et l'invita à le suivre.

Il le fit rentrer dans une petite pièce et l'invita à s'asseoir.

— Je suis le psychiatre. Vous avez demandé à me voir ?

Il avait une voix mielleuse et des mains fines qu'il ne cessait de frotter l'une contre l'autre.

— Oui, merci de me recevoir aussi rapidement.

— Qu'est-ce qui vous arrive ?

Dès son entrée dans le bureau, Saint-Sauveur avait aperçu un classeur sur lequel figurait son nom. La juge avait transmis son dossier. Il expliqua au psychiatre que son incarcération était un choc terrible pour lui, qu'il se sentait très angoissé, oppressé, là, au niveau de la poitrine.

— Parlez-moi de ce poids qui vous oppresse la poitrine. Avez-vous parfois des bouffées ?

— D'angoisse, oui. Je deviens tout rouge, j'ai du mal à respirer.

— Est-ce lorsque vous pensez à quelqu'un en particulier ?

— Non. Ça part du ventre sans que je sache d'où ça vient, ça me monte à la tête, ça prend tout le corps et j'ai des picotements sur la peau et j'ai chaud. Très chaud. Parfois même, je sue !

— Et à ce moment-là vous ne pensez à personne en particulier, quelqu'un qui vous aurait fait du mal par exemple ? insista le psychiatre.

— Non.

— Avez-vous parfois des bouffées de violence ?

— Non, mais parfois mon cœur se met à battre plus rapidement, sans que je sache pourquoi. Il s'emballe.

La consultation dura une bonne demi-heure, à l'issue de laquelle Saint-Sauveur regagna sa cellule, satisfait. Le psychiatre lui avait prescrit une combinaison de Xanax et de Seresta. Exactement ce qu'il voulait.

Lorsque le gardien ouvrit la porte, le petit beur se précipita sur lui.

— T'as quelque chose ?

— Prends ça !

— C'est quoi ?

— Xanax !

— Combien j'en prends ?

— Trois d'un coup !

— T'es sûr ?

— Oui.

— T'es médecin ?

— En quelque sorte, oui.

A quoi bon lui dire qu'il avait passé quatre ans en prison, qu'il avait largement eu le temps d'observer les autres détenus et qu'il en avait tiré un savoir, empirique certes mais très concret, sur l'action des antidépresseurs ?

Ibrahim goba les trois cachets d'un coup.

Lorsque le grand costaud alluma le téléviseur à dix-sept heures sur Canal Plus, le petit beur reposait sur son lit, calme, paisible.

— Putain, mec, t'es un chaman ! J'l'ai encore jamais vu comme ça, déclara le grand costaud en se frottant les mains. Qu'est-ce que tu lui as filé ?

— Xanax !

— C'est quoi, cette bête ?

— Un tueur d'angoisse !

Ce jour-là, le PSG recevait Lyon. Le grand costaud avait revêtu le maillot des Parisiens et il vibrait de toutes ses tripes face au téléviseur. Pas un instant Ibrahim ne se manifesta. Le soir, après le repas, Saint-Sauveur lui refila un cachet de Seresta et il s'endormit paisiblement.

— Putain, mec, t'es un chaman ! répéta le grand costaud.

Passé minuit, alors que le grand costaud se masturbait en miaulant de plaisir devant le porno de Canal Plus, Saint-Sauveur songea qu'il y avait des gens comme ça, capables d'être heureux en prison à condition d'avoir la télé, du foot, du cul, et surtout qu'on leur foute la paix.

Est-ce vraiment différent à l'extérieur ?

27

Saint-Sauveur trouva rapidement le bon équilibre pour le traitement d'Ibrahim. Trois cachets de Xanax le matin, trois le soir, et un Seresta avant de dormir. Au bout de trois jours, il régnait dans la cellule une atmosphère calme et sereine.

« Putain, mec, t'es un chaman », n'arrêtait pas de répéter Claude.

Claude, le grand costaud, menait une vie parfaitement organisée, presque douillette, entre matchs de foot et films de cul. Alors qu'il se demandait ce qu'il allait bien pouvoir foutre à sa sortie de prison, Saint-Sauveur lui suggéra, le plus sérieusement du monde, de présenter sa candidature pour rentrer dans la gendarmerie.

Saint-Sauveur passait également beaucoup de temps à discuter à voix basse avec Ibrahim. Tous deux tentaient de comprendre d'où venaient ces sifflements incessants qu'Ibrahim entendait – « là, dans ma tête », disait-il – et qui le rendaient fou.

Ce n'est que le quatrième jour que Saint-Sauveur

fut autorisé à recevoir une visite. Sony l'attendait dans le parloir. Ils restèrent un moment sans rien dire.

— Tu sais ce qu'on dit dehors ? demanda soudain Sony.

— Qu'est-ce qu'on dit ?

— Que tu es un psychopathe.

— Tu le crois ?

Sony poussa une sorte de grognement.

— Je n'en sais rien.

— J'ai tué quelqu'un, une fois, laissa tomber Saint-Sauveur.

— Qui ?

— Le concierge de l'orphelinat dans lequel j'ai été élevé. Il essayait de me violer.

— Tu dis que tu as peur à moto.

— Oui. Et alors ?

— Tu es un menteur !

— Non.

— Je sais comment réagissent les gens qui ont peur à moto. Toi, tu n'as pas peur.

— Si.

— Non !

Dans le parloir autour d'eux, les autres détenus causaient bébés, chiffons, honoraires de l'avocat et cantine.

— Tu roulais tellement vite, reprit Saint-Sauveur. J'étais collé à toi. J'ai fermé les yeux. Je me sentais bien. C'est vrai, à ce moment-là, je n'avais plus peur.

Sony releva la tête. Elle souriait.

— Tu fais quoi, toute la journée ? demanda-t-elle.

— Pas grand-chose.

— Je t'ai amené une terrine de lapin et des livres.

— C'est gentil, murmura Saint-Sauveur.

— J'avais mis un lecteur de CD, mais ils l'ont refusé. Tu sors quand ?

— Je l'ignore.

— Tu sais, il y a du nouveau à Clérac.

— Raconte !

« Parloir terminé ! » aboya une voix dans les haut-parleurs.

— Quoi ? protesta Sony. On vient juste de commencer...

Un gardien ouvrit la porte de la cabine. D'un geste sec, il ordonna à Sony de sortir.

— J'essaye de revenir demain, souffla-t-elle en agitant maladroitement sa main.

A la sortie du parloir, un gardien remit à Saint-Sauveur le carton que Sony avait préparé et il regagna sa cellule.

— La putain de sa mère ! hurla Ibrahim en se jetant sur la terrine.

— Bouffe pas tout, raton ! lança Claude qui était en train de faire des pompes.

Saint-Sauveur s'installa sur son lit. Un à un, il sortit les livres que Sony avait choisis. Une bibliographie des Stones, une autre de Simenon que Saint-Sauveur avait déjà lue, un recueil de poèmes de Cendrars et un petit ouvrage paru dans une édition locale : *Clérac, des origines à nos jours. Histoire d'un petit village charentais*. Il avait été écrit par une femme, Odile Patry. En parcourant la page de garde, Saint-Sauveur apprit qu'elle avait été longtemps l'institutrice du village.

Il se plongea immédiatement dans la lecture du bouquin et ne le lâcha plus jusqu'à l'heure de la promenade.

Alors qu'il arpentait la cour, perdu dans ses pensées, un grand escogriffe au visage rougeaud et jovial vint se planter devant lui.

— Saint-Sauveur ?

— La Carotte ? C'est toi ?

— Lui-même.

— Putain !

Ils tombèrent dans les bras l'un de l'autre. Ils ne s'étaient pas vus depuis des lustres, mais les visages de ceux qu'on a aimés dans un orphelinat ne s'oublient jamais. La Carotte devait son surnom tout à la fois à la flamboyance rousse de sa crinière et à son incapacité chronique à résister au moindre portefeuille qui traînait à sa portée.

— Qu'est-ce que tu fous ici ? demanda la Carotte.

— Erreur judiciaire, éluda Saint-Sauveur. Et toi ?

La Carotte expliqua qu'il s'était installé dans la région, qu'il essayait bien de se ranger mais qu'il avait beau s'efforcer de chasser le naturel, cet enfoiré revenait toujours au triple galop. Il avait juste un peu bricolé un coffre-fort chez un antiquaire.

— Comment tu t'es fait gauler ? demanda Saint-Sauveur.

— Ce type ne rangeait pas seulement son fric dans son coffre, mais également ses bouteilles de pinard. J'ai craqué pour un château-marbuzet 1957. Une pièce unique. Enfin... Le malheur, c'est justement qu'il y en avait plusieurs. J'ai fini par prendre une murge et je me suis endormi.

— Il te reste longtemps à tirer ?

— Deux semaines. Il faudra que tu passes me voir, quand tu sortiras. J'habite une petite fermette sur les hauteurs d'Angoulême.

Saint-Sauveur éclata de rire. Il aurait croisé la Carotte dans une garden-party qu'il aurait lancé son invitation avec le même naturel.

— Sérieux, déclara la Carotte alors que le haut-parleur annonçait la fin de la promenade, si tu as besoin d'un coup de main, je peux t'aider. Je connais du monde, ici.

— On verra, murmura Saint-Sauveur en le serrant dans ses bras.

Il s'apprêtait à regagner sa cellule lorsqu'un maton cria son nom et lui ordonna de le suivre. Le surveillant l'entraîna dans une enfilade de couloirs et s'arrêta devant une porte surmontée d'un crucifix. Il poussa la porte et invita Saint-Sauveur à entrer.

— L'aumônier veut te voir.

— Pourquoi ?

Le maton haussa les épaules.

Saint-Sauveur pénétra dans la chapelle et se

demanda immédiatement comment on pouvait construire un bâtiment dédié à l'élévation de l'âme avec un tel manque d'inspiration. Il entendit un bruit d'étoffe derrière lui et se retourna. Le curé de Clérac s'avançait, main tendue.

— Bonjour, Baptiste.

— Bonjour, monsieur le curé.

Saint-Sauveur désigna la chapelle.

— Je préfère l'abbaye d'Aubeterre.

Le curé eut un petit sourire.

— Nous sommes en prison, Baptiste. Ne soyez pas trop exigeant.

Le curé invita Saint-Sauveur à prendre place sur une des chaises qui faisaient face à l'autel. Il s'installa à côté de lui et se gratta la gorge.

— L'aumônier est un ami. Je lui ai demandé de favoriser notre rencontre. Comment allez-vous ?

— Bien et vous-même ?

Le curé s'abstint de répondre. Il était pâle, le front barré par un pli épais. Une couronne de bave cerclait la commissure de ses lèvres. Saint-Sauveur songea que, plus que jamais, le curé était angoissé. Chose curieuse, alors que Saint-Sauveur était assis à côté de lui, il ne sentait pas les habituels relents de son haleine nauséabonde, comme si la boule d'angoisse qui lui comprimait le larynx empêchait même la moindre exhalaison.

— Donnez-moi des nouvelles de Clérac, demanda Saint-Sauveur.

Le curé poussa un soupir.

— Depuis la mort de Macabiau, Montalembert a repris les choses en main. Il supervise tout.

— C'est un juste retour de l'histoire, non ? Un coup c'est Montalembert, un coup c'est Macabiau.

Le curé hocha la tête.

— C'est un cycle mortel pour notre village, murmura-t-il. Il faut en sortir. Savez-vous que Montalembert revendique la fortune du Magounia au nom de sa fille ?

— C'est logique, fit remarquer Saint-Sauveur.

— Logique, oui, mais croyez-vous que ce soit moral ?

— La morale a généralement peu à voir dans ce genre d'affaire.

— Hélas, convint le curé. Ils ont fait brûler le corps, ajouta-t-il.

— Le corps ? Quel corps ?

— Celui du Magounia. Ils l'ont fait incinérer. C'est Montalembert qui a eu cette idée. J'ai bien tenté de m'y opposer, mais en pure perte. Le conseil municipal a voté l'incinération à l'unanimité.

— Pourquoi ont-ils fait cela ? demanda Saint-Sauveur.

— Je l'ignore. C'est comme s'ils voulaient le gommer, l'effacer de leurs mémoires, le faire disparaître en fumée. Pffft… On n'oublie pas une tombe, Baptiste, au contraire, on vient s'y recueillir. Mais des cendres, on les disperse et après… Ils ont même fait raser la cabane. Comme s'ils voulaient faire place nette.

— Comme s'ils voulaient effacer des preuves ?

— Oui.

— Des preuves de quoi, à votre avis ?

— Je l'ignore. Montalembert veut sans doute faire oublier que le père de l'enfant que porte Delphine était un clochard.

— Croyez-vous que ce soit tout ?

— J'ai peur que non. Il faut que vous m'aidiez, Baptiste. Seul, je n'y arriverai pas.

— Vous oubliez que je suis en prison.

— Vous allez en sortir.

— Qu'est-ce qui vous fait dire cela ?

— Vous êtes innocent.

— Vous en êtes sûr ?

— J'en ai l'intuition.

— Depuis quand les hommes d'Eglise font-ils confiance à leur intuition ? demanda Saint-Sauveur qui se souvenait d'avoir posé la même question au curé à propos de ses pressentiments.

Le curé parut déconcerté. Il laissa son regard errer sur les murs de la chapelle.

— Qu'est-ce qui guide les hommes d'Eglise, d'après vous ? demanda-t-il soudain.

— Je peux être sincère avec vous ?

— Bien sûr.

— La peur.

— Et de quoi ai-je peur, à votre avis ?

— De vous tromper.

— A quel propos ?

— A tout propos.

— C'est vrai, avoua le curé en hochant la tête. Vous êtes quelqu'un de très perspicace, Baptiste.

J'ai parfois le sentiment que vous lisez mieux dans les âmes que moi-même, qui devrais pourtant en avoir l'habitude.

Le curé se leva et tendit sa main.

— Je reviendrai vous voir, Baptiste. Je sais ce que c'est que la solitude.

Après avoir adressé un dernier salut à Saint-Sauveur, il disparut au fond de la sacristie. Saint-Sauveur resta un instant sur sa chaise à méditer. Puis il se leva à son tour. Après la sortie du curé, une odeur nauséabonde s'était brusquement répandue dans la chapelle.

— C'est fini ? demanda le maton alors que Saint-Sauveur poussait la porte.

— Oui.

— C'était pour quoi ? demanda le maton, soudain curieux.

— Un curé qui avait besoin de se confesser, répondit Saint-Sauveur.

— Et alors, c'est comment ? demanda l'autre, amusé.

— Ça pue !

28

Madame Loiseau était occupée à déposer dans sa vitrine une jolie brochette de religieuses crémeuses à cœur lorsqu'elle entendit un coup de klaxon. Elle regarda par la fenêtre et aperçut le facteur qui faisait de grands gestes en agitant une enveloppe. Elle se précipita.

— Encore une ? demanda-t-elle.

— Oui, et vous allez voir. Celle-ci, elle est gratinée !

Elle déchira fébrilement l'enveloppe et avala le texte d'un trait.

— « Macabiau a volé les sous du Magounia. Il les a enterrés dans son jardin, à deux bons mètres à main droite du puits. Il n'en profitera pas ! »

La lettre anonyme était en tous points semblable aux précédentes, même papier, mêmes caractères, même format. En vieille habituée, madame Loiseau vérifia le cachet de la poste. La lettre venait de Bordeaux.

— Cela ne m'étonne pas, murmura la boulangère. Je m'en doutais.

— Quoi ? demanda le facteur.

— Cette histoire de mécène, c'était du vent. Macabiau savait que le Magounia était riche. Il lui avait volé de l'argent pour faire bâtir sa satanée nouvelle mairie, voilà tout.

— Et l'église ?

— Quelle église ?

— Le toit ?

— Macabiau a voulu brouiller les pistes !

— Il n'y a rien qui vous choque ? demanda le facteur.

— Bien sûr que si, ça me choque ! répondit la boulangère, offusquée.

— Non, mais dans le texte de la lettre, vous n'avez rien remarqué ?

— Quoi ?

— Elle est écrite comme si Macabiau était toujours vivant alors qu'il est mort depuis une semaine. Relisez bien !

La boulangère relut la lettre.

— « Macabiau a volé les sous… »

— Avait ! fit remarquer le facteur.

— « Il les a enterrés… »

— Pareil !

— « Il n'en profitera pas… »

— Pardi ! il ne peut pas en profiter puisqu'il est mort.

— C'est pourtant vrai, murmura la boulangère. Il faudrait vérifier.

— Quoi ?

— Mais... si l'argent se trouve bien à l'endroit indiqué !

— Ce matin, Montalembert a ordonné qu'on creuse un trou dans le jardin de Macabiau. Tout le village est déjà sur place.

— Bon sang ! jura la boulangère en arrachant sa blouse blanche. Et vous me dites ça maintenant ? Vous pouvez m'emmener ?

— Bien sûr, répondit le facteur.

Traditionnellement, le facteur achevait sa tournée par la boulangerie. Officiellement, c'était pour acheter sa baguette pour le repas de midi. Mais en réalité le facteur avait un secret : madame Loiseau faisait battre son cœur. La nuit, seul dans son appartement de fonction, il rêvait à ses formes généreuses, à sa peau laiteuse, aux sourires qu'elle lui adressait parfois, pleins de promesses. Il goûtait chaque instant passé avec elle et y puisait l'énergie pour recharger les accus de ses rêves. Et accessoirement pour se tripoter.

Il attendit, en tenant la porte ouverte, que madame Loiseau ait suspendu la pancarte *Fermé* sur la devanture de son magasin. Lorsqu'elle fut installée à côté de lui, il démarra en trombe.

Tout le village était déjà rassemblé lorsqu'ils arrivèrent sur place. Même la télévision était là. Le cameraman était en train de filmer Benezech qui maniait la pioche. A ses côtés, casque sur les oreilles, Sony prenait le son. Montalembert et le curé observaient la progression de la tranchée.

L'affaire allait grand train, Benezech ayant l'habitude de creuser des trous : c'était lui qui creusait ceux du cimetière. Montalembert semblait métamorphosé. La disparition brutale de son rival semblait l'avoir révélé à lui-même et il faisait preuve d'une autorité aussi nouvelle que péremptoire. A moins que ce ne fût la perspective de devenir riche ? Soudain, il pointa son doigt.

— Là !

Le cameraman pivota dans la direction indiquée. Montalembert désignait une sorte de caisse en bois dont Benezech se mit à dégager les flancs. Lorsqu'il eut terminé, Montalembert vint lui donner la main pour extirper la caisse et il y eut un grand murmure dans l'assistance lorsqu'ils la déposèrent à terre.

— Ouvre ! ordonna Montalembert.

Benezech se pencha et fit facilement coulisser le loquet de la serrure.

— Ça fait pas bien longtemps qu'elle est en terre, fit-il remarquer.

Il fit basculer le couvercle et voulut plonger sa main dans le coffre, mais Montalembert le repoussa.

— Laisse !

Montalembert se pencha, fouilla dans le coffre et en sortit une liasse de bons au porteur en tous points pareils à ceux qui s'étaient trouvés au fond du pot dans la cabane du Magounia. Il y en avait autant, sinon plus.

— Bon Dieu, murmura Montalembert alors que le curé se signait.

Le cameraman demanda à Montalembert de

présenter les bons à la caméra, ce qu'il fit mécaniquement, le regard absent. Sa main tremblait légèrement.

Il y eut des applaudissements dans le public et la boulangère ne put s'empêcher de porter la main à son cœur, comme pour contenir son émotion. Elle songeait avec amertume au Magounia et à toute cette richesse qu'elle avait effleurée un temps. Le facteur, sentant combien elle était émue, en profita pour saisir son bras avec délicatesse.

Le soir même, au journal régional de France 3, le journaliste ne manqua pas de poser la question de savoir comment des lettres anonymes, si documentées et précises, avaient pu parvenir au village alors que le principal suspect se trouvait en prison.

29

Au volant de sa voiture, l'inspecteur Mignoni rageait. Il rageait contre les automobilistes qui se traînaient en file indienne devant lui, contre les femmes, avec qui il ne parvenait pas à pactiser, et contre lui-même. Pourquoi n'avait-il rien dit à Martine ? Il connaissait la juge depuis six mois et il était amoureux d'elle. Pourquoi fallait-il qu'il multiplie les conneries à chaque fois qu'il tombait amoureux ?

Mignoni en était arrivé à se dire qu'il s'interdisait le droit au bonheur, et il s'en voulait.

Martine l'avait appelé immédiatement après avoir vu le journal télévisé. Elle voulait lui parler. Elle avait besoin de lui parler.

Il appuya rageusement sur le klaxon et abreuva d'injures une morue qui se traînait à deux à l'heure sur la file de gauche. Il fallait qu'il se calme, qu'il fasse le point.

Après avoir rencontré Saint-Sauveur à Clérac, il avait pressenti un drame comme un chien pressent un orage. Il avait fouillé dans le passé du visiteur et déterré son casier judiciaire. Après en avoir pris connaissance, il avait décidé de le filer. Pourquoi ? Il l'ignorait lui-même. Il avait décidé seul, sans en référer à personne. Il avait suivi Saint-Sauveur partout où il s'était rendu. A Clérac, il était planqué dans un coin de la salle des fêtes lorsque Macabiau avait fait son éclat. A Angoulême, il avait assisté à la rixe place de la Cathédrale. Au Lazy Bird, il était dans les coulisses lors du concert improvisé. Il avait suivi Saint-Sauveur partout, mais jamais au bon moment. Saint-Sauveur s'était-il rendu à Bordeaux pour poster les fameuses lettres ? Impossible de le savoir. Mignoni ne pouvait tout de même pas monter la garde devant la porte de sa chambre. Le soir où Macabiau avait été assassiné, Mignoni ronflait, peinard sous sa couette.

Tout accablait Saint-Sauveur. Son passé criminel, la haine que lui vouait Macabiau, les trous dans son emploi du temps, le mystère de sa présence à Clérac... tout !

Tout, sauf qu'au fil de son enquête une petite loupiote, une sorte de veilleuse, s'était allumée dans le cerveau de Mignoni, éclairant des zones obscures, amenant au jour des souvenirs qu'il croyait définitivement enterrés. Dès leur première rencontre, il avait été troublé par la personnalité de Saint-Sauveur. C'est lorsqu'il avait fouillé son passé, et particulièrement lorsqu'il avait appris que Saint-Sauveur était orphelin, que la petite loupiote s'était allumée. Une vielle histoire lui était alors revenue en mémoire. Une sorte de fable moderne dont il avait entendu parler, pour la première fois, alors qu'il était en poste au secrétariat du ministère de l'Intérieur.

Il déboîta brutalement sur la gauche, coupa la ligne jaune et fit une queue de poisson à un gros con moustachu, une sorte de phoque, qui roupillait en bavant sur son volant.

A cette époque, Mignoni fricotait avec une certaine Clémence, une blonde plantureuse qui dirigeait le service de presse du ministère. Clémence était curieuse et bavarde. Un soir, sur l'oreiller, elle lui avait confié la dernière histoire qui se colportait sous le manteau place Beauvau. L'histoire, ou plutôt la rumeur, car il n'y avait aucune preuve, disait qu'il existait une organisation, « l'œuvre », dirigée par un homme mystérieux, et dont les membres étaient uniquement constitués d'anciens orphelins recrutés dans les prisons. La rumeur disait qu'ils étaient une dizaine, garçons et filles, particulièrement bien formés, une élite bardée de diplômes universitaires, tous dévoués à leur chef. On les surnommait, assez joliment, les « coureurs de nuit ». La rumeur disait également qu'ils vivaient à l'étranger et qu'ils ne se rendaient en France qu'à l'occasion des missions qui leur étaient confiées.

Ces fameuses missions consistaient à mettre la main, légalement et sans la moindre violence, sur des paquets de fric qui traînaient à portée de main. Mignoni se souvenait d'avoir été surpris.

« Quels paquets de fric ? avait-il demandé.

— Tu n'as pas idée de tout le fric qui dort, avait répondu la jeune femme. Il suffit parfois de se baisser pour le ramasser. Des trésors archéologiques, des héritages non revendiqués, des successions libres, des collections léguées, des donations... Cela représente des montagnes de pognon qui échappent à l'Etat. »

D'après elle, les argentiers de Bercy avaient fait les comptes. Les « détournements » des coureurs de nuit se chiffraient en centaines de millions et le ministre se lamentait à propos de ce manque à gagner.

Mignoni saisit soudain la manette des phares et bombarda d'appels le triple connard qui zigzaguait devant lui en bavassant dans son portable.

A l'époque, Mignoni n'avait pas spécialement prêté attention à cette histoire d'orphelins surdoués transformés en chasseurs de primes. Les combles du ministère de l'Intérieur sont bourrés de légendes à dormir debout. Il n'avait pas non plus prêté attention au fait que Clémence était également la maîtresse du ministre, qui n'était pas du genre partageur. Du jour au lendemain, Mignoni s'était retrouvé muté en qualité de simple inspecteur au commissariat central d'Angoulême.

A cette évocation, Mignoni piqua un coup de sang. Il ouvrit la fenêtre de sa voiture, traita une octogénaire peinturlurée qui claquait des os dans son Austin Cooper de « pute momifiée », plaqua le gyrophare sur le toit et déclencha la sirène. La circulation s'ouvrit soudain devant lui comme la mer devant Moïse. Il pressa l'accélérateur.

Les belles légendes, les contes les plus improbables marquent autant l'esprit des enfants que celui des flics. (Sinon, pourquoi diantre certains enfants voudraient-ils devenir flics ?) En observant Saint-Sauveur jour après jour, en le regardant agir, Mignoni avait commencé à s'interroger. Certains détails de l'histoire racontée par Clémence lui étaient revenus en mémoire. Selon elle, les coureurs de nuit ne se déclaraient jamais ouvertement et ne se mêlaient jamais officiellement de rien. Elle avait ajouté que, souvent, leur simple présence suffisait à provoquer une cascade d'événements dramatiques.

Un crime, par exemple, avait songé Mignoni.

Au fil du temps, l'inspecteur s'était progressivement persuadé que Saint-Sauveur était bel et bien membre de l'œuvre et qu'il cherchait à mettre la main sur la fortune du clochard. Mais il n'avait rien dit à Martine. Quand il était amoureux, Mignoni ne faisait que des conneries.

Au téléphone, il avait senti de l'angoisse dans sa voix.

« Tu as vu le journal ?

— Oui.

— Tu peux venir ?

— J'arrive ! »

Il rengaina son gyrophare une centaine de mètres avant d'arriver chez Martine, gara la voiture sur le parking et s'enfonça dans l'ascenseur. Martine lui ouvrit la porte. Elle était pâle, défaite.

— Tu veux boire quelque chose ?

— Un scotch.

Elle lui tendit un verre et s'installa en face de lui dans le canapé.

— Qu'est-ce que tu en penses ? demanda-t-elle.

— De quoi ?

— Est-ce que tu te rends compte de la situation dans laquelle je suis ? Cette affaire secoue toute la région. Je fais incarcérer le principal suspect, et moins d'une semaine plus tard une nouvelle lettre anonyme arrive à Clérac ! J'ai l'air fine.

— Tu n'as rien à te reprocher !

Mignoni avait mis dans sa voix toute la sincérité dont il était capable.

— C'est sur la base de ton rapport que j'ai pris cette décision.

— Je sais, murmura Mignoni.

— Je peux te poser une question ?

— Vas-y !

— Est-ce que tu as douté une seconde de la culpabilité de Saint-Sauveur ?

— Non.

Il ne pouvait tout de même pas lui dire le contraire. Elle lui aurait arraché les yeux.

— Moi si !

Mignoni faillit en avaler son whisky de travers.

— En lisant ton rapport, poursuivit la jeune femme, j'ai eu le sentiment que quelqu'un tirait les ficelles dans l'ombre et que ce n'était pas Saint-Sauveur.

— Et tu ne m'as rien dit ? !

— Non. Je ne voulais pas te désavouer.

Bordel, c'est pire que tout ! songea Mignoni. Il décida de suivre la seule voie qui lui semblait possible. Il fallait qu'il reste dans son rôle.

— Saint-Sauveur n'est peut-être pas l'auteur des lettres anonymes et il n'a peut-être pas tué Macabiau. Mais il n'est pas clair pour autant ! Qu'est-il venu faire à Clérac, à ton avis ?

— Je l'ignore. Mais j'ai décidé de le remettre en liberté.

Mignoni avala une longue gorgée de whisky. Il éprouvait un sentiment bizarre, une sorte de jouissance sourde. Etait-ce la chaleur de l'alcool ? Le regard affolé de Martine ? Comment lui faire croire qu'il était opposé à sa décision alors qu'il était parfaitement d'accord avec elle ? Autrement dit, comment être bon flic et bon amant à la fois ?

— Il faut que tu continues à avoir prise sur lui.

— Qu'est-ce que tu suggères ? demanda Martine.

30

Il était un peu plus de dix heures lorsque le gardien poussa la porte de la cellule. Saint-Sauveur était allongé sur son lit, plongé dans la lecture du livre d'Odile Patry.

— Saint-Sauveur, fais-toi beau ! Tu vas chez le juge.

La veille, la télévision avait montré la lettre anonyme sous toutes les coutures.

— C'est bon pour toi, murmura Ibrahim.

Saint-Sauveur fit le voyage en fourgon cellulaire. La juge l'attendait, seule dans son bureau, pâle et crispée.

— Asseyez-vous ! Vous êtes au courant, bien sûr.

Elle lui montra un exemplaire de la lettre anonyme.

— Oui.

Elle eut un petit mouvement d'épaules excédé.

— Pour moi, cela ne signifie aucunement que vous soyez innocent du meurtre de Macabiau.

Saint-Sauveur garda le silence.

— Vous êtes libre, monsieur Saint-Sauveur. Toutefois...

« Aïe ! » songea Saint-Sauveur.

— J'ai décidé de vous maintenir sous contrôle judiciaire. Je vous interdis de sortir des limites du département. Vous vous rendrez deux fois par semaine au commissariat d'Angoulême pour y pointer auprès de l'inspecteur Mignoni. Signez ici !

Elle lui tendit sèchement un formulaire de couleur bleue que Saint-Sauveur ne se donna même pas la peine de lire avant de le signer.

— Vous pouvez disposer.

D'un geste sec, elle lui indiqua la porte.

Saint-Sauveur fut reconduit à la prison, où on l'informa qu'il serait libéré dans la soirée. Il demanda à voir d'urgence le médecin de garde et lui annonça que les sifflements persistants qu'Ibrahim entendait n'étaient pas dus, comme semblaient le penser les psychiatres, à une schizophrénie galopante, mais plus vraisemblablement à une infection des tympans. Il passa le reste de la journée à terminer le bouquin d'Odile Patry.

A l'heure de la promenade, il décida de sortir faire un tour pour se dégourdir les jambes et il était en train d'arpenter la cour lorsque la Carotte vint à ses côtés. Il avait la mine sombre.

— Des soucis ? demanda Saint-Sauveur.

— Moi non, mais toi oui ! répliqua la Carotte.

— Qu'est-ce que tu racontes ? Je sors ce soir.

— Justement.

— Crache !

— Je t'ai dit que je connaissais beaucoup de monde à Angoulême..

— Et alors ?

— On parle beaucoup de toi en ville en ce moment.

— Qu'est-ce qu'on dit ?

— Certains aimeraient beaucoup que tu quittes la région. Je ne sais pas pourquoi, mais tu déranges.

Saint-Sauveur haussa les épaules, fataliste.

— J'ai l'habitude.

La Carotte prit son bras et le serra fermement.

— Ne prends pas ça à la légère, Bat'. Angoulême n'est pas Marseille, mais pour certains la misère y est la même. Pour une dose, des types sont capables de tuer leur mère. Tu ferais mieux de partir loin d'ici !

— Je vais y réfléchir.

— Tiens !

La Carotte glissa un papier dans la poche de sa chemise.

— Il y a mon adresse et le téléphone, si tu as besoin.

Saint-Sauveur hocha la tête.

« Promenade terminée ! Retour en cellules ! » cracha le haut-parleur.

Saint-Sauveur regagna sa cellule en songeant qu'il était pris dans une drôle de tenaille. D'un côté, la Carotte lui conseillait de prendre l'air, de l'autre la juge l'obligeait à rester dans la région. Il rassemblait ses affaires dans son sac lorsque Claude lui annonça qu'il avait trouvé mieux que la gendarmerie pour assurer son avenir.

— Quoi ? demanda Saint-Sauveur.

— Tu me promets de ne pas te marrer ?

— Promis.

— Gardien de prison !

Saint-Sauveur éclata de rire.

— Franchement, j'te jure. C'est bizarre, je sais, mais je me sens bien ici. J'ai passé la moitié de ma vie derrière les barreaux. J'ai juste envie de changer de costume.

— Il est où, Ibrahim ? demanda Saint-Sauveur.

— A l'infirmerie. Le médecin a demandé à le voir.

Un gardien ouvrit la porte de la cellule.

— Saint-Sauveur, paquetage !

— Dis-lui salut pour moi.

Une demi-heure plus tard, Saint-Sauveur était dans la rue, son sac sur l'épaule.

31

Il se rendit à pied dans la vieille ville et déposa un mot dans la boîte aux lettres de Sony. Puis il alla à la gare et prit un billet pour Clérac.

Il voyagea dans l'automoteur X 4790, couleur caca d'oie, qu'il avait déjà emprunté lors de son premier voyage à Angoulême. Comme s'il souhaitait saluer la libération de Saint-Sauveur, le conducteur lançait des coups de trompe joyeux à tout va.

Le patron de l'hôtel ne put réprimer un haut-le-corps lorsqu'il se présenta à la réception.

— Ma chambre est toujours libre ?

— Euh... oui.

— Très bien. Qu'est-ce que vous nous avez préparé à dîner pour ce soir ?

— Du lapin.

— Formidable. La cantine de la prison était nulle.

Saint-Sauveur déposa son sac dans sa chambre et ouvrit la fenêtre. Le soleil commençait à décliner derrière les collines de Clérac et, pour la première fois depuis sa sortie de prison, il poussa un soupir de soulagement. Il empoigna son étui et passa deux bonnes heures sous le pont à improviser sur « Close your eyes and listen », un morceau de Gerry Mulligan et Astor Piazzola. Puis il regagna l'hôtel.

Vers vingt et une heures, il descendit dans la salle de restaurant et s'installa à une table, seul.

— Ma femme l'a fait à la moutarde, précisa le patron en servant le plat. Accompagné de coquillettes. Ça ira ?

— Parfait, répondit Saint-Sauveur. Mettez-moi une bonne bouteille de vin.

— Quel château ?

— Coupe-gorge, vous avez ?

Le patron blêmit.

— Je n'ai pas ça en cave.

— Pisse-dru ?

— Non plus.

— Mettez-moi ce que vous avez de meilleur !

Saint-Sauveur torcha une bouteille de saint-estèphe, termina son repas par une crème brûlée et monta dans sa chambre. Il s'allongea sur le lit, alluma une cigarette qu'il dégusta tranquillement, pieds croisés, mains derrière la tête. Il eut un petit sourire lorsqu'il entendit un gravillon cogner contre la vitre de la fenêtre. Il se leva. La Chouette était en bas.

— Je l'ai vu, Corbeau. J'ai vu son visage, souffla la Chouette lorsque Saint-Sauveur fut près d'elle.

— Quel visage avez-vous vu ? demanda Saint-Sauveur.

— Mais celui de l'assassin. Celui qui a tué Macabiau.

— Vous l'avez vu ? s'étrangla Saint-Sauveur.

— Tu ignores que les chouettes voient la nuit, Corbeau ? Je l'ai vu plonger son couteau dans la gorge de Macabiau aussi bien que je te vois en ce moment. Il a récupéré un papier dans sa poche. Il l'a regardé à la lueur de la lune et puis il est parti.

— Vous pouvez me le décrire ?

La Chouette parut décontenancée.

— Euh... Il est jeune, pas très grand, les cheveux clairs...

C'était vague.

— Pas de signe distinctif ?

— Heu non... Si !

— Quoi ?

— Il est beau !

Saint-Sauveur haussa les yeux au ciel. Pour la Chouette, l'assassin de Macabiau ne pouvait qu'être beau.

— Vous pourriez le reconnaître ?

— Bien sûr, ricana la Chouette. Je n'oublierai jamais son visage. Il m'a donné tant de bonheur.

— Ne dites à personne que vous l'avez vu. Cela pourrait être très dangereux pour vous.

— Je ne parle qu'à toi, Corbeau.

— Très bien. Bonne nuit.

Lorsqu'il rentra dans l'hôtel, Sony l'attendait dans le hall. Elle se précipita dans ses bras. Sans prononcer un mot, Saint-Sauveur l'entraîna dans sa chambre.

32

Le lendemain en début d'après-midi, Saint-Sauveur se présenta au commissariat central d'Angoulême pour son contrôle judiciaire. Un planton le conduisit jusqu'au bureau de l'inspecteur Mignoni, qui le reçut immédiatement.

— Qu'avez-vous fait hier soir ? demanda machinalement Mignoni.

— L'amour.

Mignoni eut un sourire.

— C'était bien ?

— C'est toujours bien lorsqu'on sort de prison, répondit Saint-Sauveur.

Mignoni se sentait d'humeur joyeuse. Lui aussi, la veille, il avait fait l'amour, avec Martine.

Il prit son temps pour allumer une cigarette, tout en observant Saint-Sauveur. Plus que jamais, il était persuadé d'avoir affaire à un coureur de nuit, et sa curiosité était à vif. Comment Saint-Sauveur allait-il s'y prendre pour faire main basse sur la fortune du clochard ? Y parviendrait-il ? C'est avant tout pour cela, pour satisfaire sa curiosité, pour voir un membre de l'œuvre... à l'œuvre, précisément, que Mignoni avait conseillé à Martine de le maintenir sous contrôle judiciaire. Pour le garder à portée et l'observer. Il se surprit à détailler ses traits. Saint-Sauveur n'était pas spécialement beau, mais son visage irradiait. Etaient-ce ses yeux, noirs, profonds, qui se posaient sur vous et semblaient vous envelopper tout entier, vous soupeser en un seul regard ? Etait-ce cette sorte de sérénité qu'on y lisait ? La marque des tourments passés ? Jamais Mignoni n'oublierait le regard que Saint-Sauveur lui avait lancé alors que Martine lui annonçait son incarcération. Il avait préféré fixer le bout de ses godasses que d'affronter ce regard-là. Extérieurement, l'homme paraissait très calme, mais Mignoni, qui avait étudié soigneusement son dossier, savait qu'il était capable de se transformer instantanément en un guerrier furieux et redoutable. Mignoni se demanda soudain pourquoi, au contact de certains hommes, on éprouve immédiatement l'envie d'être leur ami, leur confident. Saint-Sauveur était de ceux-là, mais Mignoni ne se faisait aucune illusion.

— Qu'allez-vous faire, maintenant ? demanda-t-il.

— Je suis obligé de rester dans la région. Il va falloir que je trouve du travail.

— Dans quoi ? Vous avez pas mal de cordes à votre arc.

— Je suis avant tout musicien.

— C'est vrai, et vous avez beaucoup de talent.

— Comment le savez-vous ?

— Je vous ai entendu au Lazy Bird.

— Vous me suiviez ?

— Oui.

Il y eut un silence, pendant lequel les deux hommes se jaugèrent. Pas longtemps, mais de façon très intense. Une sorte de conversation muette, fugitive, mais qui en disait plus long que bien des discours.

— Je ne crois pas à votre culpabilité, lança Mignoni comme s'il abattait ses cartes.

— Cela n'a pas l'air d'être l'avis du juge.

Mignoni balaya l'air de la main, comme si l'avis du juge n'avait aucune importance dans cette affaire.

— Est-ce que je peux vous dire ce que je pense, monsieur Saint-Sauveur ?

— Bien sûr, monsieur Mignoni.

— Je pense que nous avons chacun notre problème. Vous, vous souhaitez récupérer le fric du clochard. Moi, je veux foutre au trou l'assassin de Macabiau.

— Qu'est-ce qui vous fait penser que je veux récupérer le fric du clochard ? demanda Saint-Sauveur en feignant l'étonnement.

De nouveau, Mignoni balaya l'air de la main.

— Clémence. Une blonde platine que j'ai croisée dans le temps. Un très bon coup !

— Elle me connaissait ?

— Disons... qu'elle avait entendu parler de vous. Dites-moi, monsieur Saint-Sauveur...

— Oui.

— Si, par le plus grand des hasards, vous aviez appris quelque chose qui pourrait m'aider à cravater l'assassin... vous m'en feriez part, n'est-ce pas ? Cela serait dans votre intérêt.

— Oui, bien sûr.

— Alors ?

— Alors quoi ?

— Avez-vous appris quelque chose ?

— Non.

Mignoni sourit. Il se doutait que Saint-Sauveur refuserait de collaborer avec lui. Il se doutait que les coureurs de nuit refusaient systématiquement de collaborer avec la police. Loin de s'en offusquer, Mignoni le comprenait. C'était dans la logique des choses. Il souriait d'autant plus qu'au cours de son enquête il avait appris certaines choses qui pourraient bien servir à Saint-Sauveur.

Des choses que, pour le moment, il était décidé à garder pour lui.

C'était Montalembert qui lui avait mis la puce à l'oreille en faisant incinérer le corps du Magounia. Instinctivement, Mignoni s'était demandé pourquoi il avait fait cela. D'abord, il avait pensé, comme tout le monde, que Montalembert, bien qu'il lui doive sa fortune, voulait effacer jusqu'à la mémoire du clochard qui avait engrossé sa fille. Mais Mignoni ne s'était pas arrêté là. Il s'était interrogé. Et si Montalembert, en réduisant en cendres le corps du clochard, avait eu une idée derrière la tête ? Une autre idée que le simple honneur de sa famille ? S'il avait voulu éliminer une preuve ? Il s'était renseigné et il avait appris que Macabiau avait demandé une autopsie du corps du Magounia. Il s'était fait immédiatement transmettre une copie. En lisant le document, il avait éclaté de rire. D'un coup, d'un seul, il avait compris pourquoi Montalembert avait fait incinérer le corps du clochard. Dans le même élan, il avait également compris pourquoi on avait tué Macabiau.

Il connaissait le mobile, mais il ignorait qui était l'assassin.

Cela ne pouvait pas être Montalembert, et pour une bonne raison : pour plonger un couteau dans la gorge d'un homme, il faut du cran. Montalembert n'était pas de cette trempe-là ! Alors qui ?

Mignoni avait téléphoné au médecin légiste et lui avait ordonné de mettre le dossier du clochard sous séquestre. Nul autre que lui ne devait y avoir accès. Black-out total ! Il savait que Saint-Sauveur, pour conserver une chance de récupérer la fortune du clochard, devait absolument mettre la main sur ce document. Mignoni était curieux de savoir comment il allait s'y prendre.

Il s'étira. Il se sentait comme un chat, paresseux et joueur. Il tendit la main.

— Au revoir, monsieur Saint-Sauveur. Bonne chance pour votre boulot.

Saint-Sauveur serra la main du flic et sortit.

A peine avait-il passé la porte que Mignoni se précipitait avec gourmandise sur le clavier de son ordinateur. Mignoni était un bon flic, et les bons flics, c'est connu, sont orgueilleux. Son amour-propre lui interdisait de se contenter de rester le cul sur sa chaise et de laisser agir le représentant de l'œuvre. Toute cette histoire l'intriguait au plus haut point. Il y avait tant de mystères... Qui envoyait les lettres anonymes ? Qui avait payé les travaux pour l'église et la nouvelle mairie ? Qui avait enterré les bons anonymes dans le jardin de Macabiau pour faire croire qu'il les avait volés au Magounia ? (Car Mignoni était persuadé que Macabiau ignorait qu'une telle fortune dormait dans le ventre de son jardin.)

Qui avait tué ?

Une seule et même personne ? Plusieurs ? Qui ?

Toute cette histoire l'intriguait et, à la fois, elle l'amusait. Il avait le sentiment d'être le témoin d'un Clochemerle insolite et sanglant, moderne et désuet à la fois. Mignoni n'était pas décidé à subir les événements. Dans ce genre d'affaires, tout le monde manipule tout le monde, avait-il songé. Pour dérégler la machine, pour l'affoler, forcer celui ou ceux qui agissaient dans l'ombre à se démasquer, le mieux était d'agir. Comment ? En glissant un grain de sable dans les rouages.

33

En sortant du commissariat central, Saint-Sauveur se rendit dans la vieille ville. Il tourna une bonne heure dans les ruelles torturées avant de retrouver l'enseigne du Lazy Bird.

Il poussa la porte. Une femme de ménage était occupée à passer l'aspirateur et il aperçut Richard, un des deux patrons, derrière son comptoir.

— Bonjour. Vous vous souvenez de moi ?

— Si je me souviens ? Bien sûr que je me souviens !

— Vous m'avez proposé de venir jouer chez vous l'autre soir...

— Vous acceptez ?

Richard paraissait surpris.

— Oui.

— C'est super ! Je... j'ai cru comprendre que vous vous produisiez très rarement en public... enfin, c'est ce qu'on m'a dit.

— Qui vous a dit ça ? demanda Saint-Sauveur, surpris à son tour.

— J'ai des contacts à Paris, répondit Richard avec un air entendu. Vous êtes très connu dans les milieux du jazz. C'est un honneur pour moi de vous recevoir au Lazy Bird.

Une heure plus tard, Saint-Sauveur passait la porte du Lazy Bird avec un contrat en poche et une idée qui lui trottait dans la tête. Il se dirigea vers la cathédrale et s'installa sous un parasol à la terrasse de chez Paul. Il commanda une salade sarladaise (gésiers, lardons, magrets fumés, pommes sautées) accompagnée d'un vin de pays qu'il dégusta en observant les passants qui déambulaient sur la place. Intérieurement, Saint-Sauveur se repassait le film des événements : l'hostilité de Macabiau à son égard, le repas chez Montalembert, la lettre anonyme annonçant que Delphine était enceinte, la soirée au Lazy Bird, le couteau dans la gorge de Macabiau. Un sacré engrenage. Orchestré par qui ? Qui avait appris que Saint-Sauveur avait déjà tué ? Qui avait tué de la même manière que lui pour faire croire à sa culpabilité ?

Depuis sa rencontre avec Richard, Saint-Sauveur avait sa petite idée sur la question, et c'est précisément cette idée-là qui lui trottait dans la tête. Il voulait en avoir le cœur net !

Au moment du café, il sortit son portable et consulta l'horloge. Carlos ne répondait jamais au téléphone avant midi. Il était midi cinq.

— Carlos ?

— Lui-même.

— Saint-Sauveur.

— Saint-Sauveur ? Le seul ? L'unique ?

— En personne.

— Putain ! Je suis content de t'entendre, ma poule. Je parlais encore de toi récemment.

— Avec qui ?

— Le patron du Lazy Bird. Un chien fou. Il me téléphone tous les trois jours pour essayer d'avoir les meilleurs. J'ai beau lui dire qu'Angoulême c'est pas Antibes, le mec n'en démord pas. L'autre fois, il m'appelle, excité comme une puce. Il me dit : « Y a un mec terrible qui a fait un set chez moi hier soir. Ce mec est un génie. Tu le connais ? » Alors moi, je lui demande comment s'appelle le mec en question. Il me dit « Saint-Sauveur ». Alors moi je lui dis qu'il a eu bien de la chance que tu sois venu faire le bœuf chez lui, vu que t'es plus rare qu'un orage au Sahel…

Saint-Sauveur attendit patiemment que Carlos ait terminé sa tirade. Carlos était un « tourneur », une sorte d'imprésario incontournable dans les milieux du jazz, qu'il connaissait mieux que sa poche. Il n'avait qu'un seul défaut : c'était un incorrigible bavard.

— Tu as parlé de moi avec lui ?

— Bien sûr qu'on a parlé de toi.

Dès lors, Saint-Sauveur sut que son intuition était la bonne.

— Qu'est-ce que tu lui as dit ?

— La vérité, mon Bat' chéri.

— C'est-à-dire ?

— Que tu es le meilleur, tout simplement.

— Mais encore ?

— Encore quoi ?

— Qu'est-ce que tu lui as dit, exactement ? Réponds-moi, c'est important.

— Mais rien, ma poule, je ne lui ai rien dit d'autre, protesta mollement Carlos.

— Tu ne lui as pas raconté que j'avais buté un mec dans le temps ?

Il y eut un silence.

— Si, Bat', je lui ai raconté ça, souffla Carlos, gêné.

Que Saint-Sauveur soit un musicien génial était une chose. Qu'en plus il ait assassiné un homme, de préférence une ordure, cela rajoutait à la légende. Et Carlos ne résistait pas au plaisir de raconter les légendes.

— Je lui ai dit que tu avais buté le concierge de ton orphelinat.

— En lui plongeant un couteau dans la gorge ?

— Oui, je lui ai raconté ça.

— OK, Carlos. Tout va bien pour toi ?

— Tout va bien, Bat'. J'ai fait une connerie ?

— Tu parles trop !

— Tu sais que je t'aime, Bat'.

Saint-Sauveur faillit éclater de rire.

— Moi aussi je t'aime, Carlos.

Il raccrocha et se rendit à la gare.

34

Il prit un billet pour Agen. Il voyagea dans un train composé de wagons hétéroclites tiré poussivement par une Alsthom 4820 qui lorgnait vers la réforme. A la gare, il sauta dans un taxi et se fit conduire à la Maison des Lilas, une maison de retraite paisible dont les murs étaient couverts de glycine mauve. A l'accueil, il demanda à parler à Odile Patry.

— C'est vous qui lui avez téléphoné hier ? demanda l'hôtesse.

— Oui.

— Elle vous attend dans le jardin, sur le banc près de la fontaine. C'est là qu'elle aime prendre le soleil.

Le jardin n'était pas très grand et Saint-Sauveur trouva rapidement l'ancienne institutrice de Clérac. Elle était assise sur le banc, genoux noueux découverts, museau tendu vers le soleil. En l'apercevant, Saint-Sauveur songea à un cep de vigne, tant son corps usé semblait tourmenté mais encore plein de vie. Un peu comme son livre. Les mots qu'elle avait écrits étaient simples mais forts, bourrés de sève et d'amour. Bourrés de trous aussi, d'oublis volontaires. Cette femme avait aimé Clérac, et comme dans toutes les histoires d'amour, elle n'avait retenu que les moments de bonheur, gommant les noirceurs et les amertumes.

— Alors comme ça, jeune homme, vous vous intéressez à l'histoire de Clérac ? demanda-t-elle gaiement.

— Oui.

— Pourquoi ?

— Parce que j'ai lu votre livre.

— C'est gentil.

— Il y a certains points sur lesquels je voudrais revenir avec vous.

Elle souriait, vaguement goguenarde.

— Aurais-je commis des oublis ?

— Non, mais lorsqu'on écrit, on ne peut pas tout dire.

— C'est vrai. A quoi songez-vous ?

— A un épisode précis.

— Lequel ?

— L'assassinat du lieutenant Müller.

Le visage de l'ancienne institutrice s'assombrit.

— C'était un officier plutôt apprécié des habitants, non ?

— Oui, c'est vrai. Il était tolérant. Je crois qu'au fond de lui-même il n'aimait pas cette guerre.

— Alors pourquoi la Résistance l'a-t-elle choisi pour cible ?

— C'était la guerre ! Pour les résistants, il n'y avait pas les bons Allemands d'un côté et les mauvais Allemands de l'autre. Il y avait les Allemands tout court.

— Mais Müller était apprécié des habitants, objecta Saint-Sauveur. Il était le seul officier à se promener dans les rues de Clérac sans protection. Les résistants savaient qu'en assassinant Müller ils allaient déchaîner la foudre des SS...

— Oui, c'est vrai, murmura l'ancienne institutrice. Le meurtre de Müller était une erreur. Mais encore une fois, c'était la guerre.

— Vous écrivez que, ce soir-là, il sortait d'un rendez-vous galant. Il sortait de chez Marie, n'est-ce pas ?

— Je ne pouvais pas écrire cela, protesta Odile Patry. Marie est toujours vivante.

— A cette époque, Marie avait l'habitude de recevoir des officiers allemands chez elle ?

— Non.

— C'était la première fois, n'est-ce pas ?

— Oui. En fait je crois que, secrètement, Marie était amoureuse de Müller. Mais elle a commis une erreur en le recevant chez elle. Elle n'aurait jamais dû faire cela. C'était la guerre, et quoi qu'elle en pense, Müller était un ennemi.

— On l'a peut-être aidée à commettre cette erreur...

— Que voulez-vous dire ? demanda l'ancienne institutrice, de plus en plus mal à l'aise.

— Vous écrivez vous-même que l'exécution de

Müller avait été une opération bien préparée et parfaitement réalisée. Marie était facile à manipuler. Les résistants se sont peut-être servis d'elle pour tendre un piège à Müller.

— Je n'ai jamais songé à cela, murmura Odile Patry. Ce serait horrible.

— Racontez-moi les événements qui ont suivi, demanda Saint-Sauveur. N'omettez aucun détail.

L'ancienne institutrice se mit à raconter. Malgré son trouble, sa voix était claire, portée par des souvenirs précis.

Il y avait du brouillard au petit matin lorsqu'on avait retrouvé le corps de Müller, une balle logée en plein front. Très vite, les SS s'étaient rendus sur place. Ils étaient fous de rage et voulaient absolument venger la mort de l'officier allemand. Ils avaient exigé que Montalembert leur remette une liste de dix noms choisis parmi les habitants du village. Montalembert avait été obligé de s'exécuter. Il avait mis son propre nom sur la liste, mais les Allemands l'avaient rayé et l'avaient remplacé par celui d'une femme qu'ils soupçonnaient de servir de facteur à la résistance.

— Comment s'appelait cette femme ? demanda Saint-Sauveur.

— Yvette Jauzion.

— Quel âge avait-elle ?

— Vingt ans.

— Elle servait effectivement de facteur à la Résistance ?

— On le disait, oui.

Les personnes qui figuraient sur la liste avaient été rassemblées sur la place du village. Les Allemands les avaient forcées à monter à l'arrière d'un camion bâché qui s'était dirigé vers les hauteurs de Clérac. On ne les avait plus jamais revues.

— Les Allemands les ont fusillés, c'est cela ?

— Oui.

— Y a-t-il eu des témoins de cette exécution ? demanda Saint-Sauveur.

— Un seul.

— Qui ?

— Montalembert. Les Allemands avaient exigé qu'il les accompagne.

— Pourquoi ?

— Pour qu'il témoigne. Les SS voulaient frapper les esprits.

— Qu'ont-ils fait des corps ?

— Ils les ont enterrés sur place. Après la Libération, Montalembert est devenu maire. Il a fait poser une stèle pour commémorer le drame.

— Les corps sont restés au même endroit ?

— Oui. Montalembert disait que c'était un champ d'honneur. La stèle existe toujours, mais aujourd'hui plus personne ne vient s'y recueillir. Montalembert avait pris soin de choisir des gens qui n'avaient pas de famille. Et puis, le temps efface tout.

Saint-Sauveur discuta encore un long moment dans la tiédeur du jardin avec la vieille femme. Ils parlèrent de tous les événements qui avaient secoué la vie du village et particulièrement de l'irruption soudaine du Magounia. Odile Patry raconta comment l'enfant avait grandi. Elle évoqua la lutte sourde, mais âpre, qui l'avait opposée au curé pour l'éducation de l'enfant. Le curé voulait en faire un moine, elle un parfait petit républicain.

— Qu'est-ce qu'on a pu se chamailler ! pouffa-t-elle.

— Qui l'a emporté ?

— Personne. Paradoxalement, malgré l'influence que le curé ou moi-même pouvions exercer sur lui, le Magounia avait une grande indépendance d'esprit.

Au fil du temps, l'enfant abandonné, devenu homme, avait rejeté l'Eglise et la République pour trouver sa propre voie. Il s'était tourné vers la nature. Comme tout le monde, Odile Patry avait été sidérée en apprenant que le clochard dormait sur un matelas de billets.

— Mais vous savez, conclut-elle, je ne suis pas étonnée qu'il n'ait pas fait usage de tout cet argent. Pour lui, l'argent ne comptait pas. C'était un être avant tout moral. Pour lui, seule comptait la nature. Elle seule lui inspirait du respect. J'avais parfois le sentiment qu'il avait le dégoût des hommes, mais il n'en parlait jamais. Le Magounia avait été un enfant très secret. Il était très difficile de savoir ce qu'il pensait. Une fois devenu adulte, il n'a pas changé.

Le soleil déclinait dans le ciel lorsque Saint-Sauveur quitta Odile Patry. Il eut juste le temps de sauter sur le marchepied de l'Alsthom 4820 qui le ramena en cahotant jusqu'à Angoulême.

35

A dix heures du soir, il était seul dans le halo de lumière du Lazy Bird, son saxo à la main. Il commença à improviser sur *Ascenseur pour l'échafaud*, le film dont Miles Davis avait écrit la musique. Comme la première fois où il avait joué au Lazy Bird, un silence profond, épais, presque mystique, se fit dans la salle. Lorsqu'il improvisait seul, Saint-Sauveur aimait respecter de longues pauses où la résonance des dernières notes, les chuchotements dans la salle, les toux furtives, le bourdonnement sourd des amplis créaient une ambiance qu'il appréciait. Une sorte de recueillement. Il s'apprêtait à souffler lorsque le son mat et profond d'une contrebasse accompagna son élan. Il reconnut immédiatement le doigté de Marco. Lui seul avait cette façon de pincer les cordes, de les tenir en longueur, comme suspendues. Il tourna la tête. Le visage de Marco était cerclé dans la lumière blafarde d'une poursuite. Comme il en avait l'habitude, il avait posé sa joue sur le manche de son instrument et il dodelinait de la tête en souriant. L'instant d'après, un scintillement de cymbales éclata derrière Saint-Sauveur. Il se tourna à nouveau. Dimitri était installé à la batterie. Il y eut quelques applaudissements, presque timides, comme pour ne pas déranger la rencontre, si gracieuse, des trois instruments. Saint-Sauveur eut un sourire. Pour se faire pardonner, Carlos le bavard avait dépêché Marco Quesada et Dimitri Yachvili à Angoulême. C'était un beau cadeau. Marco et Dimitri étaient deux formidables musiciens de jazz, avec qui, dans le temps, Saint-Sauveur avait formé un trio remarqué. Son entente avec eux était parfaite. Marco et Dimitri livraient leur musique comme on dévoile une femme nue. Marco lui donnait de la rondeur et de la sensualité. Dimitri du caractère. Le saxophoniste se contentait de l'habiller à sa façon, pure et dépouillée.

Saint-Sauveur songeait à cela lorsqu'il aperçut le visage de Delphine de Montalembert. Dans l'ombre du bar, ses grands yeux verts étaient comme deux phares. Elle rayonnait. Qui regardait-elle ainsi ? Saint-Sauveur laissa glisser son regard. Elle était à côté d'un homme qui étudiait à la lumière pâle d'une lampe de comptoir de grands documents plastifiés. Contrastes. Ombres et lumières. Taches blanches et noires. Vie et mort. L'homme tenait des échographies dans ses mains et il souriait bizarrement.

Saint-Sauveur eut une sorte de vertige. Il ferma les yeux. Un flash aveuglant laisse toujours son empreinte au fond de la rétine. Le regard que Delphine lançait à cet homme l'avait frappé. A la façon d'un négatif plongé dans un révélateur, la vérité lui apparut, lentement, inexorablement, jusqu'à s'imposer comme une évidence. Secrètement, au gré de ses souvenirs et des détails qui l'avaient frappé, Saint-Sauveur déroulait le fil de l'histoire de Delphine de Montalembert. Pas celle qu'elle avait inventée. La vraie histoire. A ce moment-là, les notes qui sortaient de son saxophone étaient claires, fluides, autant que son esprit. Il revoyait l'image de la jeune femme gerbant sur le carrelage – quelle merveilleuse comédienne, et comme il faut aimer très fort pour jouer comme cela ! –, le visage ahuri de son père, sa colère, deux jours plus tard, lorsqu'il était venu lui jeter la lettre anonyme au visage. Un à un, au fil des notes qui sortaient de son instrument, Saint-Sauveur remontait les mécanismes d'un scénario machiavélique qui avait failli le broyer. Qui avait eu, le premier, l'idée de faire croire que Delphine était enceinte du clochard ? Qui avait eu, le premier, l'idée de la lettre anonyme qui « dénonçait » Delphine ? En réalité, cette lettre avait été rédigée pour accréditer l'idée que Delphine était bien enceinte du Magounia !

Saint-Sauveur savait maintenant qui avait tué Macabiau, mais peu lui importait. Ce n'était pas son affaire. Ce qu'il voulait, c'était savoir pourquoi. Quel était le contenu de ce mystérieux papier que le tueur avait regardé à la lueur de la lune ? Saint-Sauveur pressentait que c'était à cause de lui que

Macabiau avait été tué. S'il voulait conserver une chance de mettre la main sur la fortune du clochard, il devait se procurer ce mystérieux document. Cela ne semblait pas impossible, d'autant plus que, maintenant, il pensait savoir où il se trouvait.

Il puisa une profonde inspiration et exécuta la fin d'*Ascenseur pour l'échafaud* dans une cascade ébouriffante. La salle éclata en applaudissements. Saint-Sauveur ouvrit les yeux. Près du bar, Delphine battait des mains. Saint-Sauveur inclina la tête pour remercier.

A ce moment-là, il songeait à ce que Foch répétait souvent, à savoir que la vérité se cache souvent derrière l'apparence de la vérité. Quoi de plus logique ?

36

Le curé aimait les matinées du mois de juin, leur douceur odorante, les premiers chants d'oiseaux, si purs, si légers. L'hiver, il vivait calfeutré dans son presbytère, prisonnier de sa maladie et de ses angoisses. Ce qu'il redoutait le plus, c'étaient ses propres odeurs. Face aux autres, il faisait mine de les ignorer. Mais il n'était pas dupe. Il était conscient que son corps exhalait les relents de son âme, et il en avait honte. Au printemps, au moins, il pouvait ouvrir la fenêtre.

Ce matin-là, il était en train d'inspecter son carré de tomates lorsqu'il aperçut le facteur qui se dirigeait vers lui, visage fermé. Le curé sourit intérieurement. Il savait que le facteur, tourmenté par les démons de la chair – comme il l'était lui-même –, avait coutume de terminer sa tournée par la boulangerie. Il se doutait que, la nuit tombée, le facteur revenait visiter madame Loiseau en rêves torrides, pleins de stupre et de fornications honteuses. Le curé trouvait donc parfaitement logique que, le matin venu, le facteur commence sa tournée par le presbytère. Il devait y chercher une forme de rédemption.

Le facteur lui tendit sèchement une lettre

— Elle vous concerne personnellement.

— Une lettre anonyme ?

— Lisez. Vous allez voir.

Le curé déchira l'enveloppe.

Le texte, tapé en Times New Roman, corps 14, était de la même veine que les précédents :

Magounia s'était confessé.

Le curé sait tout. Il va parler. Montalembert n'héritera pas.

— Qu'est-ce que c'est que cette histoire ? demanda le curé, interloqué.

— Qu'est-ce que vous savez ? demanda sèchement le facteur.

— Comment ça, qu'est-ce que je sais ? Mais je ne sais rien ! Rien du tout !

— Généralement, le corbeau est bien informé. Voyez pour les bons du trésor qui dormaient dans le jardin de Macabiau.

— La dernière fois que le Magounia s'est confessé, il devait avoir dix ans ! protesta le curé.

— Qu'est-ce qu'il vous avait dit ? demanda le facteur.

— Il y a plus de quarante ans de cela. Comment voulez-vous que je m'en souvienne ?

Le facteur haussa les épaules et tourna les talons.

— A moi, on ne me dit jamais rien, marmonna-t-il dans sa barbe en s'éloignant. Je suis tout juste bon à distribuer le courrier !

Le curé courut se réfugier dans le calme de son presbytère. Quel esprit satanique prenait plaisir à le torturer ainsi ? Pourquoi faire croire aux gens du village qu'il savait des choses alors qu'il ne savait rien ?

A moins que le Corbeau n'ait raison, songea le curé en se signant, comme il le faisait chaque fois qu'une idée, quelque chose ou quelqu'un l'effrayait.

En réalité, le curé savait que Satan était niché au fond de lui, dans sa raison, dans son cœur, dans son âme, comme il faisait son nid au sein de chaque être sur cette terre. Le curé connaissait certaines vérités de ce village depuis de longues années, mais il refusait de les regarder en face, de les affronter, tellement elles lui inspiraient du dégoût, tellement elles le faisaient douter de tout, y compris de l'existence de Dieu. Il les gardait enfouies en lui, comme sous un édredon. On ne laisse pas respirer le mal, songeait-il parfois. On l'étouffe ! Le curé était intimement persuadé que c'est pour cela qu'il puait autant.

Le moment est-il venu de libérer la bête ? D'avoir ce courage-là ? se demanda-t-il.

On frappa à sa porte. Le diable en personne ?

— Qui est-ce ? demanda le curé d'une voix faible.

— Montalembert.

Il ouvrit sa porte.

— Si vous savez quelque chose, je vous ordonne de le dire ! aboya Montalembert.

Le curé eut une brutale inspiration. Est-ce cela qu'on appelait le courage ?

— Hélas je ne peux pas, s'entendit-il répondre.

— Pourquoi ?

— Les propos en question ont été tenus en confession. Je ne peux pas les répéter sous peine de trahir le secret auquel je suis tenu.

Brutalement, presque malgré lui, le curé était entré en résistance. Pourtant, longtemps il avait refusé la marche du monde, son évolution chaotique qui gangrenait les âmes et menait à la désertion des églises.

Pour lui, qu'il y ait des riches et des pauvres, des Montalembert et des Magounia, cela était dans l'ordre des choses, et qu'on le remette en cause était une hérésie. Longtemps, sciemment, il avait fermé les yeux sur les lâchetés des puissants, sur leur voracité étalée au grand jour, pour ne voir, et n'accepter d'entendre, que le désarroi des plus humbles, murmuré à voix basse dans son confessionnal. Longtemps il avait refusé d'admettre ce que le monde moderne et l'évolution de la pensée, y compris la sienne, démontraient pourtant à l'évidence : que l'une était la cause de l'autre !

Le curé avait toujours été fasciné par l'ordre.

« Si vous savez quelque chose, je vous ordonne de le dire ! » venait de lancer Georges Albert, du haut de son patronyme. Jamais, dans le temps, le curé n'aurait résisté à une telle adresse, lancée par un

Montalembert. Voilà qu'il trahissait à son tour. Qu'il s'opposait à l'ordre naturel. Pire : qu'il mentait. Pourquoi ? Le curé l'ignorait. La lassitude, peut-être, ou les traits du visage de Montalembert, qui, voyant sa fortune menacée, avait du mal à dissimuler sa fureur. Ou, plus simplement, parce que Montalembert avait fait incinérer le corps du Magounia et que le curé avait considéré cela tout à la fois comme un crime contre la mémoire du clochard et comme une insulte personnelle.

Montalembert semblait accablé.

— Ainsi, c'est donc vrai. Vous savez quelque chose ?

— Oui.

— Qui menace mon honneur ?

— Le vôtre ? Aucunement.

— Celui de Delphine ?

Le curé baissa la tête.

— Allons, dites-moi de quoi il s'agit. Nous sommes seuls, intima Montalembert.

— Inutile, monsieur.

— Le Magounia a sali mon nom en dévoyant Delphine. Il est normal que l'enfant qu'elle porte hérite de son argent.

— Personne ne dit le contraire.

— Mais alors ? demanda Montalembert.

— Je vais demander à mon évêque d'être relevé du secret de la confession. Lui seul a le pouvoir de libérer ma parole.

— Vous n'en direz pas plus ?

— Non !

— Monsieur le curé, j'ignore à quelle manœuvre tortueuse vous prêtez votre concours...

— Auriez-vous quelque chose à vous reprocher, monsieur de Montalembert ?

— Non !

— Alors, que redoutez-vous ?

Montalembert se cabra.

— Qu'on me salisse.

Le curé redressa la tête. Il était pâle, les traits tirés.

— Allez en paix, mon fils. Si l'évêque accepte, alors je pourrai soulager ma conscience.

Sitôt que Montalembert eut claqué, avec colère, la porte du presbytère, le curé empoigna son téléphone. Il se sentait étrangement calme, comme libéré.

— Hôtel de la Gare. Que puis-je pour vous ?

C'était la patronne. Le curé ne chercha pas à dissimuler sa voix.

— Monsieur Saint-Sauveur est-il là ?

— Monsieur le curé ?

— Lui-même.

La patronne semblait à la fois surprise et troublée. Elle avait sans doute reçu le matin même la lettre anonyme. Pourquoi le curé voulait-il parler à Saint-Sauveur, sinon pour l'accuser d'en être l'auteur ? Elle prit une voix douce :

— Monsieur Saint-Sauveur a téléphoné ce matin. Il arrive avec son amie par la micheline de onze heures sept. Vous voulez que je lui transmette un message ?

— Non, inutile.

— Bien.

Elle semblait déçue.

— J'irai l'attendre à la gare, ajouta le curé.

Il raccrocha. Il passa le reste de la matinée à supprimer les mauvaises herbes qui envahissaient ses plants de tomates et à couper les ergots qui suçaient inutilement la sève. A onze heures, il était sur le quai de la gare. A onze heures et sept minutes, il aperçut le nez crochu de la micheline en provenance d'Angoulême.

37

Saint-Sauveur descendit de l'autorail en compagnie de Sony. Il ne sembla pas particulièrement surpris de voir le curé sur le quai.

— Vous m'attendiez ?

— Oui. La patronne de l'hôtel m'a dit que vous preniez cette micheline.

— Autorail, rectifia Saint-Sauveur machinalement. Que me vaut cet honneur ?

— Une lettre est arrivée ce matin. Vous êtes au courant ?

— Non.

— Tenez.

Le curé tendit la lettre à Saint-Sauveur, qui en prit connaissance tout en se dirigeant vers l'hôtel.

— J'ai besoin de prendre une douche ! lança Sony alors que le curé et Saint-Sauveur s'installaient sur la terrasse. Je vous laisse.

Le curé inclina la tête, reconnaissant à la jeune femme pour sa discrétion.

— Elle est charmante, murmura le curé alors que Sony disparaissait dans le hall.

— C'est une teigne, grinça Saint-Sauveur.

— Comme vous y allez !

— C'est la stricte réalité. Alors, cette lettre ?

— Montalembert est venu me trouver ce matin, après l'avoir reçue.

— Que lui avez-vous dit ?

— Je n'ai pas démenti.

— Vous avez bien fait ! décréta Saint-Sauveur. Mettez-moi un café, commanda-t-il à la patronne qui s'était approchée.

Le curé commanda un café également. Ils attendirent que la patronne se soit éloignée pour reprendre leur conversation.

— Vous pensez que j'ai eu raison ?

— Oui.

— J'ignore complètement pourquoi j'ai fait cela. En réalité, je ne sais rien.

— L'important n'est pas que vous sachiez quelque chose, mais que l'assassin croie que vous savez.

— L'assassin ?

— Oui, l'assassin. S'il pense que vous savez quelque chose, il va chercher à vous faire taire.

— Me faire taire… Mais comment ?

Le curé semblait désemparé.

— En vous tuant.

— Qu'est-ce que vous dites ? balbutia le curé, soudain livide.

— Je dis que vous êtes très courageux de ne pas avoir démenti cette lettre, car si l'assassin pense que vous savez quelque chose, il va essayer de vous tuer. Vous n'aviez pas compris cela ?

38

Saint-Sauveur était resté une bonne heure avec le curé pour le dissuader d'aller trouver la police.

« Si vous faites cela, ils vont vous poser des questions. Pourrez-vous leur répondre ?

— Non ! avait répondu le curé, désemparé.

— Celui qui a écrit cette lettre l'a fait pour dénouer la situation. Pas pour l'embrouiller encore plus, vous saisissez ?

— Euh... oui.

— N'allez pas voir les flics. Ils sont déjà au courant, pour la lettre. Ils veillent sur vous. Rentrez au presbytère et faites comme si de rien n'était.

— Vous en avez de bonnes ! Vous m'annoncez qu'on va essayer de me tuer et vous me demandez de ne pas m'en faire !?

— Oui », avait simplement répondu Saint-Sauveur.

Il avait conseillé au curé de rentrer au presbytère et de ne rien changer à ses habitudes. Une fois seul, Saint-Sauveur avait commandé un autre café et il était resté sur la terrasse, à méditer. Dans son esprit, un tableau commençait à se dessiner, touche après touche, trait après trait. Une chose l'intriguait, toutefois : qui avait écrit la lettre anonyme concernant le curé ? Cela lui semblait comme un coup de pinceau rapporté. Il avait bien une hypothèse, et elle le faisait sourire, comme s'il partageait avec son auteur une sorte de complicité.

Il goba son café d'un coup et remonta dans sa chambre.

Sony avait pris une douche et elle lissait ses cheveux assise à même le sol, face au miroir qu'elle avait décroché du mur. Saint-Sauveur songea que si les Asiatiques avaient toutes cette façon de vivre au ras du sol, aucune n'avait la même manière de se coiffer, de pencher sa tête, de faire jouer ses épaules. Celle de Sony était curieuse, gracile et brutale à la fois. Une lutte perpétuelle semblait se livrer en elle, entre élégance et sauvagerie, gentillesse et égoïsme. Etait-ce pour cela que cette fille lui plaisait tant ?

— J'ai tout préparé au Lazy Bird pour l'enregistrement de ce soir, lança Sony.

— L'enregistrement ? Quel enregistrement ?

— Je vais enregistrer tes concerts. J'en ai parlé à Richard. Il est d'accord.

— Tu en as parlé à Richard ? s'étrangla Saint-Sauveur, estomaqué par le culot de Sony. Et à Marco ? Et à Dimitri ? Et à… moi ?

Sony fit joyeusement jouer ses doigts pour ajuster sa mèche sur son front.

— Tu es d'accord, n'est-ce pas ?

— Pourquoi veux-tu faire ces enregistrements ?

— Pour graver un CD.

— Et pourquoi veux-tu graver un CD ?

Elle se retourna. Elle souriait, désarmante.

— Mais... pour faire du fric !

— Bon Dieu, Sony ! explosa Saint-Sauveur. Est-ce que tu peux entretenir avec les gens des rapports autres que le fric ?

— Non !

A ce moment-là, le téléphone sonna et Saint-Sauveur décrocha rageusement.

— Salut, c'est Richard.

— Salut.

— On fait relâche ce soir.

— Quoi ?

— On fait relâche ce soir, répéta Richard.

— Pourquoi ?

— On est obligés de vous donner un jour de congé par semaine. C'est la loi.

— Pourquoi ce soir ?

— Jack a insisté pour que ce soit ce soir.

— Un vendredi soir ?

— Je sais. C'est bizarre, mais encore une fois Jack a insisté. Il dit qu'il faut préparer les concerts, faire de la promo. On va coller des affiches. « Dimitri Yachvili, Marco Quesada et Saint-Sauveur en concert au Lazy Bird. » Samedi, ça va être l'émeute. Tu ne peux pas savoir ce que je suis fier.

Saint-Sauveur raccrocha. Faire relâche un vendredi soir alors que les boîtes sont bondées...

— C'était Richard. On ne joue pas ce soir !

— Ah bon ? répondit Sony, interloquée

— Je dois sortir un moment.

— Tu en as pour longtemps ?

— Une heure, pas plus. Tu m'attends ici ?

— Ouais, le temps de sécher, répondit Sony.

Saint-Sauveur se rendit directement au presbytère. Il toqua à la porte du curé.

— Qui est-ce ? demanda une voix qui semblait sortir d'outre-tombe.

— Saint-Sauveur.

Le curé ouvrit la porte. Sa mine indiquait qu'il se voyait déjà dix pieds sous terre.

— Pouvez-vous me dire où habite Marie ?

— Marie ? La Chouette ?

— Oui.

— Vous voulez la voir ?

Saint-Sauveur faillit répondre « Je veux juste lui plonger un couteau dans la gorge ! », mais la plaisanterie aurait été de mauvais goût. Il se contenta de hocher la tête.

39

Saint-Sauveur traversa le village. Il était étrangement désert et silencieux. Même les chiens semblaient se retenir d'aboyer. « C'est comme si chacun retenait son souffle », songea Saint-Sauveur. Il trouva facilement la maison de la Chouette. Elle était isolée aux portes du village, ratatinée sur elle-même, comme honteuse de se trouver là, à l'écart. Il frappa à la porte.

— La Chouette ?

La porte s'entrouvrit et Saint-Sauveur aperçut l'œil perçant de la Chouette dans l'entrebâillement.

— C'est toi, Corbeau ? Qu'est-ce que tu veux ?

— Vous parler.

— De quoi ?

— Vous me laissez entrer ?

Il souriait. Elle sembla hésiter. Saint-Sauveur savait que personne, en dehors du Magounia, n'avait mis les pieds chez la Chouette depuis la fin de la guerre. Elle ouvrit sa porte. Saint-Sauveur entra et fut immédiatement saisi par l'odeur rance qui régnait à l'intérieur. Avant même qu'il se soit retourné, la Chouette avait refermé la porte, plongeant la pièce dans une semi-obscurité, juste contrariée par les raies de lumière qui s'efforçaient de percer à travers les rainures des volets.

— De quoi veux-tu me parler ? chuchota la Chouette, comme si des oreilles indiscrètes cherchaient à les surprendre.

— Il fait chaud. J'ai soif. Vous n'auriez pas un verre d'eau ?

Elle cueillit un broc sur la table et versa de l'eau dans un verre qu'elle tendit à Saint-Sauveur. L'eau sentait la vase.

— C'est bon ! chuchota Saint-Sauveur.

Peu à peu, ses yeux s'habituaient à l'obscurité. Tout en buvant, il parcourut la pièce du regard. Rien ne semblait avoir changé depuis la Libération, la cuvette en inox émaillé dans laquelle la Chouette devait faire sa toilette, la vieille armoire où elle devait ranger son linge, les chaufferettes que, l'hiver venu, elle devait bourrer de braises et glisser sous sa robe pour avoir chaud. Pour la Chouette, le monde s'était arrêté de tourner en 1945. Depuis, elle était comme prise dans les glaces. Le regard de Saint-Sauveur accrocha un vieux phono, posé dans un coin.

— Vous écoutez de la musique ?

— De quoi veux-tu me parler ? demanda à nouveau la Chouette d'une voix sèche.

— Du lieutenant Müller !

La pièce avait beau être plongée dans l'obscurité,

Saint-Sauveur vit nettement les traits de la Chouette se figer, son visage pâlir.

— Vous voulez bien me parler de lui ? demanda-t-il.

Elle émit une sorte de borborygme, entre le sifflement d'un oiseau et le couinement d'un cochon. Ses lèvres, d'abord, et bientôt tout son corps se mirent à trembler, à frémir, terrassés par l'émotion. Saint-Sauveur aurait juré qu'il avait vu sa gorge se serrer. Il savait ce que cela voulait dire.

Lorsqu'il était en prison, Saint-Sauveur s'était passionné pour les travaux d'Ernst Meyer, un disciple de Freud qui avait étudié le phénomène des blocages physiques liés à l'expression d'un traumatisme. Saint-Sauveur s'était d'autant plus passionné pour cette question qu'il en était lui-même victime. Chaque fois qu'une personne l'interrogeait, même de façon anodine, sur ses origines, sur sa famille, un étau bloquait sa gorge et il lui semblait tomber dans un trou. Il mettait plusieurs minutes à retrouver son calme. Saint-Sauveur savait que ce genre de phénomènes, si douloureux et pénibles à vivre, étaient généralement provoqués par des traumatismes liés à la petite enfance. Mais pas seulement. Ils pouvaient également se déclencher plus tard, à l'occasion d'un choc. Un choc tellement fort, tellement horrible, qu'il balayait tout, y compris la possibilité d'en parler.

— Je... je vais vous raconter ce qui s'est passé avec le lieutenant Müller, murmura-t-il en adoucissant sa voix le plus possible. Si je me trompe, vous m'arrêtez, d'accord ?

La Chouette était comme une statue de sel, figée. Mais Saint-Sauveur vit dans ses yeux qu'elle était prête.

— Le lieutenant Müller aimait passer du temps avec vous. Il se sentait très seul. Il vous racontait sa vie en Allemagne. Il vous parlait de sa famille. Il avait hâte que la guerre finisse. Bien qu'il soit plus âgé que vous, vous éprouviez des sentiments très forts pour cet homme qui n'était pas comme les autres. Avec vous, il se conduisait bien.

Saint-Sauveur fit une pause. Il se servit un nouveau verre d'eau, en but une gorgée et le tendit à la Chouette. Elle ne fit pas un mouvement pour le saisir. Saint-Sauveur reposa doucement le verre.

— Un soir, Macabiau est venu vous voir. Il vous a parlé du lieutenant Müller. Il vous a dit que vous aviez raison, qu'il n'était pas comme les autres Allemands, que c'était un homme bien. Il vous a même suggéré de l'inviter chez vous, en tout bien tout honneur. Vous aviez confiance en Macabiau. C'était le chef de la Résistance. Vous avez invité Müller dès le lendemain.

Saint-Sauveur se déplaça dans la pièce. Il saisit des vinyles gravés posés près du phonographe, consulta les titres.

— Le lieutenant Müller est arrivé avec un phonographe et une bouteille de schnaps, poursuivit-il. Vous avez écouté de la musique ensemble. Lily Marlène, des chants de Noël... Les Allemands adorent les chants de Noël. Il était heureux et vous aussi. Il est resté tard dans la nuit. Et puis il est parti en vous remerciant pour cette merveilleuse soirée. Il venait juste de sortir lorsque vous avez entendu un coup de feu. Vous vous êtes précipitée. Vous avez aperçu Macabiau qui s'enfuyait. Le lieutenant Müller gisait dans une mare de sang, une balle dans le front.

Saint-Sauveur fit une autre pause. Il s'approcha de la Chouette, qui tremblait de tout son corps. Saint-Sauveur savait que le moment le plus dur pour elle était à venir.

— On a fusillé des otages à cause du meurtre de Müller, et les gens du village vous ont rendue responsable de cela. Macabiau n'a rien dit. Il ne vous a pas défendue. Pire ! A la Libération, il vous a rasé la tête en vous accusant de coucher avec les Allemands et il a encouragé les autres femmes du village à venir vous cracher à la…

Saint-Sauveur ne termina pas sa phrase. Il eut juste le temps de cueillir la Chouette à la volée. Elle s'était écroulée d'un coup, sans un mot, sans un cri. Son corps était raide, glacé. Saint-Sauveur la déposa délicatement sur son lit et resta un long moment à caresser son visage et à lui parler avec douceur, jusqu'à ce que la respiration de la vieille femme soit redevenue normale. Il se pencha sur elle, embrassa son front et murmura à son oreille :

— Reposez-vous. Je reviendrai vous voir demain.

40

Lorsqu'il rentra à l'hôtel, Saint-Sauveur était vidé. Il s'affala sur le lit. Sony était au téléphone, énervée.

— Comment ça ? Des silhouettes en noir et blanc ?... Et on ne voit pas leurs visages ? Mais c'est n'importe quoi !

Elle se détourna vers Saint-Sauveur, posa sa main sur le combiné et murmura « Les affiches ».

— Comment ça, « ça correspond à leur style » ?... Mais tu dis n'importe quoi, Richard ! Leur style, il est flamboyant, tout en couleur. Avec ton noir et blanc, les gens vont penser qu'on les invite à venir écouter un concert de Sydney Bechet ou de Louis Armstrong. On n'est plus au temps des GI en 45. Faut évoluer, mon vieux !

Le portable de Saint-Sauveur se mit à sonner.

— Allô ?

— Foch !

— Bonjour.

— Ça va ?

— Ça va !
— Tu progresses ?
— Lentement.
— Tu penses aboutir ?
— Je n'en sais rien.
— J'attends tes courriers.

Clic ! Foch avait raccroché. Malgré la sécheresse de l'appel, Saint-Sauveur ne se formalisa pas. Foch avait une façon bien à lui de manifester son attention et son soutien. En outre, Saint-Sauveur savait que Foch ne lui en voudrait pas s'il échouait.

— En tout cas, je n'utiliserai pas cette affiche pour mon CD ! était en train de dire Sony. Je veux quelque chose de moderne, qui en jette, qui pète. Tu vois ce que je veux dire, Richard ?

Saint-Sauveur n'écoutait plus. Il songeait aux travaux d'Ernst Meyer. Le chercheur avait établi que, pour une personne bloquée, seul un choc d'une violence émotionnelle égale, ou presque, à celui qui avait provoqué le traumatisme était capable d'en supprimer les effets. Pour Meyer, l'idéal était d'amener le patient à revivre l'événement de façon positive. Saint-Sauveur songeait à la Chouette. Comment faire revivre le lieutenant Müller ?

— J'aime bien taquiner Richard ! affirma Sony qui venait de raccrocher. Au fond, je pense qu'il a raison. Le noir et blanc correspond bien à ton style.

— C'est un compliment ?
— Non !
— Salope !

Elle éclata de rire.

Sony et lui passèrent le reste de la journée à se chamailler et à se bécoter, comme c'était devenu l'habitude. Le soir venu, ils dînèrent au restaurant de l'hôtel. Saint-Sauveur commanda une bouteille de saint-julien, puis une deuxième. Il n'oubliait jamais de remplir le verre de Sony. A vingt et une heures trente, ils étaient au lit et Sony, complètement ronde, se rua sur lui. Saint-Sauveur se laissa faire avec délices. Une heure plus tard, alors que Sony dormait, il se leva et s'habilla.

41

La nuit était chaude, étouffante. La chambre du presbytère, dont la fenêtre était grande ouverte, baignait dans une atmosphère laiteuse. Couvert d'un seul drap, le curé était couché dans son lit, tête posée sur l'oreiller, mains croisées sur le ventre. Il s'efforçait au calme, mais son souffle était court, oppressé.

— Vous m'entendez, Baptiste ?

— Oui, je vous entends. Restez tranquille.

Saint-Sauveur se tenait debout, dissimulé derrière l'épais rideau de la fenêtre.

— Vous souvenez-vous de notre conversation dans la chapelle de la prison ?

Saint-Sauveur ne répondit pas.

— Je vous avais demandé ce qui, d'après vous, guide les hommes qui vouent leur vie au Seigneur, et vous m'aviez répondu « la peur ». Vous vous souvenez ?

— Oui, je m'en souviens, souffla Saint-Sauveur.

— J'ai peur, Baptiste. En ce moment, j'ai peur et

c'est un sentiment affreux. Je me rends compte que toute ma vie a été dictée par la peur. J'ai toujours eu peur de tout, même de Lui.

— De qui ?

— De Dieu !

Saint-Sauveur poussa un soupir. Ce n'était pas vraiment le moment d'entamer une discussion philosophique.

— Si, comme vous le pensez, un homme va chercher à me tuer cette nuit, je devrais être en mesure d'affronter cette épreuve sans peur. Je devrais même être heureux de vivre ça pour l'amour de Dieu.

« Bon Dieu, songea Saint-Sauveur. Voilà qu'il se prend pour Jésus-Christ... »

— Et j'ai peur, Baptiste. C'est horrible pour un homme qui a voué sa vie à Dieu, qui a prêché le rachat de nos péchés, qui a promis le paradis aux hommes de bonne volonté, c'est affreux d'avoir peur de mourir lorsqu'on est curé. C'est pire que de trahir. Avez-vous peur de la mort, Baptiste ?

Saint-Sauveur soupira.

— Je n'y pense pas.

— Alors c'est que vous ne croyez en rien. C'est terrible. Je ne sais plus si je vous plains ou si je vous envie. J'ai honte de moi.

— Taisez-vous !

— Risquer sa vie, c'est se mettre au défi de se retrouver face à Dieu. Je me retrouve piteusement face à moi-même. Quelle misère !

— Silence ! ordonna Saint-Sauveur.

Il n'y eut plus bientôt dans la chambre que le bruit de la pendule et les soupirs étouffés du curé.

Soudain, Saint-Sauveur entendit des bruits à l'extérieur. Des bruissements de feuilles, un corps qui se glisse entre elles, une branche qui craque.

— Vous avez entendu ? demanda le curé en se redressant.

— Oui, restez tranquille !

Il y eut un cri. Le bruit de corps roulant à terre. Une voix d'homme :

— Ne bouge pas !

Saint-Sauveur sortit de derrière le rideau et s'adressa au curé :

— Vous restez ici ! Vous ne bougez pas, d'accord ?

— D'accord !

Saint-Sauveur traversa la chambre d'un trait et dévala l'escalier. Dans le jardin du presbytère, il vit des silhouettes qui bataillaient. Saint-Sauveur s'approcha. Il reconnut l'inspecteur Mignoni. Il ceinturait la Chouette qui se débattait comme une diablesse.

— Lâche-moi, crapule ! sifflait la Chouette.

— Lâchez-la, Mignoni ! Elle n'a rien à voir dans cette affaire.

— Vous la connaissez ?

— Oui.

Mignoni libéra la Chouette.

— Qu'est-ce que vous faites ici, Saint-Sauveur ?

— Je veillais sur le curé.

— Ce n'est pas à vous de faire ça !

La Chouette s'ébroua et lança un regard mauvais à l'inspecteur.

— Sale brute. Tu voulais me raser le crâne ?

Elle se tourna vers Saint-Sauveur. Ses yeux lançaient des éclairs.

— Il est là. Je l'ai vu. Je l'ai suivi.

— Qui ? demanda Saint-Sauveur.

— Celui qui est venu tuer le curé.

Elle eut un rire aigu, sauvage.

— Il est où ? demanda Mignoni, affolé.

La Chouette haussa les épaules.

Il y eut un cri dans le presbytère. C'était la voix du curé.

— Merde !

Mignoni se précipita dans la maison. Lorsqu'il déboula dans la chambre, il aperçut un éclair blanc et se lança, tête en avant. Son front percuta de plein fouet le visage d'un homme. Il y eut un craquement sec d'os brisés. Sous la violence du coup, l'homme chancela et s'écroula en arrière. Le couteau qu'il tenait à la main vint se ficher dans le parquet. Mignoni immobilisa l'homme à terre, lui menotta les mains derrière le dos.

Puis il alluma la lumière.

L'homme devait avoir une trentaine d'années, un corps maigre et sec, des cheveux longs bouclés. Son nez, cassé, pissait le sang.

Le curé se tenait debout, livide.

— Ça va ? demanda Mignoni.

— Je me suis défendu avec ça, murmura le curé en brandissant un crucifix en métal.

Avant que Mignoni ait eu le temps de réagir, le curé lança le crucifix au visage de son agresseur.

— Monsieur le curé ! protesta Mignoni.

— Il a voulu me tuer, murmura le curé sans que sa voix laisse percer le moindre soupçon de remords.

Mignoni saisit l'homme par les épaules, l'aida à se redresser et le poussa vers la porte.

— En route !

La Chouette et Saint-Sauveur attendaient au bas de l'escalier.

— Le curé va bien ? demanda Saint-Sauveur.

— Il va bien, répondit Mignoni.

Saint-Sauveur passa son bras autour des épaules de la Chouette.

— Je vous raccompagne.

— Tu promets de ne pas parler de Müller ?

— Promis.

Ils traversèrent le village sans prononcer un mot. Saint-Sauveur avait conservé son bras autour des épaules de la vieille et elle ne faisait rien pour se dégager, au contraire. Elle avait entendu les mots qu'il avait prononcés dans son oreille. Elle avait senti ses lèvres sur son front. Elle avait aimé cela. Plus personne ne l'avait embrassée depuis des années, sur le front pas plus qu'ailleurs. Elle s'était souvenue des baisers que sa mère lui donnait lorsqu'elle était enfant. Elle avait aimé retrouver cette sensation.

— Vous êtes libre demain soir ? demanda Saint-Sauveur alors qu'ils arrivaient devant la maison.

— Libre ?

— Oui.

— Pourquoi ?

— Je voudrais sortir avec vous.

— Sortir ?

— Oui.

— Où ?

— En boîte !

La Chouette n'osa pas demander ce que cela voulait dire, « sortir en boîte ».

— Tu parleras de Müller ?

— Non.

— Promis ?

— Promis.

— Alors d'accord.

Saint-Sauveur se pencha et, avant que la Chouette ait eu le temps de le repousser, il déposa un baiser sur sa joue.

— Bonne nuit.

— Bonne nuit, grommela-t-elle en refermant sa porte.

Saint-Sauveur retraversa le village. Pas un bruit, pas une lumière, pas la moindre trace de vie. De nouveau, il éprouva cette sensation bizarre que Clérac était hors du monde. On se battait la nuit entre ses murs, des hommes maniaient le couteau, et tous, à part la Chouette, semblaient dormir du sommeil du juste. A moins qu'ils ne soient tapis derrière leurs rideaux, silencieux, à observer, à épier, transis de peur.

Il songea au type que Mignoni avait arrêté. Il le connaissait. Il passait ses nuits au Lazy Bird. Un junk de l'espèce que la Carotte avait évoquée dans la cour de la prison : prêt à tuer père et mère pour une dose. Saint-Sauveur eut un sourire triste. Avec ce genre de client, Mignoni n'était pas sorti de l'auberge. Dès le départ, Saint-Sauveur avait été persuadé que Mignoni en personne avait écrit la lettre anonyme qui affirmait que le curé savait tout. C'était un piège tendu au meurtrier, comme on agite une muleta face à un taureau furieux pour l'inciter à foncer. A priori, le piège avait fonctionné. A priori…

42

Dans son bureau aux murs jaunâtres, Mignoni faisait face à l'homme au couteau. Tous deux s'observaient. L'homme était de plus en plus nerveux. Sa jambe droite avait été agitée de tremblements, puis ça avait été la gauche, puis son corps tout entier. Son visage s'était progressivement couvert d'une sorte de bruine très fine, puis plus épaisse. A la longue, il s'était mis à transpirer à grosses gouttes. L'homme était en manque.

43

Mignoni était à peine sorti du presbytère que le gyrophare d'une camionnette de police avait balayé les ténèbres. Mignoni avait poussé l'homme à l'arrière de la fourgonnette et s'était installé à côté de lui.

« Comment tu t'appelles ?

— Va te faire foutre, sale poulet !

— Oui, oui. C'est toujours ce qu'on dit, au début. Mais avec le temps... avait murmuré Mignoni.

— Je veux mon avocat !

— Ouais, je te comprends. Tu as intérêt à en avoir un bon.

— Il est bon, ricana l'homme.

— Qui c'est ?

— Maître Caillot. Je veux l'appeler, tout de suite. »

En entendant le nom de l'avocat, Mignoni n'avait pu réprimer une grimace. Caillot était un avocat réputé. Un procédurier redoutable. Un emmerdeur de première.

« Si tu veux bien, avant de réveiller ce brave homme, on va juste parler un peu ensemble dans mon bureau...

— Va te faire foutre, poulet !

— Tu manques d'imagination », avait soupiré Mignoni.

L'homme n'avait plus prononcé un mot. Mignoni non plus. L'inspecteur avait remarqué que les bras du type étaient piquetés de taches rouges à la hauteur des veines. Des morsures de seringue.

« Un junk, un type qui tuerait père et mère pour une dose », avait songé Mignoni, qui ignorait que Saint-Sauveur s'était fait exactement la même réflexion.

La camionnette s'était brusquement engouffrée dans la cour du commissariat central d'Angoulême, qui baignait dans une épaisse nappe de brouillard. Mignoni avait ordonné qu'on mène l'homme en cellule, qu'on le fouille, qu'on lui enlève ses lacets, bref la routine.

Il était resté seul un bon moment dans son bureau, à boire du café et à faire le point. Il avait conscience d'être passé tout près de la catastrophe au presbytère. Une seconde de plus, le type lardait le curé en plein cœur. Il aurait eu l'air fin. Heureusement, il était intervenu à temps, et au fond de lui l'inspecteur était assez fier d'en avoir remontré à l'émissaire de l'Œuvre.

Le piège qu'il avait tendu à l'assassin en envoyant

une « fausse » lettre anonyme avait fonctionné. Restait à faire avouer au type le meurtre de Macabiau. Mignoni mesurait la difficulté de la tâche. Par expérience, il savait que les junks avouent tout et n'importe quoi pour se rétracter l'instant d'après.

— Chef, on a trouvé ça en le fouillant.

Le flic de permanence avait tendu à Mignoni un trousseau de clés et un papier en carton pelé. C'était une carte de pointage aux Assedic. Le type était chômeur. Il s'appelait Aldo Gruarin. D'origine italienne, sans doute.

Mignoni avait consulté sa montre. Il lui restait peu de temps avant d'être obligé de prévenir maître Caillot. Il avait demandé qu'on lui « monte le colis ».

44

Cela faisait deux bonnes heures que Mignoni cuisinait Gruarin, et il n'avançait pas d'un pouce.

— Bon ! On reprend tout à zéro. Qu'est-ce que tu faisais chez le curé de Clérac avec un couteau à la main ?

— Je vous l'ai dit. J'en voulais juste à son pognon.

— Avec un couteau à la main ?

— Le curé s'est rué sur moi et il m'a frappé. Je voulais juste me défendre.

— Tu dis que tu voulais lui piquer son pognon ?

— Ouais.

— Quel pognon ?

— C'est toute cette histoire qui m'est montée à la tête.

— Quelle histoire ?

— Je vous l'ai déjà dit.

— Répète.

L'homme soupira profondément. Il tremblait de plus en plus.

— Je peux avoir un verre d'eau ?

— Après !

— J'ai pensé que le curé planquait une part du magot du Magounia, voilà tout !

— Qu'est-ce qui t'a fait penser cela ?

— On a retrouvé un coffre plein de bons au porteur dans le jardin du maire, non ? Il se faisait refaire une mairie. Le curé retapait son église. Avec quel fric ? J'ai pensé qu'il pouvait, lui aussi, avoir des bons au porteur planqués chez lui.

— Tu te tiens sacrément au courant, dis donc.

— Je lis le journal, comme tout le monde.

— Alors, si tu lis le journal, tu dois savoir que Macabiau a été assassiné.

— Oh là, doucement. J'ai rien à voir là-dedans, moi.

— Il va falloir le prouver, mon vieux. Qu'est-ce que tu faisais dans la nuit du 12 ?

Le type eut un petit rire nerveux suivi de tremblements.

— J'en sais rien, moi, je vis au jour le jour. J'ai pas d'agenda. Je peux avoir un verre d'eau ?

Mignoni se leva, prit un verre et alla le remplir au lavabo. Plus le temps passait, plus les effets du manque se faisaient sentir. Le type ne pensait plus qu'au crabe qui lui mordait les viscères et le faisait atrocement souffrir. Le reste, il s'en foutait. Alors, lui demander ce qu'il faisait dans la nuit du 12...

Mignoni avait conscience de perdre son temps. Il tendit le verre d'eau et Gruarin l'avala d'un trait.

— Tu es en manque ?

— Ouais.

— Je connais ça.

— Ah bon ?

— Pas moi personnellement, mais on serre souvent des petits junks dans ton genre. A force, on a même constitué une réserve de poudre dans le bureau à côté. Je pourrais t'en filer un peu, ni vu ni connu.

— Vous feriez ça ?

— Oui. Mais d'abord…

— D'abord quoi ?

— Il faudrait que tu te souviennes de ce que tu as fait dans la nuit du 12 !

— Si vous me filez de la blanche, je vous raconte tout !

— Je t'écoute.

— Filez-moi d'abord la came.

— Non. Après !

— Enculé !

Le corps de Gruarin se cassa soudain en deux, comme s'il avait reçu un coup de poing dans la panse. Il se mit à gémir en se tenant le ventre. Il avait des crampes d'estomac. Une mousse verdâtre était venue fleurir à la commissure de ses lèvres.

Mignoni serra les dents. Il était pris dans un étau : les aveux d'un junk en manque ne valaient rien. Il pouvait, certes, filer une dose à Gruarin pour le remettre d'équerre, mais cela ne changeait rien au problème. Caillot l'apprendrait et il se ferait un malin plaisir de casser immédiatement toute la procédure en hurlant au scandale. Insoluble !

Mignoni soupira.

— Bon ! On reprend tout à zéro. Qu'est-ce que tu allais faire chez le curé un couteau à la main ? demanda-t-il machinalement.

Les nerfs de Gruarin lâchèrent d'un coup. Il serra les poings et se mit à crier. Des cris tellement inhumains que les flics de permanence poussèrent la porte du bureau de Mignoni pour voir ce qui se passait. On ne tirerait plus rien de ce type-là.

— Ramenez-le en cellule, ordonna Mignoni.

Il mit le trousseau de clés de Gruarin dans sa poche, consulta sa carte Assedic. Son adresse y figurait. Mignoni jeta un coup d'œil à sa montre. Caillot n'allait pas tarder à entrer dans la danse et lui foutre des bâtons dans les roues. Il fallait agir avant. Mignoni sauta dans une voiture de service.

45

Une demi-heure plus tard, il poussait la porte du petit studio que Gruarin habitait à L'Isle-d'Espagnac, dans la banlieue d'Angoulême. La pièce était minuscule, bordée par une kitchenette qui n'avait pas dû voir une éponge depuis des lustres, meublée avec un matelas cradingue posé à même le sol, une vieille table en bois et deux chaises. Mignoni commença méthodiquement à inspecter les lieux. Il savait ce qu'il cherchait. S'il trouvait le récépissé de l'examen du médecin légiste, Gruarin était fait aux pattes. Mignoni avait hâte de boucler cette affaire. Toutefois, il ne se faisait guère d'illusions. Un assassin, fût-il un junk décervelé, ne conserve pas une telle pièce à conviction punaisée au mur comme une liste de commissions.

Il était à quatre pattes en train de soulever le matelas, faisant attention à ne pas se blesser avec les seringues qui jonchaient le sol, lorsqu'il sursauta. Le téléphone sonnait. Mignoni fut tenté de répondre, mais il aperçut la lumière clignotante du répondeur incorporé qui se mettait en route.

« Salut. Vous êtes chez Aldo. Je suis absent pour le moment. Laissez un message. Bip. »

— Allô, Aldo ? Tu es là ? Aldo ?... Clic !

Mignoni écouta de nouveau le message. Ce n'est pas la voix qui l'avait frappé, elle était déformée, presque inaudible. C'est le fond sonore. Des bruits de voix, de la musique de jazz. Il y avait un seul endroit à Angoulême où on écoutait ce genre de musique à une heure si tardive : le Lazy Bird.

Il reprit ses recherches dans le studio mais ne trouva rien.

Lorsqu'il revint au commissariat central, maître Caillot était déjà sur place. Qui l'avait prévenu ? Caillot avait exigé de voir son client. Impressionnés par la réputation de l'avocat, les flics de permanence avaient fait remonter Gruarin du fond de sa cellule. Il était en pleine crise de manque et il gerbait ses tripes sur le carrelage du hall d'accueil.

— C'est purement et simplement inhumain, clamait Caillot en faisant de grands moulinets avec ses bras.

— Calmez-vous, maître ! lança Mignoni en entrant. Ce garçon a tenté de tuer le curé de Clérac.

— Il faudra établir les faits !

— Il a vraisemblablement tué Macabiau aussi ! ajouta Mignoni, histoire de clore le bec du bavard.

— Nous verrons cela ! Quoi qu'il en soit, j'informerai le juge sur les conditions de sa garde à vue !

Mignoni soupira. Les emmerdements commençaient.

46

Martine était complètement nue, agenouillée face à l'autel de l'église de Clérac. Le curé était derrière elle, un crucifix dans une main, un poignard dans l'autre. Un ange et un diablotin voletaient autour de la jeune femme. L'ange, auréolé, avait le visage de Saint-Sauveur. Le diablotin, cornu, ressemblait comme deux gouttes d'eau à Gruarin. « Epargne-la ! » suppliait Saint-Sauveur. « Je m'en lave les mains », ricanait le diablotin. Le curé semblait hésiter. Soudain, une troisième créature, à mi-chemin entre Belphégor et Dark Vador, surgit de l'ombre. « Tue-la ! » ordonna-t-il d'une voix caverneuse et autoritaire.

Comme hypnotisé, le curé leva son poignard.

Mignoni tenta de crier pour prévenir Martine, lui dire de se sauver, mais, malgré ses efforts, aucun son ne sortit de sa bouche. Le curé allait frapper.

— Nooon !

Mignoni hurlait encore lorsqu'il se réveilla. Il était assis dans son lit, le cœur tambourinant, le corps couvert de sueur. Il mit une bonne minute avant de réaliser que son téléphone sonnait.

— Allô ?

— C'est Martine. Je te réveille ?

— Oui.

— Tu t'es couché tard ?

— Oui.

— Je suis au courant.

— Comment ça, tu es au courant ?

— Je viens de recevoir un coup de téléphone de Caillot.

Mignoni accusa le coup. Caillot n'avait pas perdu de temps.

— Il exige que son client soit transféré en hôpital psychiatrique, poursuivit la juge. Qu'est-ce que je fais ?

— Laisse-le-moi encore un peu au chaud !

— Il a passé des aveux ?

— Non.

— Caillot est survolté !

— Caillot est toujours survolté !

— Tu peux passer me voir dans la matinée ? reprit Martine d'une voix enjouée. On parlera de tout ça.

— Je veux interroger Gruarin d'abord.

— Caillot dit que son client n'est pas en état de subir un interrogatoire.

— J'emmerde Caillot !

— Il dit que Gruarin est en manque, tu sais bien que...

— Vers midi, ça va ? coupa sèchement Mignoni.

Il y eut un silence.

— Ça va, toi ? demanda Martine, soudain inquiète.

Non, justement, ça n'allait pas. Depuis son réveil brutal en plein cauchemar, Mignoni ressentait un malaise sournois, insidieux, dont il ne parvenait pas à définir l'origine.

— Ça va ! dit-il.

Il raccrocha.

Mignoni resta un bon moment sous la douche pour dissiper le mal de crâne qui lui plombait la tête. En pure perte. Il but trois cafés d'affilée et passa un bon quart d'heure à chercher ses clés qui étaient... dans sa poche.

— Journée de merde ! grommela-t-il dans sa barbe.

Il prit sa voiture, érafla la portière dans la montée du parking. Et s'il allait se recoucher ?

C'est alors qu'il poireautait à un feu rouge qu'il eut un choc. Depuis qu'il était parti de chez lui, il avait remarqué que les murs de la ville étaient couverts d'affiches, mais il n'y avait pas spécialement prêté attention. Les seules affiches qui retenaient parfois son regard étaient celles des messageries chaudes, à cause des nibards des minettes. Ou de leur cul. Les autres... Toutefois, celles-ci étaient bizarres, presque inquiétantes. Etait-ce la texture en noir et blanc ? Elles lui rappelaient l'atmosphère pesante du cauchemar dont il sortait à peine. Ce n'est que lorsqu'il fut à l'arrêt qu'il laissa son attention se fixer sur l'une d'elles.

Elle représentait trois silhouettes qui semblaient venir d'ailleurs et n'aller nulle part. Le texte, en lettres gothiques, annonçait : *SAINT-SAUVEUR, QUESADA ET YACHVILI EN CONCERT AU LAZY BIRD*. Ce n'est qu'après avoir lu le texte que Mignoni percuta. Une des silhouettes, qui lui rappelait son cauchemar et s'étalait sur les murs de la ville, n'était autre que celle de Saint-Sauveur.

Il coupa la ligne jaune pour entrer dans l'enceinte du commissariat central, et deux motards qui se trouvaient dans la cour l'engueulèrent copieusement. Alors qu'il allait pénétrer dans son bureau, un planton l'informa qu'une personne patientait depuis une heure dans la salle d'attente.

— C'est qui ? demanda Mignoni, excédé.

— Saint-Sauveur, répondit le planton.

Martine d'abord, Saint-Sauveur ensuite... Son cauchemar le poursuivait ou quoi ?

— Vous savez ce qu'il veut ?

— Pointer !

— Pardon ?

— Son contrôle judiciaire...

— Ah oui !

Mignoni avait oublié.

— Dites-lui de patienter encore un peu. Faites monter Gruarin !

— Gruarin ? Le type de cette nuit ?

— Oui.

— Il dort.

— Il dort ? demanda Mignoni, ahuri.

— Oui. Son avocat a exigé qu'il soit examiné par

un médecin. Le docteur lui a refilé du Subutex et il l'a bourré de calmants. Il dort.

— Eh bien réveillez-le ! s'emporta Mignoni.

Cinq minutes plus tard, Gruarin poussait la porte du bureau, les cheveux en bataille, le regard embué.

— Assieds-toi, ordonna Mignoni.

— J'ai rien à vous dire, marmonna Gruarin en posant son cul sur la chaise.

— Comment ça, tu n'as rien à me dire ? Moi, j'ai des tas de questions à te poser.

— Je ne suis pas en état de répondre.

— Fais juste un petit effort. Que faisais-tu dans la nuit du 12 juin ?

— Je ne suis pas en état de vous répondre. Je veux aller à l'hôpital. Je suis malade.

Mignoni comprit que Caillot avait fait la leçon à son client : « Vous ne dites rien ! Vous dites que vous êtes malade et que vous voulez aller à l'hôpital. Point final ! » Il n'y avait rien à faire.

Mignoni appela le planton pour qu'il redescende Gruarin en cellule, et il lui demanda de faire venir Saint-Sauveur.

— Qu'est-ce que vous avez fait, hier soir ? demanda Mignoni alors que Saint-Sauveur, à son tour, prenait place sur la chaise.

— Vous le savez très bien, répondit Saint-Sauveur.

— Oui, mais après ?

— Après, j'ai raccompagné la Chouette chez elle.

— Et après ?

— Je suis allé me coucher.

— Seul ?

— Non.

— La Chinoise ?

— Elle est cambodgienne.

— Très bien ! Vous pouvez disposer.

Saint-Sauveur sortit du bureau et Mignoni consulta sa montre. Il était onze heures trente. Le palais de justice, comme c'est souvent le cas dans les grandes villes de province, était à deux doigts du commissariat central. Mignoni décida de s'y rendre à pied. Il avait besoin de prendre l'air. Depuis le début de la matinée, son malaise ne le quittait pas. Il se sentait oppressé, presque nauséeux. Sur le chemin, il croisa encore les affiches du trio qui se produisait au Lazy Bird et il détourna son regard. Mignoni n'aurait su dire pourquoi, mais ces affiches lui foutaient le bourdon.

Le Lazy Bird...

Le coup de téléphone de la veille, alors qu'il inspectait la demeure de Gruarin, lui revint en mémoire. « Allô, Aldo ? Tu es là ? » Exactement comme si le type qui téléphonait avait voulu s'assurer qu'Aldo n'était pas rentré chez lui. « Aldo ? » Silence. Musique de jazz en fond sonore, des bruits de voix, des verres qui tintent. « Clic ! »

Mignoni s'arrêta sur place. « Exactement comme si le type savait qu'Aldo ne devait pas être rentré chez lui, et qu'il avait cherché à s'en assurer », songea-t-il.

Il accéléra le pas jusqu'au palais de justice. Lorsqu'il poussa la porte du bureau de Martine, il vit immédiatement, aux traits de son visage, que quelque chose ne tournait pas rond.

— Tu as eu mon message ? demanda-t-elle.

— Non. Qu'est-ce qui se passe ?

— Le type que tu as arrêté...

— Oui, et bien ?

— Tu penses que c'est l'assassin de Macabiau, n'est-ce pas ?

— C'est vraisemblable.

— Le 12 juin, il était en prison pour trafic de cocaïne. Il est sorti deux jours après le meurtre de Macabiau. Je viens d'avoir son dossier.

— Bordel de merde ! jura Mignoni.

Il se précipita sur le téléphone. Il composa un numéro. Pas de réponse. Il raccrocha.

— Tu as ta voiture ?

— Il y a la voiture de service, répondit Martine. Tu veux aller où ?

— A Clérac.

— Je t'accompagne.

Ils traversèrent les faubourgs d'Angoulême, toutes sirènes hurlantes. Martine n'osait pas poser de questions tant Mignoni était tendu, tant il conduisait vite.

47

Moins d'une demi-heure après leur départ, Mignoni bloquait ses freins devant le presbytère de Clérac. Le nuage de poussière n'était pas retombé que Mignoni s'était déjà éjecté de la voiture et qu'il s'engouffrait dans la maison. Martine débloqua sa ceinture et sortit à son tour, gorge nouée. Elle passa la porte du presbytère et s'engagea dans l'escalier en se pinçant les narines. Bien que les fenêtres soient ouvertes, le presbytère exhalait une forte odeur de gaz putréfié qui vous mettait l'estomac dans la bouche. Sous les pas de la jeune femme, les marches en bois de l'escalier grinçaient sinistrement. Martine pénétra dans la chambre à coucher et s'arrêta net. Le curé, allongé sur son lit, baignait dans une mare de sang. Il avait les bras en croix, et ses yeux criaient la surprise et l'effroi. Un couteau lui traversait la gorge de part en part. Assis sur une chaise, la tête dans les mains, Mignoni pleurait doucement.

Sans prononcer un mot, Martine redescendit et appela le commissariat. Une demi-heure plus tard, le presbytère était une ruche bourdonnante. Mignoni avait repris ses esprits. Il distribuait ses ordres machinalement, comme un automate.

Sur le chemin du retour il garda le silence. Il était prostré. Martine avait pris le volant. Elle engageait la voiture dans les faubourgs d'Angoulême, lorsque Mignoni se mit à parler. Sa voix était faible, éteinte, comme si l'inspecteur rassemblait le peu de forces qui lui restaient. Il raconta d'abord son cauchemar et l'intervention de Dark Vador, seul personnage dont il ne voyait pas le visage et qui avait ordonné au curé de tuer Martine.

— Moi ?

— Oui, toi.

— Pourquoi moi ?

— Je n'en sais rien.

Puis il raconta sa visite au domicile de Gruarin et le coup de téléphone : « Aldo ? Tu es là ? » Enfin, il raconta les circonstances de l'arrestation de Gruarin, sa bataille dans le jardin avec la Chouette, l'irruption de Saint-Sauveur. Il avait tout raconté à l'envers, comme s'il avait souhaité remonter le temps. Martine l'écoutait attentivement, consciente que sa confusion cachait un message.

— Ce que tu veux dire, c'est que tu t'es fait avoir, laissa-t-elle tomber lorsqu'il eut terminé.

— Oui.

— Quelqu'un a manipulé Gruarin, c'est ça ?

— Oui.

— Le tueur se doutait que le curé serait protégé,

reprit Martine. Il a envoyé un leurre. Tu l'as arrêté en croyant tenir l'assassin de Macabiau.

— Oui.

— Le tueur a téléphoné chez Gruarin. S'il n'était pas chez lui, c'est qu'il était entre tes mains, au commissariat.

— Oui.

— La voie était donc libre. Il est allé tuer le curé.

— Oui.

— Tu dis que Saint-Sauveur était sur place. As-tu conscience qu'il redevient le suspect numéro un ?

— Non ! Je suis sûr qu'il n'a rien à voir avec la mort du curé. Il était là pour le protéger, comme moi. Quand je pense que je lui ai dit de se mêler de ses affaires…

— Ça l'innocente pas pour autant.

— Si.

— Pourquoi ?

— Le coup de téléphone provenait du Lazy Bird et Saint-Sauveur était à Clérac. Le tueur niche au Lazy Bird. J'irai dès ce soir.

48

Les affiches annonçaient le concert à vingt-trois heures. Mignoni consulta sa montre. Il éclusa d'un coup son dernier demi et demanda l'addition au patron du bar. Elle était salée. Mignoni avait poireauté une bonne heure, les coudes plantés sur le zinc, à broyer des idées noires et à s'enfiler des demis pour les faire passer. Malgré son impatience, il ne voulait pas se rendre au Lazy Bird en avance. Il souhaitait passer inaperçu au milieu des autres clients.

Il récupéra sa monnaie et se dirigea vers le night-club dont il apercevait le néon criard au bout de la rue. Il pénétra dans la boîte après avoir payé sa place à l'entrée comme tout le monde. Elle était bondée mais, curieusement, il y régnait une atmosphère calme, presque paisible. La scène était nimbée d'une lumière bleuâtre, juste trouée au centre par un projo qui tombait droit, dessinant les contours d'un cercle net et blafard dans lequel étaient enserrés une batterie, une contrebasse et un micro sur pied. Les volutes de fumée s'entrelaçaient paresseusement dans le halo, et le public groupé autour de la scène attendait patiemment que les musiciens paraissent. Mignoni choisit une table reculée au fond de la salle et poussa un soupir de soulagement. Personne ne semblait avoir remarqué sa présence et la table qu'il avait choisie constituait un excellent poste d'observation. Il se détendit. Lui-même amateur de jazz, il aimait ce genre d'ambiance recueillie qui précède l'entrée des musiciens. Il croisa les jambes, posa son menton au creux de sa main et se mit à observer la foule. Il ne mit pas longtemps à repérer la vieille femme, tant sa présence dans un lieu comme celui-là était anachronique. Vêtue de son immuable robe noire, la Chouette était installée à une table, seule face à la scène.

— Qu'est-ce qu'elle fout là, celle-là ? murmura Mignoni, interloqué.

49

Le soleil jetait ses derniers feux derrière les collines lorsque la Chouette, Sony et Saint-Sauveur avaient pris la micheline en gare de Clérac.

Pendant tout le trajet, la Chouette était restée silencieuse, se demandant intérieurement dans quel genre de « boîte » Saint-Sauveur les menait, elle et la jeune Tonkinoise. Arrivés à Angoulême, ils avaient dîné dans un restaurant chic et, malgré l'insistance de Saint-Sauveur, la Chouette avait à peine touché à son carré d'agneau. Puis ils avaient marché dans les rues de la vieille ville et avaient fini par entrer dans une sorte de cave enfumée pleine de monde.

Lorsque Saint-Sauveur avait pris son bras pour traverser la foule, la Chouette n'en menait pas large. Elle redoutait que certaines jeunes femmes, dont elle croisait le regard, viennent lui cracher à la figure. Elle s'accrochait au bras de Saint-Sauveur comme à une bouée. Alors qu'elle aurait voulu se faire toute petite, Saint-Sauveur avait exigé qu'elle soit aux premières loges. Il avait même demandé qu'on recule les autres tables, comme s'il avait souhaité isoler la vieille femme du reste du public, la distinguer. Un serveur avait posé une coupe de champagne devant elle en lui adressant un sourire auquel elle n'avait pas répondu. Elle n'avait pas non plus touché au champagne.

Cela faisait une dizaine de minutes qu'elle était installée, épaules voûtées, tassée sur elle-même, jetant autour d'elle des regards de bête craintive, se demandant ce qu'elle faisait là, lorsqu'elle l'avait repéré. Il était installé au bar et il trinquait en riant avec des clients. Immédiatement, la Chouette s'était sentie mieux. Les muscles de son dos s'étaient détendus, les traits de son visage s'étaient apaisés. Elle semblait avoir compris pourquoi Saint-Sauveur l'avait entraînée dans cet endroit, comme si la présence de l'homme derrière le comptoir conférait à la « boîte » le statut de territoire ami. Elle avait bien tenté de croiser son regard pour lui adresser un sourire, mais il regardait ailleurs. Alors, pour se donner une contenance, la Chouette jouait à saute-mouton avec les visages qui l'entouraient, passant de l'un à l'autre sans jamais s'attarder. Elle remarqua au fond de la salle une silhouette qui lui semblait familière. Elle tendit le cou pour distinguer le visage de l'homme. Pourquoi se donnait-il tant de mal pour passer inaperçu ?

La salle fut brutalement plongée dans l'obscurité et les visages ne furent plus que des ombres. Mais les chouettes voient la nuit et la vieille femme eut un frisson. Elle venait de reconnaître le policier qui lui avait sauté dessus dans le jardin du presbytère.

50

Saint-Sauveur sortit des coulisses avec deux autres hommes, et Mignoni reconnut aussitôt les silhouettes des deux musiciens qui figuraient sur l'affiche. Le trio s'installa dans le carré de lumière. Saint-Sauveur se pencha sur le micro.

— Cette musique est pour toi, Marie.

La vieille femme sursauta. Au moment où Saint-Sauveur s'était adressé à elle, la lumière d'une poursuite était venue cercler sa table comme pour mieux la désigner. La Chouette eut un mouvement de panique mais, au lieu des cris de haine et des insultes auxquels elle semblait s'attendre, il y eut quelques applaudissements timides. Puis la musique commença, très doucement d'abord, pour enfler progressivement. Elle était comme une voile gonflée par le vent. Le trio interprétait « Lily Marlène ». D'abord interloqués, les amateurs de jazz se mirent rapidement au diapason et certains commencèrent à fredonner, bientôt rejoints par le reste de la salle. Saint-Sauveur improvisait sur le tempo, tirant de son saxophone des notes tourmentées, puissantes, portées par le chœur de l'assistance. Au fond de la salle, Mignoni observait la vieille femme.

La Chouette était comme une statue de sel, hiératique, prostrée, mais Mignoni devinait qu'à l'intérieur d'elle, c'était un charivari sans nom, une tempête bouleversante. Mignoni avait conscience que cette musique était pour elle comme une énorme pelleteuse brassant des souvenirs et des images qu'elle croyait, sans doute, définitivement enfouis, cadenassés au fond de sa mémoire. Pourquoi Saint-Sauveur avait-il invité la Chouette au Lazy Bird ? Pourquoi jouait-il ce genre de musique ? Quels fantômes cherchait-il à ressusciter ?

Mignoni scrutait le visage de la vieille femme cerclé dans le halo. De grosses larmes traçaient sur ses joues fripées des sillons qui luisaient à la lumière.

A la fin, la salle éclata en applaudissements. Saint-Sauveur enchaîna immédiatement avec « Tannenbaum ». Loin de rechigner, la salle se mit à nouveau à fredonner le chant de Noël.

Alors qu'ils étaient venus écouter Saint-Sauveur, Quesada et Yachvili, réputés pour interpréter un « modern jazz » à la pointe, les clients du Lazy Bird passèrent leur soirée à fredonner les chansons à boire des soldats allemands datant de la dernière guerre. Et ce fut un véritable triomphe.

A la fin, alors que le public enthousiaste scandait « Encore ! Encore ! » en frappant des mains, Saint-Sauveur se pencha à nouveau sur son micro.

— Merci. Surtout, merci pour elle.

Saint-Sauveur désigna la Chouette.

— Marie a été victime d'une terrible injustice à la Libération. Nous te demandons tous pardon, Marie !

Sans trop se soucier de savoir au juste de quoi il s'agissait, la salle entière éclata en applaudissements.

51

Seule à sa table, la Chouette était encore secouée de sanglots lorsque Saint-Sauveur vint lui prendre la main. Il y déposa un baiser.

— Merci, murmura simplement la Chouette.

Saint-Sauveur se pencha à son oreille et désigna un homme derrière le bar, celui que la vieille femme avait aperçu lorsqu'elle était arrivée, et auprès de qui elle avait cherché vainement le réconfort d'un sourire. Il était en compagnie d'une bande d'amis au milieu desquels se trouvait Delphine de Montalembert, qui lançait vers Saint-Sauveur des regards furieux.

— C'est lui qui a tué Macabiau, n'est-ce pas ? demanda Saint-Sauveur comme on demande confirmation de l'horaire d'un train.

La Chouette n'hésita qu'un instant :

— Oui, Corbeau, c'est lui ! Promets-moi une chose !

— Quoi ?

— Ne lui fais pas de mal.

Saint-Sauveur resta un moment silencieux. La Chouette lui lança un regard suppliant.

— Ce n'est pas mon affaire, Marie.

Alors qu'il se redressait, Saint-Sauveur se retrouva brutalement face à Delphine. Elle était furibarde.

— Je peux vous dire deux mots ?

— Bien sûr.

Ils firent quelques pas pour s'isoler.

— Vous êtes content de vous ? attaqua Delphine.

— Vous semblez très en colère.

— Je le suis. Vous venez publiquement de rendre hommage à cette... ignorez-vous que cette femme est responsable de la mort de dix otages fusillés pendant la guerre ?

— Responsable ? C'est votre grand-père qui vous a raconté cette histoire ?

— Oui.

— Je ne pense pas qu'elle corresponde à la réalité.

— Voilà autre chose ! s'exclama Delphine, outrée. Vous savez mieux que mon grand-père ce qui s'est passé ?

— C'est bien votre grand-père qui a rédigé la liste des otages, n'est-ce pas ? demanda Saint-Sauveur.

— Exactement. Il a assumé ses responsabilités et puisque vous avez l'air bien renseigné, vous n'êtes pas sans savoir qu'il avait placé son propre nom en tête de cette fameuse liste, alors que cette...

Elle se retourna et désigna la Chouette.

— ... cette catin faisait la foire avec les chleuhs !

— Les otages n'ont pas été fusillés parce que Marie faisait « la foire avec les chleuhs », comme vous dites, mais parce que le lieutenant Müller a été froidement exécuté.

— Vous prétendez réécrire l'histoire ?

— Il ne s'agit pas de réécrire l'histoire mais de la respecter.

— Où voulez-vous en venir, Saint-Sauveur ?

La voix de la jeune femme était soudain devenue rauque, comme si elle s'efforçait de contenir toute la haine qui la submergeait.

— Si vous avez l'intention de salir la mémoire de mon grand-père, ajouta-t-elle, vous me trouverez en travers de votre route.

La jeune femme le menaçait. Le visage grave de Saint-Sauveur indiquait qu'il était loin de prendre ses paroles à la légère. Il avait compris depuis longtemps que, sous son apparente fragilité, sa peau diaphane, ses yeux d'eau claire, Delphine de Montalembert cachait une volonté implacable d'où la haine et la férocité n'étaient pas absentes.

Il se contenta d'incliner la tête. Delphine de Montalembert le toisa. Ses lèvres avaient blanchi. Les traits de son visage étaient déformés, ses yeux semblaient avoir rétréci.

— Faites bien attention à vous, monsieur Saint-Sauveur, siffla-t-elle entre ses dents serrées.

Elle le planta là, sans ajouter un mot.

Tapi au fond de la salle, Mignoni avait observé la scène. Il avait remarqué le visage tendu de

Saint-Sauveur et celui, déformé par la haine, de Delphine de Montalembert. Il eut soudain le sentiment que le Lazy Bird était devenu un théâtre. Il ne regrettait pas d'être venu.

52

Saint-Sauveur regagna la table de la Chouette. Sony était assise à ses côtés et elle faisait la gueule.

— Quelque chose qui ne va pas ? demanda-t-il en s'installant.

— Oui, lâcha Sony.

— Quoi ?

— Ton concert...

— Ça ne t'a pas plu ? demanda Saint-Sauveur, soudain inquiet.

— Si ! C'était même... extraordinaire !

— Alors ?

— Mais parfaitement invendable ! Un CD de modern jazz à base de chansons du IIIe Reich... Faut pas pousser, tout de même ! Tu l'as fait exprès ?

Saint-Sauveur éclata de rire et se pencha à l'oreille de Sony.

— Je ferai mieux demain. Je peux te demander un service ?

— Va toujours.

— Tu veux bien raccompagner Marie à Clérac ?

— Comment ? Sur mon dos ?

— Tu as bien une moto, non ?

— J'espère qu'elle n'est pas cardiaque, la vieille, chuchota Sony en adressant un sourire à la Chouette.

— Ne t'inquiète pas ! Elle est plus solide qu'un roc.

Il se leva et raccompagna les deux femmes à la sortie du Lazy Bird. Alors qu'il s'apprêtait à prendre congé de la Chouette, la vieille femme se précipita sur lui et le serra dans ses bras.

— Merci encore, lui glissa-t-elle à l'oreille.

Parlait-elle de la musique ou de la promesse de Saint-Sauveur concernant l'homme derrière le bar ? Ou des deux ?

Alors que la Chouette et Sony s'éloignaient bras dessus bras dessous, Saint-Sauveur entendit une voix derrière son dos :

— Très réussi, votre concert !

Saint-Sauveur se retourna. Mignoni se tenait dans l'ombre près de l'entrée du Lazy Bird.

— Merci.

— Un peu désuet, peut-être. Vous appréciez la musique du IIIe Reich ?

— Pas spécialement.

— Alors pourquoi la jouer ?

Saint-Sauveur fit la moue.

— Un cadeau.

— Elles sont attendrissantes, toutes les deux, poursuivit Mignoni en désignant les deux femmes qui tournaient au coin de la rue. Qu'est-ce qu'elles représentent pour vous ?

— Vous êtes bien curieux.

— Lorsqu'ils parlent des femmes, les hommes ne sont jamais indiscrets.

Saint-Sauveur sourit.

— Disons que l'une représente le passé et l'autre l'avenir. Enfin… peut-être.

— Qu'est-ce qui vous intéresse le plus, le passé ou l'avenir ?

— Ils sont liés. Inextricablement.

— Vous êtes au courant, pour le curé ? demanda brusquement Mignoni.

— Oui.

— C'est de ma faute !

— Non. J'étais là également. J'aurais dû rester avec lui.

— Je vous ai dit de vous occuper de vos oignons. J'étais trop sûr de moi et de ma petite combine. J'ai complètement déconné, souffla Mignoni. Je veux la peau de ce salaud.

— Je vous comprends.

Les deux hommes gardèrent le silence un moment.

— Le curé voulait mourir, murmura Saint-Sauveur.

— Qu'est-ce que vous racontez ?

— La vérité. Il se savait condamné.

— Sa maladie ?

— Oui et non. Il était surtout en train de perdre

la foi. Il se sentait devenir agnostique. Pour un curé, c'est pire que l'enfer !

— D'après vous, il savait la vérité à propos de l'histoire du Magounia ?

— Je pense qu'il la pressentait, mais il n'osait pas se l'avouer à lui-même.

De nouveau, il y eut un silence.

— Hier soir, j'ai visité l'appartement du type que j'ai arrêté, lança Mignoni.

— Oui, alors ?

— Il y a eu un appel téléphonique…

Saint-Sauveur attendit la suite.

— Le type voulait simplement s'assurer que je tenais bien Gruarin et que la voie était libre pour aller égorger le curé. Je me suis fait rouler dans la farine.

— Vous avez pu localiser l'appel ?

— Je pense que oui.

Les deux hommes discutaient dans la pénombre, près de l'entrée du night-club. Chacun évitait de regarder l'autre, comme si leur conversation n'était qu'une suite d'échange d'informations et de réflexions faites à haute voix. A ce stade, chacun se demandait s'il pouvait, s'il devait, en dire plus. Ce fut Saint-Sauveur qui reprit la parole le premier :

— L'appel provenait du Lazy Bird, n'est-ce pas ?

— Oui. Comment le savez… ?

— L'assassin est à l'intérieur, coupa Saint-Sauveur en désignant l'enseigne du night-club.

— Dites-moi qui c'est ! ordonna Mignoni.

A cet instant, les deux hommes se firent face.

L'un savait qui avait tué Macabiau, mais il ignorait pourquoi. L'autre connaissait le mobile du crime, mais il ne savait pas qui était le meurtrier. Le flic proposa clairement à Saint-Sauveur de collaborer :

— Dites-moi ce que vous savez, je vous dis ce que je sais !

— Il est à l'intérieur, se contenta de répondre Saint-Sauveur. Désolé, ajouta-t-il en baissant les yeux.

— Il n'y a que le fric qui vous intéresse. Vous êtes un sacré salopard, murmura Mignoni.

Saint-Sauveur hocha la tête et Mignoni n'aurait su dire si c'était pour le contredire ou lui donner raison.

53

Ce soir-là, juchée sur une machine d'acier vrombissante, la Chouette songea qu'elle avait vécu la plus belle soirée de sa vie. La musique, si douce et belle, les gens, si gentils, qui chantaient et applaudissaient... Toutes ces images resteraient gravées à jamais dans sa mémoire. En effaceraient-elles de plus anciennes ? Il était encore trop tôt pour le dire et, de fait, la Chouette ne se posait pas ce genre de questions. Pour l'heure, elle se tenait le nez au vent, le crâne enveloppé dans une coque de ferraille, accrochée à la taille d'une Tonkinoise en minijupe qui fonçait dans la campagne charentaise à cent soixante à l'heure en braillant « Saint-Sauveur, je t'aime !... ».

Il y a des nuits comme ça.

54

Alors qu'il marchait dans les ruelles sombres et tourmentées de la vieille ville, serrant dans sa main les clés que lui avait remises Sony, Saint-Sauveur se sentait mal à l'aise, oppressé. Il évitait de se retourner pour vérifier qu'il n'était pas suivi. Un pressentiment ?

Il songeait à sa dernière conversation avec la Carotte dans la cour de la prison. Les mots de son ami résonnaient dans sa tête : « Certains aimeraient beaucoup que tu quittes la région. Je ne sais pas pourquoi, mais tu déranges. »

Saint-Sauveur pensait savoir pourquoi « on » tenait tant à le voir déguerpir : après avoir tenté vainement de le faire passer pour l'assassin de Macabiau, le véritable meurtrier n'avait aucun intérêt à ce que Saint-Sauveur demeure sur place. « Angoulême n'est pas Marseille, avait ajouté la Carotte, mais la misère y est la même ! Pour une dose, certains sont prêts à tuer père et mère. »

Il lui sembla entendre un bruit de pas derrière lui.

Instinctivement, retrouvant les vieux réflexes de la prison, il serra le trousseau de clés au creux de sa paume. Saint-Sauveur savait d'expérience que des clés ainsi tenues, à la manière d'un poing américain, peuvent faire très mal. Il ralentit le pas, tous les sens aux aguets. De nouveau, ces bruits furtifs... Il était sûr maintenant qu'on le suivait. A distance.

Après sa « conversation » avec Mignoni, Saint-Sauveur était retourné à l'intérieur du Lazy Bird. Jack, le patron chargé des finances, était venu le saluer et le complimenter pour le concert de la soirée. Saint-Sauveur n'avait rien laissé paraître de la répugnance que lui inspirait le bonhomme, sa voix fluette, sa politesse compassée et ses mains moites. Jack avait déjà tué deux fois avec la froide sauvagerie d'un homme déterminé à devenir riche. Très riche. Saint-Sauveur savait que Jack était pris dans un engrenage infernal. S'il fallait tuer pour mettre la main sur la fortune du clochard, il tuerait encore. Il n'était pas décidé à s'arrêter en chemin. Il ne pouvait pas s'arrêter.

Saint-Sauveur avait été tenté de dire à Mignoni que c'était lui l'assassin, que la Chouette l'avait vu de ses propres yeux égorger Macabiau. Mais il n'en avait rien fait. Jamais un coureur de nuit ne se mêlait du fonctionnement de la justice ou du déroulement d'une enquête. C'était une règle que Saint-Sauveur respectait. Il était loin d'avoir le caractère d'un mouton, mais il suivait à la lettre toutes les règles édictées par Foch, même si l'une d'entre elles lui déplaisait particulièrement : la pratique des « courriers ».

Foch ne se contentait jamais d'un rapport oral. Il exigeait que les membres de l'Œuvre fassent le compte rendu de leurs investigations sous forme de « courriers » manuscrits – l'ordinateur était proscrit –, qui ne devaient pas comporter la moindre rature. Saint-Sauveur supposait que, pour Foch, cette copie « propre » était la preuve de la clarté d'esprit du rédacteur, de sa maîtrise des événements. Il s'y pliait, de mauvaise grâce, mais il s'y pliait. Il pouvait lui arriver de laisser passer six mois, ou plus, avant de se lancer dans la rédaction d'un « courrier », tant l'exercice exigeait rigueur et concentration. Souvent, au moment où il se décidait à prendre la plume, Saint-Sauveur repensait aux mots de Foch qui l'avaient tant frappé lors de leur première rencontre : « Savoir d'où viennent toutes choses et où elles vont. Voilà le secret ! »

C'était simple.

Mais la réalité était autrement plus complexe. Foch exigeait de ses coureurs de nuit qu'ils devancent la vérité, qu'ils l'imaginent avant même que les faits soient établis et vérifiés. Pour lui, un « courrier » qui sortait en même temps qu'une enquête de police n'était plus d'aucune utilité. Foch voulait savoir avant tout le monde, y compris les flics ! Ainsi, lorsqu'il entamait la rédaction d'un « courrier », Saint-Sauveur n'était jamais en possession de tous les éléments concernant l'histoire qu'il prétendait raconter. Il s'y mêlait toujours une part d'intuition, d'hypothèses, de déductions qui en cousaient la trame. L'histoire devait être d'autant plus lumineuse, cohérente et limpide. Ensuite, Foch jugeait de la crédibilité du récit et de ce qu'il convenait de faire.

Ce soir-là, Saint-Sauveur se sentait mûr pour se lancer dans la rédaction d'un « courrier » concernant Delphine de Montalembert.

55

Il déboucha aux pieds des remparts dans la petite ruelle qui menait à l'appartement de Sony. Elle était calme et déserte. Il n'entendait plus les bruits de pas derrière lui et ses doigts se détendirent sur le trousseau de clés. S'était-il fait des idées ?

Devant la porte d'entrée, il se tourna vers la lumière du réverbère pour trouver la clé de la serrure. Bon Dieu ! Ces clés plates qui se ressemblent toutes !

Il était en train de pester lorsqu'il entendit, tout proche, le vrombissement d'une moto qui démarrait. Il n'y prêta pas spécialement attention mais, immédiatement après, il entrevit une silhouette dans la pénombre qui courait vers lui à toutes jambes. Saint-Sauveur fut un instant décontenancé. D'où venait le danger ? De la moto ou de l'homme qui fondait sur lui ? L'homme criait quelque chose mais sa voix était couverte par le vrombissement du moteur. Lorsque la moto arriva à sa hauteur, Saint-Sauveur aperçut la lueur métallique d'un pistolet dans la main du passager. Il entendit les coups de feu claquer en même temps qu'une masse le plaquait au sol. L'homme ne demeura qu'un court instant sur son dos. Il se releva immédiatement. Il tenait également un revolver et il fit feu sur la moto. Mais elle avait déjà viré à l'angle de la rue et Saint-Sauveur entendit le rugissement du moteur qui déclinait alors que le conducteur enchaînait les vitesses. Saint-Sauveur se releva. Devant lui, Mignoni se tenait l'épaule en grimaçant.

— Vous êtes blessé ?

— Rien de grave. Bordel de merde, je l'ai raté. J'ai toujours été nul en tir.

— Vous me suiviez ?

— Oui.

— Pourquoi ?

— Pour savoir où vous alliez, tiens ! répondit Mignoni comme s'il s'agissait d'une évidence.

— Comment avez-vous su qu'ils allaient me tirer dessus ?

— Je ne sais pas. Un réflexe... Quand j'ai vu la moto démarrer, j'ai immédiatement percuté. Je me suis déjà fait baiser une fois avec le curé, Saint-Sauveur. Je n'ai pas voulu me faire avoir une deuxième fois par ce salopard.

— En tout cas, merci.

— De rien. Je peux vous demander une chose ?

— Allez-y.

— Quand vous déboulez quelque part, c'est toujours le même merdier ?

Saint-Sauveur se contenta de sourire, presque tristement.

— Vous êtes un bon flic, Mignoni.

Mignoni inclina le buste, comme s'il avait été sensible au compliment.

— Voyez-vous, Saint-Sauveur, il y a une chose qui me fait plaisir.

— Laquelle ?

Il fit référence à leur toute première conversation à l'hôtel de Clérac.

— Quand j'entends un type, aussi poli et sympathique soit-il, dire que la police n'est jamais là quand on a besoin d'elle, je suis toujours très content de lui fermer sa grande gueule.

A son tour, Saint-Sauveur inclina le buste.

— Au revoir, inspecteur.

— A demain, Saint-Sauveur.

— A demain ?

— Vous oubliez que vous êtes sous contrôle judiciaire ?

— Ah ! C'est vrai. A demain !

Mignoni tourna les talons. Il fit quelques mètres et se retourna.

— Dites-moi, Saint-Sauveur, vous avez noté que la silhouette qui conduisait la moto était plus frêle que celle du passager ? Comme s'il s'agissait d'une femme…

Saint-Sauveur ne répondit pas.

— Oui, je suis bête, marmonna Mignoni, bien sûr que vous l'aviez noté.

Il disparut au coin de la rue.

56

Après plusieurs essais infructueux, Saint-Sauveur trouva enfin la bonne clé et il l'enfonça dans la serrure. Une fois chez Sony, il se servit un scotch bien tassé, prit du papier et un crayon, s'installa à table. Les « courriers » commençaient par le rituel immuable des dates.

Arrivée à Clérac : 8 juin.

Rédaction du premier courrier : 3 juillet.

Saint-Sauveur traçait des lettres rondes et harmonieuses. Une écriture de bon élève. *L'HISTOIRE DE DELPHINE DE MONTALEMBERT*, écrivit-il en titre.

Puis, lentement, réfléchissant à chaque phrase pour trouver les mots justes et l'expression exacte, il se lança dans la rédaction proprement dite. Il ne cherchait pas à faire des phrases stylées, mais à être précis. Un travail de journaliste, en quelque sorte, mais réservé à un seul et unique lecteur.

Delphine a vingt-cinq ans environ. Elle est jolie, dotée d'une personnalité complexe et double. Deux personnes ont compté dans son éducation : sa mère, dont elle a tiré sa part de douceur et de féminité, et surtout son grand-père, Georges Arthur de Montalembert, personnage dur et implacable (aujourd'hui cloué dans un fauteuil roulant), à qui elle voue un véritable culte. Son propre père, Georges Albert de Montalembert, n'a jamais compté à ses yeux. Elle n'éprouve que mépris pour lui, le jugeant comme un homme mou, lâche et falot,

Saint-Sauveur fit une pause, plongea son stylo dans sa bouche, le suça un moment et ajouta :

ce en quoi elle n'a pas tort.

Saint-Sauveur eut un petit sourire. Il savait que, dans les « courriers », Foch détestait les réflexions personnelles, mais il ne pouvait s'en empêcher. Il avait également conscience qu'à ses yeux les mères bénéficiaient toujours d'une sorte de crédit qu'il n'accordait jamais aux pères. Il poursuivit :

Très jeune déjà, Delphine déteste la filiation aristocratique de sa famille, à laquelle son père est très attaché. Elle est attirée par la marge. Là encore, sa double personnalité la portera vers deux extrêmes.

En secret (mais peut-on garder un secret dans un village ?), elle se met à fréquenter assidûment le Magounia, le clochard de Clérac, un homme des bois doux et rustre avec qui elle passe de longues heures à discuter. Elle est fascinée par sa façon de vivre, son anticonformisme, sa liberté.

Plus tard, lorsqu'elle débute ses études secondaires, elle se rend dans un lycée à Angoulême. Là, elle prend contact avec le milieu interlope de la ville, le milieu de la nuit. Loin de la nature qu'elle affectionne, Delphine est également fascinée par la jungle urbaine.

Elle commence ses premières expériences à l'héroïne. (Delphine n'a jamais lâché l'héroïne. C'est l'usage régulier de la poudre qui donne à son regard cet éclat si particulier.) Elle apprécie cette vie parallèle. Aux yeux de son père, elle est une étudiante sérieuse, une jeune fille moderne certes, mais convenable. Elle ne l'en méprise que plus. En menant cette vie dissolue, Delphine a le sentiment de se venger de lui.

Progressivement, le rejet de Delphine pour son père s'est mué en haine. Elle déteste cet aristocrate fin de race qui n'entreprend rien, ne réussit rien, pas même à emporter la mairie où trône Macabiau, qu'elle déteste également. (C'est son grand-père qui a transmis à Delphine la haine des Macabiau. Une haine historique, farouche, violente, qui ne s'est jamais démentie.)

Lorsqu'elle retourne à Clérac, Delphine ne manque jamais de rendre visite à son ancien ami clochard. Récemment, alors qu'il avait coupé tous les ponts avec les gens du village, Delphine était une des rares personnes que le Magounia acceptait de rencontrer. Plus tard, les fréquentes visites de Delphine au Magounia accréditeront l'idée qu'elle était sa maîtresse.

Il relut le texte qu'il avait écrit, en fut moyennement satisfait. C'était décousu et un peu confus. Ainsi, il avait écrit : « Très jeune déjà, Delphine déteste la filiation aristocratique de sa famille, à laquelle son père est très attaché. » Il avait conscience que la réalité était plus complexe que cela. Delphine n'avait jamais supporté de voir son grand-père réduit à l'état de plante dans son fauteuil roulant alors que son propre père jouissait d'une belle santé. C'est en cela qu'elle considérait que la branche des Montalembert était tombée dans une sorte de dégénérescence. Foch était assez subtil pour saisir ce genre de nuance, et Saint-Sauveur choisit de laisser les choses en l'état. Il reprit sa rédaction :

A Angoulême, Delphine fait la connaissance de Jack, un petit voyou ambitieux qui s'occupe de la gestion d'un night-club, le Lazy Bird. Jack n'aime que deux choses dans la vie : le strass et l'argent. Surtout l'argent. Sous couvert du Lazy Bird (j'y joue chaque soir : j'ai eu tout loisir d'observer les lieux), Jack est un des principaux dealers de la ville. C'est lui qui fournit Delphine en poudre. Elle tombe folle amoureuse de lui. Elle veut un enfant. Jack refuse. Delphine, emportée par son caractère inflexible, décide de le faire seule.

Avoir un enfant d'un petit voyou dealer de poudre, c'est encore une façon de se venger de son père, de l'humilier.

Saint-Sauveur plongea à nouveau l'embout de son stylo dans sa bouche et lui donna un violent coup de dents. Il sentait ses pensées s'échapper et cela le rendait furieux. Etait-ce l'histoire de Delphine de

Montalembert qu'il prétendait écrire, ou tentait-il, une fois de plus, de percer le mystère de sa propre naissance ? Combien de fois s'était-il demandé qui était son père, qui était sa mère, de quel ventre il était sorti ?

C'était sans doute pour cette raison que Foch l'avait choisi pour débrouiller l'affaire du clochard.

Il se leva, s'ébroua et se rendit à la cuisine pour boire un verre d'eau. Puis, comme si la tempête qui l'avait agité intérieurement s'était brusquement apaisée, il se remit tranquillement au travail :

C'est à ce moment que le Magounia meurt et que Delphine apprend, sidérée comme tout le monde, qu'il était à la tête d'une immense fortune. Immédiatement, Delphine songe au moyen de récupérer l'argent de son ancien ami. Devenir riche ! Delphine sait que c'est le plus sûr moyen de s'attacher Jack, de lui faire accepter l'enfant qu'elle porte. Elle en parle avec son grand-père. C'est lui qui lui conseille de faire passer le Magounia pour le père de son enfant.

C'est là que j'entre en scène.

Pourquoi avait-il écrit que c'était son grand-père qui avait conseillé à Delphine de faire croire que le Magounia était le père de son enfant ? Delphine était assez grande pour avoir ce genre d'idées toute seule. L'image du sourire cynique et du regard malicieux du patriarche lorsque Delphine avait annoncé à son père qu'elle était enceinte du clochard lui était revenue en mémoire. C'était lui qui avait eu cette idée. Saint-Sauveur en était sûr. Pour ce genre de choses, il se trompait rarement.

Peu après mon arrivée, des lettres anonymes se mettent à pleuvoir sur Clérac. Macabiau, le maire du village, me soupçonne d'en être l'auteur et d'être également le mystérieux mécène qui fournit les fonds pour construire une nouvelle mairie et restaurer le toit de l'église. Macabiau me prête des intentions machiavéliques. Lesquelles ? Je l'ignore, mais ce qui est sûr c'est qu'il me déteste, comme il déteste tout ce qui est étranger à « son » village.

Dans ce contexte, Delphine et son grand-père ont alors l'idée géniale de se servir de moi. Ils mettent un plan au point. Delphine suggère à son père de m'inviter à dîner en laissant entendre que je suis sans doute le mystérieux mécène et qu'il pourrait en tirer profit. Trop heureux de s'opposer à Macabiau, Montalembert accepte. En réalité, à ce moment-là, il ignore que ce dîner est un traquenard.

Au cours de la soirée, Delphine, très bonne comédienne, apprend à son père qu'elle est enceinte (ce qui est vrai) du Magounia (ce qui est faux).

Je suis témoin de la scène. Honteux, Montalembert me fait promettre de garder le silence. Deux jours après, une nouvelle lettre anonyme arrive dans les boîtes aux lettres de Clérac : « La fille Montalembert est une catin. Cette salope couchait avec le Magounia, et aujourd'hui elle attend un bébé. Elle veut hériter des sous du clochard. Elle n'en profitera pas. »

C'est Delphine elle-même qui a rédigé cette lettre, imitant le phrasé et le style des précédentes.

La manœuvre est adroite : la dénonciation par le biais d'une lettre anonyme, dont beaucoup pensent, puisque je fus le seul témoin de l'aveu de Delphine, que je suis l'auteur, est la meilleure façon d'accréditer l'idée que le Magounia est réellement le père de l'enfant qu'elle porte.

Montalembert, comme l'ensemble des habitants du village, tombe dans le piège. Personne ne remet en cause le fait que Delphine soit enceinte du clochard et qu'elle hérite de sa fortune. Personne, sauf Macabiau ! Il a en sa possession un document qui prouve que le Magounia ne peut être le père de l'enfant de Delphine.

A nouveau Saint-Sauveur se redressa et porta l'embout de son stylo à sa bouche. Mais cette fois-ci, ce n'était pas le signe d'une quelconque agitation intérieure. Saint-Sauveur réfléchissait, et comme il le faisait depuis qu'il était tout gosse, Saint-Sauveur éprouvait à ces moments-là le besoin de téter. Il ouvrit la parenthèse et, tirant la langue, s'appliqua à tracer soigneusement les lignes suivantes. Bien qu'il les mette entre parenthèses, il en mesurait toute l'importance.

(Je pense qu'il s'agit du rapport d'autopsie, mais j'en ignore encore le contenu exact.)

Il leva la main, relut la phrase qu'il venait d'écrire, fit la moue. Puis il se pencha à nouveau et rédigea la suite de son texte d'un trait, à coups de phrases courtes, hachées, comme si, revivant des événements dont il n'avait pas été le témoin direct, il était pris dans la frénésie de l'action.

Macabiau sait que Delphine bluffe. Il comprend immédiatement le profit qu'il peut tirer de la situation. S'il parle, Delphine n'hérite plus et l'argent va dans les caisses de l'Etat. Il choisit de se taire et de réclamer sa part du magot. Un soir, il se rend chez Montalembert et lui propose un marché. L'explication entre les deux hommes est orageuse. Dans le grand salon, Delphine et son grand-père ne perdent pas une miette de leur dispute. Tous deux comprennent immédiatement le danger que représente Macabiau. Tous deux le haïssent. Le verdict tombe : il faut que Macabiau disparaisse ! Delphine appelle Jack et lui explique la situation : leur fortune est menacée. Jack s'est habitué à l'idée de devenir riche. Il est prêt à tout. Delphine saute sur sa moto. Il lui faut à peine une demi-heure pour rallier Angoulême. Jack prend place derrière elle. Suivant les consignes de Delphine, il s'est armé d'un poignard. Une demi-heure plus tard, tapi dans l'ombre de la nuit, il attend Macabiau.

Le plan imaginé par Delphine est à la fois simple et diabolique : grâce à une indiscrétion, elle connaît mes antécédents. Elle sait que j'ai déjà tué et elle sait comment. C'est pourquoi elle a suggéré à Jack de plonger son couteau dans la gorge de Macabiau et de le saigner comme un lapin. Le piège fonctionne parfaitement. Je suis le principal suspect et je me retrouve en prison.

Saint-Sauveur se leva et se servit un autre verre de scotch. La seule évocation de la prison le mettait mal à l'aise. Il avait conscience que son texte était trop dense, trop serré, mais il n'était pas décidé à le modifier tant il avait également conscience, à deux ou trois détails près, de flirter avec la vérité. Il savait que cette sensation qu'il éprouvait, Foch l'éprouverait également.

Curieusement, alors qu'il venait de tracer de Delphine de Montalembert le portrait d'une jeune femme cynique et cruelle, il ne parvenait pas à lui en vouloir. Où avait-elle puisé toute cette énergie, ce génie malfaisant, ce talent maléfique, si ce n'est dans la haine de son père ? Dans la vénération de son grand-père ?

Il sirota le reste de son verre en songeant à cela, à toutes ces forces inverses et contradictoires, à cet enchevêtrement de molécules microscopiques formant une hélice suffisamment puissante pour propulser certains individus dans l'horreur. Qu'est-ce qui avait poussé sa propre mère à l'abandonner, à le laisser seul, suspendu dans le vide ? Si seul...

A nouveau, il s'égarait.

Il reprit son stylo et poursuivit la rédaction de son texte avec une sorte de placidité vaguement maussade. Il avait hâte d'avoir terminé.

Une nouvelle série de lettres anonymes, dont je ne pouvais être l'auteur, me tire de ce mauvais pas.

C'était plus que concis. Mais que pouvait-il dire de plus ? Il n'avait pas la moindre idée sur l'auteur des lettres anonymes. Il pesta intérieurement. Il connaissait à l'avance le contenu du courrier que Foch ne manquerait pas de lui adresser en retour, et cela l'énervait d'être obligé d'afficher de telles lacunes. Mais prétendre devancer la vérité, c'était obligatoirement en laisser des lambeaux entiers derrière soi, et cela Foch le savait bien.

Inspiré par le corbeau, l'inspecteur Mignoni, chargé de l'enquête, a l'idée de tendre un piège au véritable meurtrier en écrivant lui-même une lettre anonyme (c'est devenu le sport national à Clérac) qui laisse entendre que le curé sait tout et qu'il va parler. Delphine et son grand-père flairent le coup fourré. Delphine conseille à Jack de manipuler un petit junk à qui il fournit régulièrement de la came, en lui faisant croire que le curé cache chez lui des bons anonymes. Gruarin (c'est le nom du junk) tombe dans le panneau et se précipite le soir même chez le curé. Mignoni l'arrête, pensant avoir coffré l'assassin. La voie est libre pour Jack…

Au cours de toute cette affaire, jamais Delphine de Montalembert n'a mis « la main à la pâte ». Encore moins son grand-père, coincé dans son fauteuil roulant. Je suis pourtant persuadé que Jack n'est qu'un simple exécutant et que Delphine et son grand-père sont les véritables inspirateurs des drames qui viennent de se dérouler à Clérac.

Rédigé à Angoulême, dans la nuit du 3 juillet.

Saint-Sauveur allait apposer sa signature lorsqu'il fut pris d'une brutale inspiration. Il rajouta un post-scriptum :

Lorsque j'écris qu'au cours de toute cette affaire Delphine n'a jamais mis « la main à la pâte », il s'agit d'une erreur. Ce soir même, elle et Jack ont essayé de me tuer.

Et il signa.

Il avait à peine terminé d'apposer son paraphe lorsqu'une voix murmura dans son dos :

— C'est vrai ? Ils ont essayé de te tuer ?

Saint-Sauveur sursauta. C'était Sony. Absorbé par l'écriture de son texte, les sens un peu inhibés par l'alcool, il ne l'avait pas entendue entrer dans l'appartement. Elle s'était glissée derrière lui, à la manière d'un siamois, et elle avait lu derrière son épaule.

— Tu as lu ? demanda Saint-Sauveur, qui connaissait parfaitement la réponse.

— J'ai lu ! confirma Sony.

— Tout ?

— Tout ! Il y a une chose que je ne comprends pas...

Saint-Sauveur soupira. Une chose... Il y en avait tant, pour lui, qui demeuraient mystérieuses.

— Laquelle ?

— Pourquoi est-ce que tu charges le grand-père de Delphine ? A te lire, on a l'impression que c'est lui qui tire toutes les ficelles.

A nouveau, Saint-Sauveur soupira. Il était incapable de fournir la moindre réponse à une telle question. Pouvait-il parler à Sony des archives qu'il avait consultées à Bordeaux ? Du regard d'un premier communiant ? Des ombres qui hantaient toujours le visage de l'enfant une fois devenu homme ? De l'histoire des dix otages fusillés pendant la guerre, derrière laquelle il pressentait les pires noirceurs ?

— Je le sens, se contenta-t-il de répondre.

— Comment tu as fait ?

— Comment j'ai fait quoi ?

— Comment tu as fait pour écrire ça ? Tu as tout deviné tout seul ?

Sony était penchée sur lui. Pouvait-il lui dire, à cet instant précis, qu'il voyait tant d'amour dans ses yeux qu'il en était pris de vertige ? Qu'il était épouvanté par ses propres sentiments à son égard ?

— Ce ne sont que des hypothèses…

— Elles ressemblent bigrement à la vérité.

— Je sais. Et toi, que vas-tu faire ? demanda à son tour Saint-Sauveur.

— Faire ? De quoi ?

— De ça !

Il désigna la feuille de papier.

— Tu es journaliste, non ?

Elle pouffa.

— Je vais l'apprendre par cœur et aller le réciter à la télévision en me triturant les mains comme une Miss Météo.

Elle se leva et prit la pose, comme si elle était filmée par une caméra.

— « Alors voilà, je vais vous raconter une histoire. Je n'ai aucune preuve mais cela n'a strictement aucune importance. C'est l'histoire de Delphine de Montalembert. Elle a l'air très gentille comme ça, mais en réalité c'est une sacrée garce. Et son grand-père ! Il est paralysé depuis trente ans mais en vrai, c'est un psychopathe... » Tu imagines ?

Saint-Sauveur éclata de rire.

— Non.

— Tu as raison. Ce serait une connerie d'aller à la télévision. Je vais aller tout raconter à la police et demander une prime.

— Tu plaisantes ?

— Oui.

Brusquement un voile s'abattit sur le visage de Sony et le recouvrit entièrement, à la manière d'un filet. Elle eut des gestes brusques et saccadés comme si, soudain emprisonnée, elle cherchait à s'échapper. Elle tendit un doigt rageur vers la feuille de papier.

— Tu sais ce que ça représente pour moi, ça ?

— Non.

— La même chose que pour toi.

— C'est-à-dire ?

— Du fric !

A son regard, à sa fureur, Saint-Sauveur sut que Sony se mentait à elle-même.

— Tu es sûre de vouloir ce fric, Sony ?

Elle ne répondit pas. Saint-Sauveur se décida à poser la question qui leur brûlait le cœur à tous les deux, une question à la fois vague et terriblement précise.

— Qu'est-ce que tu veux vraiment, Sony ?

Comme animée par un ressort fantastique, Sony s'envola littéralement dans la pièce et lui retomba sur le dos. Elle se mit à lui cogner dessus, à lui battre violemment les côtes avec les poings. Elle écumait de rage. Saint-Sauveur leva son bras pour se protéger. Elle le mordit jusqu'au sang.

— Espèce de fumier ! Tu le sais bien, ce que je veux ! siffla-t-elle entre ses dents serrées.

Roulé en boule sur son fauteuil, mains croisées derrière la nuque, Saint-Sauveur attendit que la grêle de coups cesse. Sony frappa encore deux fois, puis une troisième, puis, exténuée, à bout de forces et de nerfs, elle attrapa violemment Saint-Sauveur par les cheveux et tira sa tête en arrière.

— C'est toi que je veux ! Tu es satisfait ? C'est ça que tu voulais entendre ?

Elle le gifla à la volée puis se précipita dans ses bras.

— Pardon.

Saint-Sauveur plaqua la poitrine de la jeune femme contre lui. Son cœur battait à grands coups, le sang pulsait dans tout son corps, comme une vague le submergeant de partout à la fois. Mais ce n'était pas dans la poitrine qu'il ressentait les coups de boutoir les plus violents. C'était dans son sexe. Et cela le rendit immensément triste.

— Et toi ? demanda Sony au bout d'un temps. Qu'est-ce que tu veux vraiment ?

— Je ne sais pas, répondit Saint-Sauveur en lui caressant doucement la nuque. C'est si dur pour moi.

— Qu'est-ce qui est dur ? demanda Sony en pétrissant nerveusement le dos de Saint-Sauveur comme si elle tentait de lui attendrir l'échine.

— Tu le sais bien.

— Dis-le ! je veux te l'entendre dire !

— D'aimer.

— D'aimer quoi ? Le soleil, la vie, un chien ?

— Une femme.

57

Le lendemain matin, Saint-Sauveur se rendit à la grande poste d'Angoulême, place du Champ-de-Mars. Il envoya son « courrier » par fax à un numéro qui n'avait jamais changé et qui ne figurait dans aucun annuaire. Saint-Sauveur ignorait même dans quel pays il se trouvait. Il n'avait jamais cherché à le savoir. En dessous de sa signature, il avait indiqué le numéro de fax de la cabine publique d'Angoulême. Moins d'une demi-heure plus tard, il reçut la réponse de Foch. Elle était en tous points conforme à ce qu'il attendait. Brève, froidement numérotée, clinique :

1. Quel est le contenu exact du rapport d'autopsie ?

2. En dehors des lettres envoyées par Delphine et Mignoni, qui est l'auteur des autres lettres anonymes ? Le mystérieux mécène et lui sont-ils une seule et même personne ? Si oui, qui ? Si non, qui ?

3. Etat civil du clochard. Nom du père, nom de la mère, famille éventuelle, etc.
4. Fais attention à toi !

Saint-Sauveur déchira rageusement la feuille de papier et balança les confettis à la poubelle. « Si oui, qui ? Si non, qui ? » Bon Dieu, ce ton ! ça lui foutait les boules ! « Etat civil du clochard… » Mais bordel, Foch se foutait de sa gueule ou quoi ? Foch pensait-il réellement que Saint-Sauveur était venu à Clérac pour se la couler douce ? C'était précisément pour percer le mystère des origines d'un enfant abandonné un beau matin sur le parvis de l'église que Foch l'avait expédié à Clérac. A quoi bon lui rappeler sa mission ? Et de cette façon ? Péremptoire, presque méprisante. « Nom du père, nom de la mère »… Va te faire foutre, Foch !

Saint-Sauveur remonta la place du Champ-de-Mars et pénétra dans la cité administrative en maugréant. Il se sentait d'une humeur massacrante. Il savait que le fax envoyé par Foch n'en était qu'en partie responsable. Il y avait une autre raison, mais il refusait pour le moment de se l'avouer. Il se sentait comme un sachet de thé qui infuse. Lentement. Il serait bien temps de boire la boisson amère. Un quart d'heure plus tard, il faisait face à Mignoni pour satisfaire aux exigences de son contrôle judiciaire.

— Bien dormi ?

— Oui.

— Toujours rien à me dire ?

— Rien !

Mignoni eut un sourire crispé.

— Foutez le camp ! murmura le flic.

En sortant du commissariat central, Saint-Sauveur piocha un petit morceau de papier dans la poche de sa chemise et composa le numéro indiqué sur son portable. Il avait besoin d'entendre une voix amie. Et de lui demander un petit service.

58

Saint-Sauveur appuya sur le bouton de la sonnette et la Carotte ouvrit la porte.

— Entre !

Lorsqu'il avait reçu son coup de téléphone en fin de matinée, la Carotte avait pressenti que quelque chose ne tournait pas rond chez Saint-Sauveur. Un chagrin d'amour ? Il avait immédiatement invité Saint-Sauveur à venir le rejoindre dans la petite fermette qu'il habitait sur les hauteurs d'Angoulême. L'endroit était coquet, charmant, soigneusement entretenu. Les voisins de la Carotte devaient être persuadés qu'il était cadre dans une grande entreprise ou quelque chose comme ça. La Carotte était un véritable caméléon. Il prit Saint-Sauveur dans ses bras et ils s'embrassèrent.

— Je suis content de te voir.

— Moi aussi, je suis content de te voir, répondit Saint-Sauveur.

— J'ai mis du champagne au frais.

— Rien que pour moi ?

— Rien que pour toi !

La Carotte vouait à Saint-Sauveur une reconnaissance éternelle depuis qu'il avait zigouillé le concierge de l'orphelinat. La Carotte faisait partie de ceux que le concierge violait régulièrement. Le jour où Saint-Sauveur lui avait plongé son couteau dans la gorge, la Carotte avait poussé un hurlement de joie qu'on avait entendu bien au-delà des hauts murs de l'orphelinat. Depuis, il se sentait une dette envers son ami. Il avait tenté, une fois, de l'éponger, mais il avait échoué.

C'était par un jour triste et gris de novembre. En quête d'aventure et de rapine, la Carotte traînait dans les rues de Paris lorsqu'il avait aperçu Saint-Sauveur. Au lieu de se précipiter dans ses bras, comme il l'aurait fait en toute autre circonstance, il s'était caché derrière un arbre, vaguement honteux. Ce jour-là, sous une pluie fine et glacée, Saint-Sauveur participait à une manifestation. Ils devaient être une vingtaine de « nés sous X », bâillonnés de mouchoirs blancs portant l'inscription *X EN COLÈRE* à brandir des pancartes réclamant la levée du secret de leur origine. Ils tournaient en rond devant un bâtiment gris et terne dont la Carotte apprit plus tard qu'il abritait les services du « Cnaop », le Conseil national pour l'accès aux origines personnelles. Un machin anonyme, qui protégeait le secret de femmes qui avaient souhaité accoucher sous X.

La Carotte connaissait l'obsession de Saint-Sauveur concernant ses origines et cela lui avait retourné l'estomac de le voir ainsi bâillonné, blême et tendu, à tournicoter avec une vingtaine d'autres paumés pour revendiquer le secret de leur vie. Pathétique !

Il avait décidé d'agir. Seul. Sans en toucher un mot à Saint-Sauveur. Pour lui faire un somptueux cadeau. Lui renvoyer l'ascenseur.

La nuit suivante, il s'était introduit dans les locaux du Cnaop. Il n'avait eu aucun mal à pénétrer dans le bureau où l'on conservait les archives. Il n'avait eu aucun mal, non plus, à trouver le dossier de Saint-Sauveur. Il l'avait ouvert, le cœur battant à tout rompre. Date et lieu de naissance y figuraient. Pour le reste… Origine de la mère : « Néant ». Origine du père : « Néant ». Attaches familiales : « Néant » !

« Néant ! Néant ! Néant ! » le mot revenait comme une litanie à chaque paragraphe. La vie de Saint-Sauveur appartenait au néant.

Jamais il n'avait parlé à Saint-Sauveur de son escapade nocturne dans l'antre du Cnaop. Il aurait été obligé de lui parler de ces « Néant »-là, et il n'en avait pas le courage.

Ils passèrent la journée à parler du passé, à se remémorer les bons souvenirs, à rire, à boire du champagne.

— Tu dînes à la maison ce soir ? demanda la Carotte alors que le soleil commençait à s'éteindre.

— Impossible.

— Pourquoi ?

— Je joue au Lazy Bird.

— Tu ne peux pas faire relâche ?

— Non. A ce sujet, j'ai un petit service à te demander.

— Lequel ?

— Je voudrais que tu cambrioles le Lazy Bird.

— Quand ?

— Cette nuit.

— Besoin d'argent ?

— Non.

— Qu'est-ce qu'on cherche ?

— Un papier.

— Mais encore ?

— Un certificat d'autopsie.

— Où ?

— Dans un coffre. Tu peux faire ça ?

— Pas de problème !

La Carotte avait répondu avec le même naturel que si Saint-Sauveur lui avait demandé de le raccompagner à la gare.

59

Saint-Sauveur laissait ses mains filer sur les touches de son saxo. Il observait ses doigts comme s'ils lui étaient étrangers. C'était une sensation qu'il ressentait parfois, d'être à l'extérieur de lui-même, lorsqu'il jouait en pensant à autre chose. Ses doigts s'agitaient alors sur le clavier comme les marteaux d'un piano mécanique, parfois légers et gais comme des hirondelles, parfois lourds et pesants. C'était selon son humeur. Ce soir-là, il était submergé par une angoisse sournoise et diffuse. Un sachet de thé amer... Toute la journée, malgré la présence enjouée de la Carotte, il l'avait sentie infuser en lui, repoussant l'échéance comme on repousse la faim ou la soif. Vainement. Elle s'était soudain répandue en lui, le serrant à la gorge, fouillant son ventre, lui taraudant l'esprit.

Saint-Sauveur était angoissée, terrorisé même, par l'idée qu'on l'ait abandonné une seconde fois. Qu'une femme l'ait abandonné à nouveau. Une femme qu'il aimait.

Depuis le début de la matinée, Sony avait disparu. Lorsqu'il s'était réveillé le matin, le lit était vide. Elle n'avait laissé aucun mot, aucun message. La veille, ils avaient fait l'amour toute la nuit dans une sorte de frénésie désespérée, comme s'ils avaient cherché l'un et l'autre à épuiser leur fureur, à se venger à l'avance du mal qu'ils allaient se faire, qu'ils se faisaient déjà. Saint-Sauveur avait cédé le premier, vaincu, exsangue. Pour la première fois de sa vie, alors qu'il s'était juré de ne jamais le faire, il avait prononcé dans l'oreille d'une femme les mots de l'amour. Doucement, plaintivement, comme s'il était sur le point de mourir. « Je t'aime », avait-il chuchoté dans l'oreille de Sony en serrant sa main. Elle n'avait rien répondu et pourtant, à cet instant, Saint-Sauveur savait qu'elle ne dormait pas. Il avait même vu dans la pénombre une larme épaisse couler sur la joue de la jeune femme.

Il avait fermé les yeux, apaisé, malgré son silence.

Au matin, elle avait disparu.

Toute la journée, il avait été tenaillé par l'angoisse. Sony était présente partout. Il avait même cru retrouver son odeur dans le bureau de Mignoni, ce parfum inimitable de musc et de poivre qu'elle laissait dans son sillage partout où elle se rendait. Il avait espéré la retrouver le soir au Lazy Bird, mais elle n'était pas là.

A sa place, il y avait Delphine.

Elle s'était installée face à lui. Elle avait choisi la table occupée la veille par la Chouette. Elle avait exigé, de la même façon, que les autres tables soient placées en retrait. Etait-ce une manière d'indiquer à Saint-Sauveur qu'elle régnait en maître au Lazy Bird ? Qu'elle faisait face, sûre d'elle ?

Au beau milieu de la foule des amateurs de jazz, attentive et recueillie, Delphine et Saint-Sauveur poursuivaient un dialogue silencieux porté par la musique. Saint-Sauveur éprouvait un sentiment bizarre. C'était étrange et fascinant à la fois de jouer face à une jeune femme, belle et mystérieuse, qui ne rêvait que de vous tuer.

Saint-Sauveur le ressentait très fort au fond de lui-même : Delphine ne rêvait plus que de ça. La mort palpitait dans le moindre de ses regards. Delphine voulait éradiquer définitivement de la surface du globe ce petit minable qui prétendait nuire à son grand-père.

Comme une louve inquiète observe le chasseur, Delphine semblait avoir deviné que les chemins de traverse empruntés par Saint-Sauveur le mèneraient inéluctablement à son grand-père. Elle pressentait qu'au-delà de la ferraille qui l'emprisonnait, au-delà des murs qui protégeaient ses secrets, au-delà de son impuissance, au-delà même de la raison, c'était à lui que Saint-Sauveur en voulait. N'avait-il pas invité la Chouette au Lazy Bird ? N'avait-il pas dit que son grand-père avait menti à propos de l'affaire des otages ? Elle regardait Saint-Sauveur sans haine, avec un petit sourire entendu, presque complice. « Je ne te laisserai pas faire, semblait-elle lui dire. Je te tuerai avant que tu lui fasses du mal. » Et elle jouissait de l'angoisse qu'elle pouvait lire dans son regard.

Comment aurait-elle pu deviner que les sentiments qui habitaient Saint-Sauveur n'avaient rien à voir avec ses menaces ?

Saint-Sauveur, pour sa part, avait compris que Delphine était dangereuse. Depuis que la fortune avait tendu vers elle ses doigts crochus, la raison de Delphine avait vacillé. Elle vivait sa vie selon ses rêves, et lorsque sa conscience laissait filtrer l'ombre d'un doute, elle colmatait la brèche à grands coups de poudre. La veille, elle avait essayé de le tuer. Elle recommencerait. Qu'importe… Où était Sony ?

Sur un signe de Quesada, Saint-Sauveur acheva « Midnight Dream » par une note indécise, fragile, et la salle applaudit.

Au même moment, une étrange araignée décollait de terre et venait se plaquer sur le plafond du Lazy Bird.

60

Sans un bruit, tel un ange aspiré par les cieux, la Carotte venait de s'envoler. Tous les spectateurs du Lazy Bird avaient le regard vissé sur le trio de musiciens. Nul ne vit la silhouette dégingandée de la Carotte s'élever de terre et se coller au plafond comme une grosse araignée.

Lorsqu'il voulait se cacher, la Carotte ne rampait jamais derrière un bureau, ne se glissait jamais sous un lit ou sous une table. Chez lui, c'était phobique : il avait peur de se faire écraser. Lorsqu'il voulait dissimuler sa présence, la Carotte se collait au plafond. Dès son plus jeune âge, à l'orphelinat, il avait remarqué que lorsqu'un pensionnaire manquait à l'appel, les surveillants avaient le réflexe de fouiller en baissant le nez. Jamais en levant la tête. La Carotte en avait déduit que le meilleur moyen de disparaître aux yeux des autres était de s'envoler. Au fil des ans et des carambouilles, il avait développé une technique sophistiquée. Ventouses, poulies, filins d'acier, la Carotte était au top en matière d'outillage. Tel un sportif de haut niveau, il prêtait à la qualité de son matériel une attention toute particulière.

Dès son entrée au Lazy Bird, la Carotte avait levé la tête à la recherche de l'endroit où il bivouaquerait une partie de la nuit en attendant que le night-club se vide. En inspectant la voûte en pierre, il avait fait la moue. Il préférait généralement les bonnes vieilles poutres en chêne, dont les arêtes étaient si pratiques et propices à la dissimulation. Toutefois, en étudiant le dôme, il avait aperçu, à la droite du bar, une sorte de renfoncement qui créait un angle mort où régnait la pénombre. Il avait attendu que le trio fasse son entrée sur scène – quel que soit le spectacle, tous les yeux se rivent sur la scène lorsque les artistes font leur apparition – pour monter discrètement sur une table et fixer ses ventouses en un tournemain. Elles étaient équipées de minuscules poulies dont le mécanisme, hyper sophistiqué, pouvait s'assimiler au dérailleur d'un vélo. (Pour le mettre au point, il avait d'ailleurs reçu l'aide du mécanicien personnel de Bernard Hinault, un ancien de l'orphelinat. Encore un…) Le grand pignon ne demandait qu'un effort minime. Le plus petit demandait plus d'énergie, mais il était également beaucoup plus puissant et rapide. Debout, adossé au mur de pierre face à la scène, la Carotte avait fait semblant d'être absorbé par la musique. Mais, protégées par la pénombre, ses mains expertes avaient conduit deux minces filins d'acier d'œillet en œillet cousus dans ses vêtements. Bientôt, il fut prêt. Il attendit la fin d'un morceau et profita des éclaboussures des applaudissements pour exercer une traction très souple afin d'assurer la mise sous tension des filins. Puis, en augmentant progressivement la puissance de la traction, il tira sur la poignée. Il s'éleva d'abord lentement, puis de plus en plus rapidement au fur et à mesure que les pignons s'enclenchaient, l'un prenant le relais de l'autre sans le moindre à-coup. Lorsqu'il fut à mi-hauteur, son corps bascula brusquement à l'horizontale et il fut comme projeté au plafond, le poids de son corps et le mouvement de bascule ayant servi d'énergie au dernier pignon.

La manœuvre avait été réalisée en moins de trois secondes, et personne dans la salle ne s'était rendu compte de quoi que ce soit. Telle la bête de Kafka, la Carotte avait effectué sa métamorphose. Il était maintenant comme un scarabée géant, accroché au plafond du night-club, masse inerte et invisible prête à se mouvoir et à agir.

Au bout de cinq minutes, bercé par la musique, il dormait profondément.

61

Au moment où il se réveilla, une femme de ménage était en train de passer l'aspirateur et une lumière crue baignait l'ossature du Lazy Bird. La Carotte eut un petit sourire. La bonne femme piochait en poussant le manche pour racler la moquette. Aucune chance qu'elle lève le nez !

La femme de ménage remballa bientôt sa panoplie et tira la porte derrière elle.

La Carotte attendit cinq bonnes minutes, puis, doucement, il actionna sa poignée. Telle une araignée gracile et silencieuse, après avoir tournoyé dans les airs, il se posa sur le sol. Il mit moins d'une minute à se libérer des deux filins, laissant le mécanisme en place.

Saint-Sauveur lui avait parlé d'un bureau derrière le bar dans lequel, chaque soir, Jack allait déposer la recette. La porte était fermée à clé. Il examina la serrure. Une Yemah. Un jeu d'enfant. Il la crocheta en trois coups d'épingle à cheveux. Il pénétra dans la pièce, localisa immédiatement le coffre et poussa un petit cri de satisfaction. Un Boomfield ! Un bon vieux Boomfield, dont le cœur et les artères crantées battaient si fort qu'il suffisait de les écouter chanter. Il s'agenouilla et se mit à l'ouvrage.

Une demi-heure plus tard, il pestait. Le Boomfield était malade. Au bord de la crise cardiaque. Une putain d'artère bouchée ! Les trois autres avaient pondu leur mystère sans problème, mais la dernière était grippée. La Carotte maniait doucement la molette lorsqu'il y eut soudain du remue-ménage dans le night-club. Des coups sur la porte. Des cris ! « Police ! Ouvrez ! »

Bordel, les flics !

La Carotte brouilla rapidement la combinaison du coffre, fonça sur la porte du bureau, tourna le loquet du cadenas, leva les yeux au ciel. Ouf !

62

Moins d'une minute plus tard, Jack enfonçait sa clé dans la serrure du bureau et poussait la porte. Il était accompagné par un type en gabardine grise, lui-même flanqué de deux flics en uniforme. Une femme suivait.

— J'ai bien un vieux coffre dans cette pièce, mais je vous répète que je ne m'en sers plus depuis des années, protestait Jack.

— Où conservez-vous votre recette, alors ? demanda Mignoni.

— Euh… Je la remets à un ami, qui va la déposer chaque matin à la banque.

— Ouvrez ce coffre ! ordonna Mignoni.

— Vous n'avez pas le droit ! cracha Delphine.

— J'ai un mandat de perquisition en bonne et due forme, répliqua Mignoni. Je vous l'ai présenté. Ouvrez le coffre !

— Je ne me souviens pas de la combinaison, lança Jack.

L'inspecteur soupira.

— Vous aggravez votre cas, mon vieux.

Allongé sur la conduite de chauffage qui courait le long du plafond, protégé par l'isolation qui formait une sorte de gros bandage autour du tuyau, la Carotte observait la scène. Jack était blanc comme un linge. Le flic semblait nerveux. La Carotte songea au rapport d'autopsie que Saint-Sauveur lui avait demandé de récupérer. Il aurait parié que c'était à cause de cela que tout ce beau monde s'agitait. Il soupira. Il était à deux doigts d'ouvrir le coffre lorsque les flics avaient fait irruption...

— Ça ne va pas se passer comme ça ! cria soudain Jack en se tournant vers Delphine. Appelle maître Caillot, immédiatement !

— J'y vais ! siffla Delphine en toisant le flic.

Elle avait les cheveux en bataille, le regard halluciné. « Elle est chargée comme une mule », songea la Carotte.

— Bon ! fit le flic en claquant dans ses mains. Résumons : vous refusez d'ouvrir ce coffre dont vous prétendez, en outre, avoir oublié la combinaison...

— Je l'ai effectivement oubliée, répondit Jack.

Mignoni se retourna vers un des deux flics en uniforme qui l'accompagnaient.

— Brigadier, vous allez monter la garde devant cette porte ! Interdiction formelle à quiconque de rentrer dans ce bureau avant mon retour. Vous avez compris ?

— Oui, chef !

— Pas même maître Caillot, nous sommes d'accord ?

— Oui, chef !

— Arrêtez de m'appeler chef, bordel, on n'est pas à l'armée !

— Oui, inspecteur !

— Bon ! Arrêtez de m'appeler tout court ! D'accord ?

— Euh... Oui.

— Vous ! fit-il, s'adressant à l'autre flic en uniforme et lui désignant Jack. Vous restez avec monsieur !

— Jusqu'à quand ?

— Je serai ici dès la levée du jour, accompagné d'un serrurier.

— Il faut que je téléphone à ma femme, plaida le flic.

— Téléphonez mon vieux, téléphonez !

Ils sortirent tous du bureau. Le flic désigné pour en assurer la garde referma la porte et se plaça en faction devant. La Carotte apercevait sa silhouette qui se découpait en ombre chinoise à travers la vitre grêlée. La Carotte eut un petit sourire. La providence lui donnait une seconde chance.

63

Il laissa d'abord pendre une jambe, puis la deuxième, et se laissa doucement descendre. Ses pieds touchèrent le sol sans un bruit. Il marcha à quatre pattes jusqu'au coffre, colla son oreille contre son ventre et actionna les molettes. Il cala sans problème les trois premières et retint son souffle. Clic, clic, clic ! La Carotte ne put s'empêcher de pousser un petit cri de jouissance :

— *Yes* !

Le vieux coffre venait de rendre l'âme. La Carotte ouvrit doucement la porte. Après une rapide inspection, il aperçut une feuille pliée en quatre dans le tiroir du haut. Il la saisit et la tourna vers la lumière. *Rapport d'autopsie*, à en croire l'intitulé. La Carotte glissa le papier entre ses lèvres. Avant de refermer, il jeta un nouveau coup d'œil au contenu du coffre. « Mon petit Jack, songea la Carotte, tu as du souci à te faire. »

Moins d'une minute plus tard, il avait regagné son repère et il s'endormit presque immédiatement. La

Le trésor du Magounia

Carotte était une véritable marmotte. Il s'endormait pour un oui, pour un non, partout où il se trouvait. Dans une voiture, dans un train, sur un banc, pendu à un plafond…

64

Il fut réveillé à huit heures pétantes par le sifflement aigu d'une vrille attaquant l'acier. Le serrurier perçait le blindage. « Boucher ! » songea la Carotte, qui s'était pris d'affection pour le vieux Boomfield. Il jeta un œil sous lui. Le flic était penché sur l'épaule du serrurier, main en visière pour éviter les copeaux d'acier qui jaillissaient de partout. Il frémissait d'impatience. Il était accompagné par une femme jeune et jolie. La Carotte la reconnut immédiatement. C'était le juge d'instruction qui l'avait envoyé au trou après qu'il s'était endormi chez l'antiquaire. Il l'aimait bien. Elle ne l'avait pas trop chargé... Jack était dans un coin de la pièce. Maître Caillot était là également, tendu, vespéral. Il régnait dans le bureau une chaleur d'enfer, et des vapeurs de soufre et de tôle calcinée empuantissaient l'atmosphère. Enfin, le serrurier se redressa en poussant un cri de triomphe. Le flic se précipita. Il entreprit de vider le coffre encore fumant. Il sortit des liasses de billets qu'il déposa sur la table, deux sachets de poudre blanche qui devaient chacun contenir au moins deux cents grammes et une dizaine de petits sachets tous identiques, tous soigneusement ficelés d'un ruban rouge. « Dix grammes chacun, à vue de nez », songea la Carotte. Le flic inspecta une dernière fois le contenu du coffre, pour s'assurer que rien ne lui avait échappé, et se redressa, dépité. Il désigna les sachets de poudre.

— C'est quoi ? Du sucre, du plâtre, du manioc ? Vous faites quoi dans votre bureau ? De la poterie, des gâteaux ?

Maître Caillot leva les yeux au ciel, accablé. Comment sortir son client d'un tel merdier ? Mais ce fut l'attitude de Jack qui frappa le plus la Carotte. Il semblait presque soulagé. « Bon Dieu ! songea la Carotte. Les flics viennent de le serrer avec un demi-kilo de poudre dans le coffre de son bureau et ce type a l'air soulagé ! » Il songea au rapport d'autopsie qu'il avait glissé dans sa poche. Une bombe ?

— Bon ! On embarque tout le monde ! décréta le flic. Pas d'objections, maître Caillot ?

L'avocat inclina la tête en signe de reddition.

— Vous ! ajouta le flic en désignant deux types en blouse blanche qui patientaient à la porte d'entrée. Vous passez toute la baraque au peigne fin.

Les deux types opinèrent. Du haut de son perchoir, la Carotte poussa un soupir. Combien de temps allait-il encore rester coincé sur son tuyau ?

65

Intérieurement, Mignoni bouillait, et pourtant une rage froide lui glaçait le sang. Paradoxe des grandes colères ?

A ses côtés, Martine était également tendue. Elle aurait volontiers parié que le rapport d'autopsie se trouvait dans le coffre, mais depuis le début de cette affaire rien ne se déroulait comme prévu. Elle s'approcha de Mignoni.

— Qu'est-ce que je fais ? Je fais fermer la boîte ?

Mignoni resta un moment à réfléchir. A quoi servirait de fermer le night-club, sinon à brouiller un peu plus les cartes ?

— Non ! Cela ne servirait à rien.

— OK ! Je... je suis désolée, murmura Martine.

Mignoni eut un pauvre sourire.

— Ce n'est pas ta faute, Martine. Je suis également très déçu. Je sors prendre l'air, ajouta-t-il.

Il fit quelques pas dans la rue. Il avait besoin de mâcher sa déception, de la remâcher. Pour la seconde fois, il avait échoué. C'était dur à avaler. D'autant plus qu'il y avait cru.

Lorsque Jack avait prétendu ignorer la combinaison du coffre, il avait été sûr de tenir le bonhomme. Il pensait alors que le rapport d'autopsie concernant le Magounia se trouvait bien à l'intérieur, preuve irréfutable que Jack était l'assassin de Macabiau. Et il avait besoin de cette preuve. Un besoin impératif ! Il s'était retrouvé le nez... dans la farine. Qu'il ait trouvé cinq cents grammes de poudre dans le coffre de Jack constituait certes une belle compensation. Le patron du Lazy Bird allait filer droit en taule. Mais ce que Mignoni voulait, ce qu'il voulait par-dessus tout, c'était qu'il y croupisse jusqu'à la fin de ses jours pour le meurtre de Macabiau, et surtout pour celui du curé. Pas pour une vulgaire histoire de dope !

Quelque chose avait cloché, mais quoi ?

Il se remémora l'enchaînement des événements qui l'avaient conduit à venir perquisitionner au Lazy Bird en pleine nuit.

Tout avait commencé le matin même.

66

Dès son arrivée au bureau, le planton lui avait annoncé qu'une jeune femme poireautait dans la salle d'attente depuis sept heures du matin et qu'elle demandait à le voir. Elle ne voulait parler qu'à lui.

— Qu'elle patiente ! avait-il répondu sèchement.

Le planton avait refermé la porte en bougonnant dans sa barbe quelque chose comme quoi ce n'était pas grave, que la jeune femme patientait depuis déjà deux bonnes heures, qu'elle pouvait patienter encore, vu que les Asiatiques cultivaient la patience, que c'était culturel chez eux.

Mignon avait mis une bonne minute à réagir. Les Asiatiques ? Pourquoi le planton avait-il parlé d'Asiatiques ? Il avait ouvert sa porte.

— Comment s'appelle-t-elle ?

Le planton avait consulté son registre.

— Sony Li Chang.

— Faites-la monter immédiatement !

Dès son entrée dans le bureau, Mignoni avait été frappé par le parfum de la jeune femme. Une odeur de musc poivré dont elle semblait imprégnée. Par sa beauté aussi, son allure élancée et fière, son visage fin et racé, ses yeux de jade. Pourquoi Sony Li Chang, la compagne de Saint-Sauveur, avait-elle souhaité le voir ?

Son cœur battait fort dans sa poitrine lorsqu'il avait prié la jeune femme de s'asseoir. Il s'était attardé sur son regard, sur ses yeux qui brillaient comme deux pointes noires, feu et glace réunis, sur ses paupières tirées sur eux comme des tentures. Un peu rougies. Un rien boursouflées. Cette femme avait pleuré, et cela n'avait fait qu'accroître la curiosité de Mignoni.

— Que puis-je pour vous ? avait-il demandé en s'efforçant de prendre un ton détaché.

— Rien ! avait-elle répondu.

— Pardon ?

— Vous ne pouvez rien pour moi. C'est moi qui peux quelque chose pour vous. Je sais qui a tué Macabiau !

Le cœur de Mignoni n'avait fait qu'un bond dans sa poitrine.

— Je vous écoute.

Point par point, Sony avait repris les termes du « courrier » de Saint-Sauveur en le mettant dans ses mots à elle, comme si toute la belle construction échafaudée par Saint-Sauveur lui appartenait en propre. Elle déroula son récit avec calme et ordonnance.

— Je pense que Jack n'est qu'un simple

exécutant, avait-elle conclu. Les véritables cerveaux sont Delphine et peut-être… son grand-père.

Mignoni était sidéré.

— Avez-vous la moindre preuve de ce que vous avancez ? demanda-t-il d'une voix grave.

— Pas la moindre, répondit la jeune femme avec assurance. Mais vous savez, comme je le sais moi-même, que tout ce que je viens de vous raconter est l'exacte vérité.

Le pire, c'était que Mignoni en était effectivement persuadé.

— Comment êtes-vous parvenue à ces conclusions ?

— Par déduction ! Je travaille dans le journalisme. Je suis bien informée. J'ai fait marcher ma tête.

Le visage de Sony avait légèrement rosi lorsqu'elle avait prononcé cette dernière phrase. Avait-elle conscience d'avoir été maladroite ? Le flic était aussi bien informé qu'elle, sinon plus, et il était également censé faire marcher sa tête. Loin de se formaliser, Mignoni s'engouffra dans la brèche :

— Quelqu'un… euh…

Mignoni hésita, choisit de ne pas prononcer le nom de Saint-Sauveur :

— Quelqu'un vous a aidée ?

— Personne !

— Comment avez-vous… deviné que Delphine était bien enceinte, mais pas du Magounia ?

— Je suis une femme. Les femmes sentent ce genre de chose.

— Pourquoi êtes-vous venue me raconter tout cela ?

— Je l'ignore moi-même.

Elle souriait et Mignoni ne croyait pas un mot de ce qu'elle disait. Saint-Sauveur l'avait-il envoyée comme émissaire ? L'instant d'après, il avait la réponse.

— Toutefois, il y a une chose que je voudrais vous demander, avait murmuré Sony.

— Oui ?

— Je ne voudrais pas que vous fassiez état devant quiconque de mon témoignage. Surtout pas devant Saint-Sauveur.

— Puis-je vous demander pour quelle raison ?

— Non. C'est strictement personnel.

Pourquoi avait-elle l'air si triste, si désespérée, à ce moment-là ? Mignoni fut frappé par la détresse profonde qui semblait l'habiter et il en fut presque choqué. De nouveau, il s'attarda sur le regard de Sony. Il y avait de l'amour dans ces yeux-là, un amour si intense et douloureux que la jeune femme, malgré ses efforts, ne parvenait pas à le dissimuler aux yeux des autres, et, sans doute plus grave, à ses propres yeux. Mignoni connaissait la pudeur légendaire des Asiatiques, leur souci de la « face ». N'afficher aucune faiblesse, ne jamais rien laisser paraître, et surtout pas ses sentiments.

— Je comprends, murmura Mignoni.

— Vous comprenez quoi ? demanda Sony.

— Nos relations resteront strictement confidentielles, je peux vous l'assurer.

— Nous n'aurons plus aucune relation, monsieur Mignoni, assura la jeune femme. Je vous ai dit tout ce que je pouvais vous dire. Je n'ai strictement rien à ajouter. Maintenant, je vais partir.

Elle s'était levée et Mignoni avait eu soudain l'intuition qu'il ne reverrait plus jamais Sony Li Chang. Pourquoi ce sentiment lui était-il insupportable à ce point ? Il ne partageait rien avec cette jeune femme, ni amitié, ni amour, rien de rien. Il s'était raclé la gorge, étouffé par une émotion étrange dont il se demanda où elle pouvait bien puiser sa source.

— Sony ?

Il l'avait appelée par son prénom. Elle s'était retournée. Elle avait les larmes aux yeux.

— Lorsque vous dites que vous partez, c'est définitivement, n'est-ce pas ?

Elle avait hoché la tête, incapable de prononcer le moindre mot. Une larme épaisse et ronde s'était formée à la commissure de ses paupières et avait roulé le long de sa joue pour venir s'enfouir dans les plis de son cou. Mignoni avait lui-même épongé tant de larmes de ce genre-là, gâché tant d'amours par maladresse, par fierté, par aveuglement, par connerie, qu'il ne pouvait rester insensible.

— Pourquoi faites-vous cela ? avait-il demandé en adoucissant sa voix. Pourquoi partir ? Vous ne voulez pas vous laisser une chance ?

— Promettez-moi de faire attention à lui, avait murmuré Sony.

Mignoni avait compris qu'elle parlait de Saint-Sauveur.

— Je vous le promets.

Mû par il ne savait quelle pulsion, il avait attiré la jeune femme contre lui et l'avait embrassée sur le front.

C'était la première fois que, dans l'exercice de son métier, Mignoni embrassait un « témoin ». Alors qu'elle s'éloignait dans le couloir, Mignoni songea que si la simple présence des membres de l'Œuvre pouvait provoquer des drames épouvantables, elle pouvait également faire surgir des moments d'humanité et de chaleur d'une rare intensité.

Il avait appelé le planton pour lui donner ses ordres et était retourné s'asseoir à son bureau. Le récit de Sony corroborait point par point les éléments qu'il avait lui-même en main. Un point particulièrement l'avait toujours intrigué : pourquoi le conseil municipal de Clérac, sous l'influence de Montalembert, avait-il voté l'incinération du corps du clochard ? Maintenant, c'était clair, lumineux.

Montalembert avait vite pressenti que sa fille était mêlée au meurtre de Macabiau. Il avait compris que l'assassin avait tué pour faire disparaître le rapport d'autopsie qui prouvait que le Magounia ne pouvait pas être le père de l'enfant de Delphine. Montalembert s'était voilé la face. Qu'importe que sa fille fût une meurtrière pourvu qu'elle hérite… Mais, en réfléchissant, Montalembert s'était aperçu qu'il y avait un autre danger : le corps du Magounia lui-même ! Une simple exhumation et une étude, même sommaire, du corps du clochard aurait suffi à prouver la supercherie. Montalembert savait que le mensonge de Delphine y était inscrit, comme tracé à coups de bistouri. Macabiau lui avait montré le rapport !

Afin de protéger sa fille et sa fortune, Montalembert avait donc manœuvré pour que le conseil municipal vote l'incinération du clochard, faisant ainsi disparaître toute trace « matérielle » du mensonge de Delphine. Les flammes avaient tout dévoré, tout effacé. Quoi de plus muet qu'un tas de cendres ?

Vaguement écœuré et nauséeux, Mignoni en était là de ses réflexions lorsque le planton lui avait annoncé la visite de Saint-Sauveur, venu pointer pour son contrôle judiciaire.

— Bien dormi ?

— Oui.

— Rien à me dire ?

— Rien !

— Foutez le camp !

Mignoni n'avait pas de temps à perdre. Il avait appelé Martine. Ils avaient passé la journée ensemble, à retisser le fil des événements. Rien, aucune preuve, aucun élément tangible ne permettait d'accuser Jack du meurtre de Macabiau. Pas plus que de celui du curé. Il n'y avait qu'un faisceau de présomption, épais certes, mais insuffisant pour envoyer le jeune voyou aux assises. C'est Martine qui, la première, avait percuté :

— Bon ! Jack vient de tuer Macabiau. Pourquoi l'a-t-il fait ? avait-elle demandé.

— Pour récupérer le rapport d'autopsie !

— Que fait-il une fois qu'il l'a ?

— Il le déchire ou il le brûle...

— Non, il le garde. Vois-tu, c'est une des premières choses qu'on apprend à l'école de la magistrature. Souvent, les auteurs d'homicide, surtout lorsqu'il s'agit d'un premier crime, conservent les preuves qui constituent leur mobile. C'est une sorte de fétichisme qui tend à les déculpabiliser. « Voilà pourquoi j'ai tué ! C'est à cause de cette raison précise, identifiable, matérielle. Je ne pouvais faire autrement. Je veux m'en souvenir et c'est pourquoi je la conserve cachée quelque part, à l'abri des regards indiscrets, enterrée dans le jardin ou enfermée dans un coffre... »

— Un coffre ?

— Jack est un des deux patrons du Lazy Bird, n'est-ce pas ?

— Oui, c'est lui qui s'occupe de la gestion. Il a la haute main sur la caisse. Richard, l'autre patron, s'occupe de l'artistique. C'est un poète.

— Il y a un coffre au Lazy Bird ?

— Je l'ignore.

— Où place-t-il sa recette, le soir ?

— Je n'en sais rien.

— S'il y a un coffre au Lazy Bird et que Jack est seul à en connaître la combinaison, je suis prête à parier que le rapport d'autopsie s'y trouve.

— OK ! Comment on fait ?

— Je rédige un mandat de perquisition et tu y vas.

— Aujourd'hui même ? Il est déjà plus de huit heures...

— Si Jack apprend que l'étau se resserre autour de lui, la première chose qu'il fera sera de détruire le rapport d'autopsie. Il faut aller vite !

— Je n'ai pas le droit de perquisitionner, une fois la nuit tombée.

— Si ! Le Lazy Bird est un endroit public.

— Jack habite à l'étage !

— A l'étage ! Pas dans le night-club. Ta perquisition sera légale !

Voilà comment Mignoni s'était retrouvé face à un coffre mutilé, le nez dans la poudre et le bec dans l'eau. Il shoota sèchement dans une boîte de conserve qui traînait sur la chaussée.

67

Saint-Sauveur avait passé la nuit chez Sony à boire du scotch et à fumer des clopes. Qu'attendait-il avec le plus d'impatience ? Que la Carotte lui donne des nouvelles ou que Sony rentre enfin ?

Au petit matin, il n'avait de nouvelles ni de l'une ni de l'autre et, plus que jamais, une boule d'angoisse lui serrait la gorge. Lorsque le jour s'était levé, il s'était décidé à aller boire un café au bar du coin. Les nouvelles vont vite dans les villes de province et le serveur lui raconta comment, au cœur de la nuit, les flics avaient saisi au moins une tonne d'héroïne en perquisitionnant dans une boîte de la ville.

— Une boîte ? Quelle boîte ? avait demandé Saint-Sauveur.

— Le Lazy Bird. Vous connaissez ?

Saint-Sauveur avait commandé un rhum. Un double. Il sentait peser sur lui une sorte de malédiction. Il avait suffi qu'il demande à la Carotte d'aller cambrioler le Lazy Bird pour que, précisément, les flics décident d'aller perquisitionner au même moment. La Carotte avait-il été arrêté ? S'en était-il sorti ? Avait-il réussi à récupérer ce putain de rapport d'autopsie avant que Mignoni ne mette la main dessus ? Car Saint-Sauveur ne doutait pas une seconde que c'était pour cela que Mignoni avait perquisitionné au Lazy Bird. Il passa le reste de la journée chez Sony, à attendre que la porte s'ouvre ou bien que le téléphone sonne. La nuit était en train de tomber lorsque la sonnerie retentit enfin. Saint-Sauveur se précipita sur le combiné.

— Saint-Sauveur ?

C'était Richard.

— Oui.

— Tu es au courant ?

— Vaguement. Qu'est-ce qui s'est passé, exactement ?

— Les flics ont fait une descente en pleine nuit. Ce connard de Jack planquait de la poudre dans le coffre. Les flics l'ont serré. Il est au trou.

— Rien d'autre ?

— Tu trouves que c'est pas assez ?

— Je veux dire… Personne d'autre n'a été arrêté ?

— Non, moi ils me foutent la paix. Ils ont convenu que je n'avais rien à voir dans toute cette histoire. La boîte reste ouverte. Il faut absolument que tu viennes jouer ce soir. D'accord ?

Saint-Sauveur hésita.

— La vie continue, Saint-Sauveur, plaida Richard.

— Tu as vu Sony, récemment ?

— Non. Tu viendras jouer ?

A quoi bon rester tout seul comme un con à attendre ?

— Ouais. Je viendrai.

— Super !

Saint-Sauveur raccrocha. A dix heures, lorsqu'il empoigna l'étui de son saxo, la boule jusque-là coincée dans sa gorge était descendue dans son estomac. Il n'avait rien réussi à avaler de la journée. Il s'était rarement senti aussi mal à l'aise, aussi vulnérable.

68

La Carotte avait passé la journée à dormir sur son tuyau de chauffage dans le bureau de Jack. Vers cinq heures de l'après-midi, il s'était réveillé. La carcasse du Lazy Bird vibrait de ses bruits familiers et quotidiens. Les flics semblaient avoir terminé leur boulot. La Carotte avait abandonné son perchoir, doucement entrouvert la porte du bureau et risqué un œil. Le Lazy Bird était désert. Il avait été tenté de récupérer son matériel et de sortir par la grande porte, comme si de rien n'était, mais il avait renoncé. Trop risqué ! Il s'était tiré un premier demi au bar pour la soif, puis un deuxième pour le plaisir. Il avait repassé les filins dans leurs œillets et s'était propulsé au plafond. Après avoir roté son trop-plein de houblon, il s'était rendormi comme un bébé. Jusqu'à ce que, la nuit tombée, les premiers clients viennent se presser au bar.

69

Le Lazy Bird, gonflé comme un fruit trop mûr, semblait sur le point d'éclater tant la foule s'y pressait, attirée par la rumeur juteuse. Les gorges chaudes allaient bon train, chacun y allant de ses supputations. Les uns faisaient état des liens que Jack entretenait avec la mafia calabraise, les autres évoquaient de hautes protections policières et des trahisons. Tous se délectaient de boire un verre sur les lieux du crime. Ce soir-là, Angoulême se donnait des allures de Chicago. Dans un coin de la salle, Mignoni observait ce petit monde, le cœur au bord des lèvres. Sur scène, Saint-Sauveur tirait de son saxophone des accents déchirants, presque désespérés, comme des appels au secours.

Accroché à son plafond, la Carotte s'inquiétait. Contrairement à l'habitude, les musiciens étaient entrés en scène dans la plus complète indifférence. Lorsque les lumières s'étaient éteintes, la Carotte avait failli actionner sa poignée mais, au dernier moment, il s'était retenu. Les gens semblaient être venus pour tout autre chose qu'un concert. Pas un regard vers les musiciens. Juste quelques applaudissements polis. Impossible au beau milieu de ce tas de pipelettes de jouer les archanges descendant des cieux.

Il était en train de se demander comment sortir de ce guêpier lorsqu'il la vit arriver. A ses grands yeux injectés de sang, il saisit immédiatement qu'elle n'était pas venue pour amuser la galerie. Delphine de Montalembert fendait la foule, raide, bras le long du corps. Instinctivement la Carotte regarda ses mains et vit luire dans l'une d'elles un éclat métallique. Il comprit immédiatement. Il poussa un cri pour tenter d'alerter Saint-Sauveur tout en actionnant sa poignée. Il tournoyait dans les airs lorsqu'il entendit la déflagration. Il atterrit au sol en même temps que tout le monde se levait dans un « Oh !... » de stupéfaction. Au cours de sa descente il avait aperçu fugitivement le corps de Saint-Sauveur qui tournoyait sur lui-même sous l'impact de la balle. Il aurait voulu se ruer vers la scène, mais ses filins l'en empêchaient. Alors qu'il se débattait, empêtré dans sa toile, il entendit une deuxième déflagration. Dans la salle, c'était la panique. Des filles s'étaient mises à pousser des cris stridents. Au milieu du charivari, personne n'avait prêté attention à une grosse araignée descendue du plafond, pas même Mignoni, qui s'était immédiatement précipité sur la scène.

Delphine avait tiré une première fois et Saint-Sauveur s'était écroulé, frappé de plein fouet. Delphine avait continué d'avancer, visage ganté de haine. Alors que Saint-Sauveur gisait à terre, elle avait tiré une seconde fois, mais Mignoni était parvenu à dévier le tir et à lui faire lâcher son arme en plongeant sur elle. En atterrissant, le crâne de l'inspecteur avait violemment heurté l'angle d'une table. Il était groggy. Delphine en avait profité pour se ruer sur Saint-Sauveur et le saisir à la gorge.

— Crève, espèce de fumier ! sifflait-elle entre ses dents.

Ses ongles acérés griffaient le cou de Saint-Sauveur et tentaient d'en percer la chair. Le sang giclait comme une fontaine à hauteur du poumon, là où la balle avait pénétré. Brusquement, Delphine y plongea ses doigts et se mit à fouiller convulsivement la blessure. Elle voulait élargir la brèche, la creuser, remonter le corps de Saint-Sauveur comme on remonte un fleuve jusqu'à la source et lui arracher le cœur. De la haine. De la haine brute, pure comme la poudre qui courait dans ses veines.

La Carotte, enfin libéré de ses filins, se rua sur elle et l'agrippa par les cheveux. Mais Delphine s'accrochait à la plaie comme une sangsue. Impossible de l'en décoller.

— Crève ! Crève !

Elle éructait, hallucinée, les mains poisseuses de sang. La Carotte parvint à la tirer en arrière, mais elle ne lâchait pas prise, entraînant le corps de Saint-Sauveur avec elle. Mignon s'était redressé. Il décocha un violent coup de pied dans le visage de la jeune femme. Elle chancela un instant, comme suspendue dans le vide. Ses yeux se révulsèrent brutalement et elle s'écroula sur le côté. Mais ses doigts étaient demeurés dans la blessure, comme crochetés à elle.

Bon Dieu, c'est pas possible, une haine pareille ! songea Mignoni en saisissant la main de la jeune femme.

Moins d'une minute plus tard, les sirènes d'un car de police retentissaient devant l'entrée du Lazy Bird. Lorsque les flics firent leur entrée, Mignoni était accroupi devant Saint-Sauveur. Il tenait sa tête dans ses mains. Le sang continuait de couler et une mousse rougeâtre perlait sur ses lèvres.

— Tiens le coup, mec ! murmura Mignoni dans son oreille.

Il se tourna vers les flics.

— Une ambulance, vite ! La fille !

Il désigna Delphine qui gisait sur la scène sans connaissance.

— C'est elle qui a fait le coup !

Il chercha du regard le grand rouquin qui avait tiré Delphine en arrière. Il avait disparu.

— Personne ne sort ! hurla-t-il.

Puis il se pencha de nouveau sur Saint-Sauveur. Il songeait à sa conversation avec Sony le matin même et à la promesse qu'il lui avait faite de le protéger.

— Tiens le coup, mec, répéta-t-il dans son oreille. Je t'en supplie. Tiens le coup !

70

Saint-Sauveur fut opéré immédiatement après son admission à l'hôpital de Girac. Le chirurgien demanda quel genre de bête sanguinaire s'était ainsi acharnée sur sa blessure. L'intervention dura quatre heures. La balle avait traversé le poumon sans causer de dégâts majeurs, mais les complications étaient venues du fait que les doigts de Delphine avaient perforé la plèvre et provoqué un début d'infection.

Trois jours plus tard, Saint-Sauveur nageait encore dans les vapeurs anesthésiques lorsqu'il ouvrit les yeux.

Une fesse posée sur son lit, Mignoni souriait.

— Ça va ?

Saint-Sauveur hocha la tête.

— Vous l'avez échappé belle. Vous vous en sortez bien.

A nouveau, Saint-Sauveur hocha la tête. C'est fou, le genre de banalité qu'on peut sortir lorsqu'on a un bout de cul posé sur un lit d'hôpital.

— Savez-vous à qui vous devez la vie ?

— A vous, certainement, répondit Saint-Sauveur.

— Pas seulement. Un grand type roux, ça vous dit quelque chose ?

— Non.

— Dommage !

Mignoni raconta que certains témoins affirmaient avoir vu un type dégringoler du plafond en hurlant au moment où Delphine avait tiré sur Saint-Sauveur.

— C'est d'autant plus troublant que plusieurs témoignages se recoupent. Qui peut être ce type, à votre avis ?

— Je suis très pote avec Superman, éluda Saint-Sauveur. Delphine ?

— Internée à l'hôpital psychiatrique de Libourne. Inculpée pour tentative d'homicide volontaire. Elle est prostrée. Impossible d'en tirer un mot.

— Jack ?

— Incarcéré à la prison d'Angoulême.

— Motif ?

— Trafic de stupéfiants et... tentative d'homicide volontaire.

— Jack également ?

— Le soir où vous rentriez chez votre amie Sony, vous vous souvenez, la moto ?

— Oui.

— J'ai fait expertiser les balles tirées ce soir-là, poursuivit Mignoni. Elles proviennent du même revolver que celui avec lequel Delphine a tiré sur vous au Lazy Bird. Delphine conduisait la moto. C'est Jack qui a tiré. J'ai identifié ses empreintes et celles de Delphine sur le revolver. Par contre, je n'ai rien, strictement rien, pour prouver qu'il a tué Macabiau et le curé. Si j'avais retrouvé le certificat d'autopsie dans son coffre, ce serait différent, mais...

Mignoni resta comme suspendu.

— Mais ?

— J'ai comme le sentiment que Spiderman était passé par là.

— Superman.

— Pardon ?

— Vous dites Spiderman. J'ai parlé de Superman...

— Dont acte. J'adorerais faire sa connaissance. Vous pourriez me le présenter ?

Saint-Sauveur bâilla en grimaçant.

— Mais je vous fatigue, avec toutes mes questions. Reposez-vous. Je reviendrai vous voir demain. Euh... Pour votre sécurité, j'ai fait placer un garde devant la porte de votre chambre.

Saint-Sauveur hocha la tête, mais il n'était pas dupe. Sa sécurité n'était pas en cause. Si Mignoni avait fait placer un garde devant la porte de sa chambre, c'était pour le surveiller. Lui et ses visiteurs, si, des fois, sait-on jamais, un grand roux avec des ailes dans le dos se risquait à lui apporter des oranges ?

Mignoni lui adressa un petit geste de la main et sortit de la chambre. Saint-Sauveur laissa sa tête retomber sur l'oreiller. Il était rassuré. Mignoni n'avait pas réussi à coincer la Carotte. Et comme il n'avait pas trouvé le rapport d'autopsie dans le coffre...

71

A midi, une infirmière pénétra dans sa chambre en poussant un chariot. Saint-Sauveur aperçut la silhouette du flic qui montait la garde devant sa porte. Il ne cherchait pas à se cacher. Au contraire, il affichait sa présence et il lança à Saint-Sauveur un œil noir. L'infirmière installa le plateau à cheval sur le lit. Saint-Sauveur tenta de se redresser.

— Attendez, je vais vous aider.

L'infirmière agrippa Saint-Sauveur par les épaules et pressa sa tête contre sa poitrine pour le soutenir. Saint-Sauveur venait de constater qu'elle ne portait pas de soutien-gorge lorsqu'il entendit sa voix chuchoter dans son oreille :

— Vous avez le bonjour de la Carotte.

Devant la porte, le flic se tordait le cou pour surveiller les opérations.

— Après le repas, sonnez et demandez à aller aux toilettes, souffla l'infirmière dans son oreille. Là ! Vous êtes bien installé, comme ça ? demanda-t-elle d'une voix forte en se redressant.

— Oui, merci, répondit Saint-Sauveur en grimaçant.

— Vous avez mal ?

— Non, c'est...

Saint-Sauveur désigna la tranche de bidoche dans son assiette qui baignait dans une purée de haricots verdâtre.

— Ah ! Il faut manger, monsieur Saint-Sauveur, déclama l'infirmière. Il faut reprendre des forces !

Saint-Sauveur sourit. Non seulement cette fille avait des seins d'enfer, mais en plus elle jouait la comédie à la perfection. Il se força à avaler la bidoche dont il fut incapable de deviner si c'était du poulet, du veau ou bien une tranche de foie. Lorsqu'il eut terminé, il pressa sur la sonnette. Dix secondes plus tard, l'infirmière poussa la porte.

— Vous avez sonné ?

— Oui, je voudrais aller aux toilettes.

— Vous ne voulez pas faire dans le bassin ?

— C'est que...

— Ah ! C'est pour la grosse commission ?

— Oui.

— D'accord. Ne bougez pas ! Je vais vous aider.

Saint-Sauveur passa son bras autour de ses épaules et le flic s'effaça pour les laisser passer. Alors qu'ils marchaient dans le couloir, elle se mit de nouveau à murmurer :

— La Carotte m'a donné une enveloppe pour vous. Je l'ai mise en haut du réservoir d'eau.

— D'accord.

Elle l'aida à s'installer sur le trône.

— Lorsque vous aurez terminé, frappez fort sur la porte, lança-t-elle en refermant.

Lorsqu'elle se retourna, le flic se tenait à deux mètres. Elle lui adressa un sourire.

— C'est mieux pour nous, lorsque les patients sont pudiques. On a moins de travail...

Le flic hocha la tête, compréhensif.

Lorsqu'elle eut refermé la porte, Saint-Sauveur tourna le verrou et monta sur le trône. Il tendit sa main valide et balaya le haut du réservoir. Ses doigts se refermèrent sur une enveloppe. Il s'installa sur le trône et l'ouvrit. L'enveloppe contenait le rapport d'autopsie, encore couvert par des écailles de sang séché. Il était bref et précis : le Magounia était bien mort suite à une ingestion d'amanites. Le rédacteur précisait que le patient avait subi, à peu près un an auparavant, une opération très traumatisante : « Ablation des deux testicules, suite à un cancer des ganglions surrénaux. Au vu de l'état des organes touchés et malgré l'ablation des testicules, précisait encore le médecin légiste, le cancer était en voie de généralisation. Le patient devait se savoir inéluctablement condamné. Fait à... »

Saint-Sauveur poussa un soupir. Impossible, en effet, dans ces conditions, que Delphine soit enceinte du clochard. A la lumière du rapport, son mensonge prenait même un caractère odieux, mais quelle importance aujourd'hui ?

Avant de demander à aller aux toilettes, Saint-Sauveur avait pris soin de se munir d'un briquet. Il apprit par cœur le contenu du rapport, frotta la pierre, enflamma le document. Il constituait une pièce à conviction unique ? Qu'importe ! Mignoni se débrouillerait autrement. Ce n'était pas son affaire.

En regardant le papier se consumer, Saint-Sauveur songea que deux hommes étaient morts à cause de lui et qu'une jeune femme y avait laissé sa raison. Les flammes rongeaient la feuille qui se tordait comme le Magounia avait dû se tordre lorsque le crabe lui bouffait le bas-ventre. Il réalisa combien l'homme des bois avait dû souffrir. Il avait assumé sa maladie seul, sans en parler à quiconque – sauf à la Chouette, peut-être ? –, et s'était progressivement coupé du monde. Rien de plus horrible en effet pour un homme qui apprécie la vie et la fréquentation des femmes que de ne plus rien avoir entre les jambes. Un vide terrible, insupportable, un vide tel que la vie elle-même n'a plus de sens. Restait la vengeance, cette vengeance dont la Chouette avait parlé. Saint-Sauveur tira la chasse sur les restes calcinés du rapport d'autopsie au moment où des coups résonnaient sur la porte.

— Oh ? Qu'est-ce que vous faites là-dedans ?

C'était le flic. Saint-Sauveur ouvrit la porte et un nuage de fumée s'échappa du réduit.

— J'avais envie de fumer une clope, lança-t-il au flic.

— Une clope ? Après une opération du poumon ? demanda le flic, interloqué.

— Nous autres fumeurs, nous sommes des grands malades, répliqua Saint-Sauveur. Vous voulez bien m'aider à regagner ma chambre ?

72

Saint-Sauveur sortit de l'hôpital d'Angoulême un mois et demi plus tard et, bien que sa blessure fût encore douloureuse, il portait son sac sur l'épaule. Le médecin, qui considérait que sa sortie était prématurée, l'avait obligé à signer une décharge.

Il se rendit directement à la poste et envoya par fax le contenu du rapport d'autopsie à Foch. Il indiqua également que, par sécurité, il avait détruit le document original. Puis il se rendit à la gare. Au guichet, il prit un billet pour Clérac et demanda à quelle heure était le prochain autorail.

— A treize heures quarante-quatre.

Deux heures à poireauter !

Il régla son billet. Sur le quai, il prit place sur un banc, huma longuement les odeurs de ballast. Il était heureux d'échapper enfin à celles de l'hôpital. Bien que submergées par l'éther et les vapeurs d'alcool, elles lui rappelaient trop celles de la prison, âcres, acides, vaguement marécageuses. L'odeur de la mort qui rôde.

Après l'épisode des chiottes enfumées, Mignoni avait supprimé le chien de garde devant la porte de sa chambre. Avait-il deviné que le rapport d'autopsie était parti en cendres ? Il avait continué à rendre de fréquentes visites à Saint-Sauveur. Curieusement, il ne posait plus aucune question. Au contraire, c'était lui qui tenait Saint-Sauveur informé de l'évolution de la situation.

Mignoni lui avait confié que le village était encore un peu abasourdi, comme après le passage d'un cyclone. Depuis qu'on avait retrouvé le coffre plein de bons anonymes dans le jardin de Macabiau, l'envoi de lettres anonymes avait cessé. La réfection du toit de l'église était achevée et la construction de la nouvelle mairie battait son plein. Après l'arrestation de Delphine, Montalembert avait fait savoir qu'il ne voulait plus aucune responsabilité et qu'il ne briguerait pas le fauteuil de maire. Sa femme, traumatisée par les événements, l'avait quitté. D'après Mignoni, Montalembert vivait seul, reclus dans la grande maison familiale. Seul avec son père cloué dans son fauteuil roulant.

Il était en train de songer à tout cela lorsque l'autorail s'immobilisa sur le quai. Un Dagger 3300, un autorail d'origine allemande dont Saint-Sauveur ignorait les caractéristiques précises. La machine était ancienne mais, lorsqu'elle s'ébranla, Saint-Sauveur, qui cultivait volontiers un côté franchouillard en matière de construction d'autorail, fut bien obligé de reconnaître qu'elle était souple et confortable. Il poussa un soupir de soulagement. Sa poitrine le faisait encore souffrir.

Ils quittèrent bientôt les faubourgs d'Angoulême et l'autorail s'élança à l'assaut de la campagne charentaise en faisant miauler les moellons de ses essieux. Saint-Sauveur était impatient. Il avait hâte d'arriver à Clérac.

73

Saint-Sauveur se rendit directement à l'hôtel de la Gare. Le patron sursauta lorsqu'il poussa la porte d'entrée.

— Ma chambre est libre ?

— Je vais voir, répondit le patron en glissant le long du comptoir.

Saint-Sauveur l'entendit chuchoter avec sa femme dans l'arrière-salle. Lorsqu'il revint, il était tout sourire.

— Pas de problème, elle est prête. Vous allez voir, rien n'a changé.

Il lui tendit sa clé.

— Vous êtes un têtu, vous, hein ?

Saint-Sauveur grimaça un sourire et, désignant son épaule, il demanda au patron s'il pouvait lui monter ses affaires. Lorsqu'il poussa la porte de la chambre, il fut heureux, presque ému, de la retrouver à l'identique, avec les mêmes odeurs de lavande. Il avait vécu des moments heureux dans cette chambre, et il lui sembla que le parfum poivré de Sony y traînait encore.

— C'est moche, tout ce qui s'est passé, murmura le patron en déposant son sac.

— Oui, c'est moche, approuva Saint-Sauveur.

— Mais c'est fini maintenant, n'est-ce pas ?

Au ton de sa voix, Saint-Sauveur se demanda si le patron le souhaitait ou le regrettait. Espérait-il qu'avec la présence de Saint-Sauveur l'envoi des lettres anonymes allait reprendre ? Qu'il en recevrait une lui annonçant la présence d'un coffre bourré de bons au porteur dans le grenier de son hôtel ?

— Je n'en sais rien, répondit Saint-Sauveur.

— Oui, c'est vrai, approuva le patron. Personne n'en sait rien. Sauf l'auteur des lettres anonymes... On ne sait toujours pas qui c'est, celui-là.

— Je vais faire une petite sieste, soupira Saint-Sauveur en se couchant sur le lit. Le repas est à quelle heure ?

— Vingt heures, comme d'habitude, répondit le patron.

Saint-Sauveur ferma les yeux et resta un long moment immobile sur le lit. Son épaule le lançait mais il se sentait calme, apaisé. Le décor de sa chambre, les odeurs qu'elle renfermait, les souvenirs, les regrets... A quoi bon ?

Alors que le soleil commençait à décliner derrière les collines, il décida d'aller faire un tour au village. Instinctivement, ses pas le portèrent vers l'église. Il jeta un œil sur le toit tout neuf et pénétra dans le cimetière. Il trouva rapidement la tombe du curé, une longue pierre grise de granit perlé, légèrement inclinée, sur laquelle se reflétaient les derniers rayons du soleil. Une inscription en lettres d'or indiquait le nom du curé, sa date de naissance et celle de son décès. Rien de plus, si ce n'est une vieille photo en ogive où le prêtre souriait. Saint-Sauveur était en train de penser que la pierre était bien longue pour un curé de si petite taille lorsqu'il aperçut Benezech qui s'avançait vers lui.

— Bonjour.

— Bonjour, grommela Benezech.

— C'est vous qui avez creusé le trou ?

— Qui voulez-vous que ce soit ?

— Oui, bien sûr, admit Saint-Sauveur comme s'il avait proféré une ânerie. Je sais que c'est vous qui creusez les trous au village.

— Il faut bien gagner sa vie.

— Certes.

Benezech se balançait d'une jambe sur l'autre.

— Ça fait longtemps que vous creusez des trous ? demanda Saint-Sauveur.

— Depuis tout petit.

— Et quel genre de trous vous creusez ?

— Toutes sortes. Des petits pour les géraniums. Des grands pour les macchabées.

— Ça ne doit pas être drôle tous les jours.

— Non, c'est pas drôle tous les jours. Et ça ne rapporte pas beaucoup.

— Ça dépend, protesta Saint-Sauveur. Des fois, en creusant des trous, on trouve des trésors.

— Oui c'est vrai, ça arrive. Mais rarement.

Saint-Sauveur avait conscience du tour surréaliste de leur conversation, mais il pressentait que Benezech voulait lui dire quelque chose.

— C'est vous qui avez déterré le coffre dans le jardin de Macabiau, n'est-ce pas ?

Benezech hocha la tête.

— Oui, c'est moi.

— Il y avait beaucoup d'argent à l'intérieur ?

— C'est ce qu'on dit.

Saint-Sauveur éclata de rire.

— Dommage qu'il y ait eu tant de monde. Si vous aviez été seul, vous auriez pu garder l'argent pour vous.

Benezech ricana.

— Oui. Mais, moi, j'aurais arrêté de travailler... pas comme le Magounia !

Il y avait de l'amertume dans sa voix.

— Ah bon ? Le Magounia continuait de travailler ? Il faisait quoi ?

— Il avait proposé à Macabiau de lui faire son jardin. Comme s'il avait besoin de cela...

— Le Magounia faisait le jardin de Macabiau ? s'étonna Saint-Sauveur.

— C'est comme je vous le dis. Il s'occupait de tout. De l'arrosage, de la tonte, et même de creuser des trous pour planter des arbustes...

Saint-Sauveur comprit le ressentiment de Benezech. Alors que le Magounia était riche, il lui piquait son gagne-pain.

— C'est vrai qu'il n'avait pas besoin de cela. Mais

alors, pourquoi le faisait-il ? demanda-t-il, faussement naïf.

Benezech haussa les épaules.

— Moi j'ai toujours trouvé ça bizarre, mais au village personne ne m'écoute.

— Qu'est-ce que vous avez trouvé bizarre ?

— Qu'on ait retrouvé un coffre plein d'argent dans le jardin de Macabiau, alors que c'est le Magounia qui s'en occupait. Voilà ce que j'ai trouvé bizarre.

— Vous voulez dire que le Magounia lui-même aurait pu l'enterrer ?

— Qui d'autre ?

— Eh bien… Macabiau lui-même.

— Impossible.

— Pourquoi ?

— Il ne savait pas manier la pioche !

— Il y a des circonstances où…

— Impossible ! coupa Benezech. Montrez-moi vos mains !

Saint-Sauveur tendit ses mains.

— Tournez-les, paumes vers le ciel !

Saint-Sauveur tourna ses mains et Benezech eut un sourire.

— Macabiau avait les mêmes mains que vous, monsieur. Ceux qui creusent les trous, ils ont des mains comme ça !

Benezech tendit ses mains, deux énormes battoirs à la peau tannée comme du cuir.

— Le Magounia, il avait les mêmes mains que moi !

— Donc, d'après vous, c'est lui qui a enterré le coffre ?

— Oh, moi, vous savez, ce que j'en dis…

Benezech cessa de se balancer d'une jambe sur l'autre et Saint-Sauveur comprit qu'il avait dit ce qu'il avait à dire.

— Allez, bien le bonsoir, monsieur.

Benezech s'éloigna dans l'allée du cimetière. Le soleil avait plongé derrière les collines, des ombres lasses et paresseuses s'étendaient derrière les tombes. Saint-Sauveur resta un moment à méditer puis il retourna à l'hôtel.

74

Il était vingt et une heures passées lorsqu'il descendit de sa chambre. La salle à manger était déserte.

— Qu'est-ce que vous nous avez préparé, ce soir ? demanda-t-il au patron.

— Petit salé aux lentilles. C'est pas vraiment de saison, mais...

— Ça ira très bien. Vous n'avez pas beaucoup de monde en ce moment ?

— Oh ça va, ça vient. Mais c'est vrai, en ce moment, c'est calme.

Saint-Sauveur l'invita à s'asseoir à sa table.

— Installez-vous avec moi. Vous me tiendrez compagnie.

Le patron ne se fit pas prier.

— Les habitants du village racontent une drôle d'histoire, attaqua Saint-Sauveur.

— Laquelle ?

— Celle de la dame en noir. Vous en avez entendu parler ?

— Si j'en ai entendu parler ? Vous rigolez ou quoi ? Durant la semaine qu'elle a passée ici, elle habitait chez moi, dans mon hôtel !

— Vous lui avez parlé ?

— Non, mais j'ai entendu sa voix.

— Comment était-elle ?

— Sèche, autoritaire. Elle parlait à son chauffeur comme à un larbin. C'est lui qui s'occupait de tout. Vous pensez qu'elle est liée à toute cette histoire ?

— Quelle chambre avait-elle choisie ? demanda Saint-Sauveur sans répondre à la question du patron.

Il resta un moment à réfléchir.

— Mais... Ah tiens, oui c'est bizarre... la même que la vôtre.

— Elle aimait le bruit des TGV ?

— Non, mais elle voulait absolument une chambre qui donne sur la rue. Le chauffeur avait la 4, plus grande et confortable. A l'époque, j'avais trouvé cela bizarre, que son chauffeur ait une chambre plus grande que la sienne. J'avais proposé de changer, mais elle n'avait rien voulu savoir.

— Sous quel nom s'était-elle inscrite chez vous ?

— Aucun. Tout était au nom du chauffeur. C'est lui qui avait réglé la note.

— Chèque ? Carte Bleue ?

— Liquide. Réglé d'avance.

— Le nom du chauffeur ?

— Lopez ! Ah oui, j'ai oublié de vous dire, ils parlaient espagnol.

— Vous avez noté son identité précise ? Un numéro de passeport ?

Le patron baissa la tête, comme honteux.

— Non.

Au fil de la conversation, le patron s'était mis à répondre aux questions de Saint-Sauveur comme on répond aux questions d'un flic. Brièvement, sans fioritures. Saint-Sauveur se rendit compte qu'il s'était lui-même mis dans la peau d'un flic.

— Que faisait-elle, toute la journée ? demanda-t-il en transformant le son de sa voix pour le rendre moins impératif.

— Elle partait tôt le matin, elle rentrait le soir pour dîner et elle montait dans sa chambre.

— Et dans la journée ? insista-t-il.

— Elle se baladait dans la campagne en bagnole. On le sait parce que c'était une grosse limousine noire avec les vitres teintées et qu'on l'apercevait ici et là.

Saint-Sauveur garda le silence.

— Vous savez, dans les campagnes, les gens voient tout et ils parlent, ajouta le patron, troublé par le silence de Saint-Sauveur.

— Oui, bien sûr. Le chauffeur vous a demandé sa route une fois ou l'autre ?

Le patron sembla frappé par la question.

— Non. Vous avez raison. Je n'y avais jamais songé auparavant, mais jamais il ne m'a demandé sa route ou un renseignement quelconque, comme s'il connaissait bien la région. Pourtant... Lopez, c'est pas du coin.

Lui, il ne connaissait pas la région, songea Saint-Sauveur. Elle, si !

— Et la nuit ?

— Quoi, la nuit ?

— Elle sortait, la nuit ?

De nouveau, le patron sembla frappé par la question.

— A ma connaissance, non. Mais en y songeant...

Le patron semblait hésiter, comme troublé par la fragilité de ses souvenirs.

— Oui, en y songeant... l'encouragea Saint-Sauveur.

— Un soir, il m'a semblé entendre quelque chose, comme des cailloux lancés sur la fenêtre. Je n'y avais pas prêté spécialement attention. Les gamins du coin sont facétieux, vous savez. Mais en y repensant, ce soir-là, j'ai également entendu comme un frôlement dans l'escalier. J'ai pensé que la vieille faisait de l'insomnie. Vous pensez réellement qu'elle a quelque chose à voir dans cette affaire ?

— Je n'en sais rien, répondit Saint-Sauveur en souriant.

— Alors pourquoi vous me posez toutes ces questions ?

— Par curiosité. Par simple curiosité.

— C'est cela oui, ricana le patron en souriant à son tour.

Saint-Sauveur termina son repas par une crème brûlée arrosée d'une mirabelle glacée. Il n'avait pas envie de dormir et il décida d'aller faire un tour.

— Vous ne prenez pas votre étui ? Vous n'allez pas jouer de la musique sous le pont ? demanda le patron alors qu'il passait la porte.

Saint-Sauveur désigna sa poitrine.

— Le souffle...

— Ah oui, c'est vrai. Pardon.

75

La nuit était noire, profonde. Une nuit sans lune, enveloppante, presque protectrice. Sans qu'il l'ait vraiment décidé, les pas de Saint-Sauveur le menèrent sur les hauteurs de Clérac. Il marchait lentement dans la côte pour ménager ses poumons, et il fit plusieurs pauses avant de parvenir sur le plateau.

Au loin, il apercevait la demeure des Montalembert. La fenêtre du grand salon était éclairée et Saint-Sauveur imaginait les deux hommes, le fils et le père, face à face, silencieux. Il imaginait le crépitement sinistre des braises dans la cheminée, les flammes qui faisaient danser dans le regard du vieux paralytique des éclairs de folie. Il imaginait Georges Albert, désespéré, si seul après avoir perdu sa femme et sa fille. Et le poids du silence entre les deux hommes. Si lourd !

Il mit un moment avant de trouver la stèle qui commémorait la fusillade des otages. Elle était couverte de branchages et de ronces. Saint-Sauveur frotta la pierre de son briquet. *A nos martyrs morts au champ d'honneur*. La poitrine de Saint-Sauveur le faisait souffrir. Il avait besoin de récupérer son souffle. Il s'assit sur le tronc d'un arbre mort qui rampait au milieu du champ. Qu'était-il venu faire ici ? Pourquoi était-il obsédé par cette histoire d'otages ?

La conversation qu'il avait eue avec Odile Patry, l'ancienne institutrice du village, lui revint en mémoire. Elle lui avait raconté que Montalembert avait couché son propre nom sur la liste des otages mais que les Allemands ne l'avaient pas accepté. Ils l'avaient rayé et avaient exigé qu'il soit remplacé par celui d'une jeune femme qu'ils soupçonnaient d'appartenir à la Résistance. Saint-Sauveur ne se rappelait pas son nom, mais il se souvenait de l'avoir noté sur son cahier lorsqu'il était sorti de la maison de retraite. Il avait été frappé par le voile noir qui avait obscurci le visage de l'ancienne institutrice au moment où elle avait parlé d'elle.

Dans son livre, elle avait rapidement évoqué l'épisode du changement de nom, comme s'il s'agissait d'une simple anecdote. Pourtant, on ne joue pas avec les noms des otages comme on coche des numéros au Loto. Il songea au vieux Montalembert. Ce type-là n'était pas du genre à laisser la moindre place au hasard. Quelle sorte de partie truquée avait-il jouée ?

Il était en train de songer à cela lorsqu'il aperçut une ombre qui se glissait dans le champ et se dirigeait vers lui. Il pensa d'abord que c'était la Chouette, mais il ne reconnaissait pas sa silhouette.

La nuit était épaisse et il lui fallut attendre que l'homme soit tout près de lui pour apercevoir ses traits. Il était très vieux, le visage ridé comme une pomme, le dos voûté.

— Bonjour.

Il s'installa sur le tronc à ses côtés, comme s'il s'agissait d'un banc public.

— Bonjour, répondit Saint-Sauveur.

L'homme avait posé ses bras sur ses genoux, mains jointes, tête baissée, comme s'il se recueillait. Il resta un long moment sans prononcer un mot. Saint-Sauveur remarqua qu'il avait des mains énormes. Ses doigts noués formaient comme une massue.

— Plus personne ne vient ici, finit-il par chuchoter.

Saint-Sauveur hocha la tête.

— Oui, le temps efface tout.

Tous deux parlaient à voix basse, comme soucieux de respecter la solennité des lieux.

— Pourquoi êtes-vous venu, vous ? demanda le vieux.

— Au village ?

— Non. Ici, au champ d'honneur.

— Je l'ignore.

L'homme hocha la tête.

— Vous avez parlé avec mon fils, tout à l'heure. Il m'a dit que vous saviez écouter ce qu'on vous disait.

Saint-Sauveur se demanda de qui il s'agissait. Depuis son arrivée à Clérac, il avait croisé beaucoup de gens et parlé avec pas mal d'entre eux.

— Au cimetière, précisa le vieux, comme s'il avait deviné ses pensées. Avant lui, c'est moi qui creusais les trous au village, ajouta-t-il.

Saint-Sauveur songea aux bourreaux qui, dans le temps, se transmettaient la guillotine de génération en génération. Il n'était pas surpris. Dans les campagnes, il est fréquent qu'on se refile les sales boulots, comme on se refile la vérole ou une malédiction. Par transmission directe. Benezech, fossoyeurs de père en fils...

D'un geste du menton, le vieux désigna la stèle.

— C'est moi qui ai creusé la fosse. Ici.

— Vous avez assisté à l'exécution ? s'étonna Saint-Sauveur. Je croyais que Montalembert était seul.

— Non, je n'y ai pas assisté. Les Allemands m'avaient bandé les yeux. A un moment, j'ai même cru qu'ils allaient me foutre douze balles dans la peau, à moi aussi. Mais non ! Ils avaient bien trop besoin de moi.

— Pourquoi avaient-ils besoin de vous ?

Le vieux haussa les épaules.

— Pour reboucher le trou, tiens !

— Oui, c'est logique, murmura Saint-Sauveur. Cela ne devait pas être gai.

— Une boucherie ! Ils avaient jeté les corps les uns sur les autres.

Il tendit sa main vers la stèle, là où devait se trouver la fosse.

— Les neuf corps étaient là-dedans, bras et jambes emmêlés, têtes à culs.

— Les neuf corps ? Je croyais qu'il y en avait dix...

— Il y en avait neuf, pas dix ! je les ai comptés.

Il avait prononcé sa phrase sur le ton d'un enfant buté.

— Vous êtes sûr ?

— Aussi sûr que je suis en train de parler avec vous, monsieur.

— Pourtant, les journaux ont toujours parlé de dix otages...

— Les journaux se trompent souvent.

— Vous l'avez dit, à l'époque ?

— J'en ai parlé à Montalembert.

— Qu'est-ce qu'il vous a répondu ?

— Que je ne savais pas compter. Que j'étais un âne bâté, tout juste bon à creuser des trous. C'est vrai que j'ai pas été longtemps à l'école. Mais voyez-vous, monsieur, j'ai deux mains. Ça fait dix doigts. Ils étaient neuf dans la fosse !

— Vous en avez parlé à quelqu'un d'autre ?

— J'en ai parlé au vieux Macabiau, le jour où il est devenu maire.

— Qu'est-ce qu'il vous a dit, lui ?

— D'arrêter la chopine !

— Vous en avez parlé à d'autres personnes ? insista Saint-Sauveur.

— A quoi bon, monsieur ? répondit le vieux, fataliste. Au village, personne ne nous écoute. Nous autres, les Benezech, on est tout juste bons à creuser les trous.

Il se leva.

— Allez, bien le bonsoir, monsieur.

Et il s'éloigna.

— Mon fils avait raison ! cria-t-il avant de disparaître. C'est vrai que vous savez écouter !

Saint-Sauveur reprit le chemin du village. Les mots du vieux Benezech carillonnaient dans sa tête : « Il y en avait neuf, pas dix ! » Il songea qu'on devrait toujours écouter attentivement ceux qui creusent les trous. D'une certaine façon, ils fouillent les âmes.

Lorsqu'il fut dans sa chambre, il saisit son sac et sortit son cahier. Il posa une fesse sur le lit pour relire ses notes. Yvette Jauzion ! La jeune femme que les Allemands soupçonnaient de faire partie de la Résistance s'appelait Yvette Jauzion. Les SS avaient exigé que Montalembert inscrive son nom sur la liste des otages. Du moins était-ce l'histoire officielle, bien coiffée, lissée et joliment maquillée, comme toujours.

Comment s'appelait la femme en noir ? De qui portait-elle perpétuellement le deuil ?

Il se coucha sur le lit tout habillé et il attendit.

La Chouette viendrait-elle lancer des cailloux sur sa fenêtre comme elle l'avait fait bien longtemps auparavant, du temps où la dame en noir occupait sa chambre ? Rien ne vint et Saint-Sauveur ferma les yeux. Progressivement, un puzzle insensé s'était formé dans son esprit et, plus il y pensait, plus les pièces semblaient s'emboîter les unes dans les autres. Etait-ce possible ? Montalembert et Macabiau avaient-ils été aussi machiavéliques que cela ?

Longtemps après, le Magounia avait-il été aussi machiavélique qu'eux ? En plus malicieux ? Il finit par s'endormir en rêvant à Sony. Où était-elle ? Que faisait-elle ?

76

Le lendemain, Saint-Sauveur se réveilla de bonne heure, prit un café sur la terrasse de l'hôtel et se rendit à la boulangerie. Lorsqu'elle l'aperçut, le visage de madame Loiseau s'éclaira.

— Bonjour, monsieur Saint-Sauveur. Alors, de retour parmi nous ?

— Comme vous voyez…

— Je vous mets deux pains au chocolat, comme d'habitude ?

— Comme d'habitude.

— Comment va votre blessure ?

— Ça va, merci.

— Quelle histoire, hein ? lança-t-elle en plongeant les pains dans un sachet de papier. Quand je pense que cette chipie voulait faire croire que le Magounia était le père de son enfant ! Tout ça pour toucher le magot. Remarquez, moi, je n'y ai jamais cru.

Saint-Sauveur se contenta de sourire.

— Quand je pense qu'elle a essayé de vous tuer. Maintenant, sa vie est gâchée, n'est-ce pas ?

— J'espère qu'elle s'en sortira.

— Vous ne lui en voulez pas ?

— Non.

— Vous savez, vous, ce que va devenir tout cet argent ?

— Non.

— Quand je pense à Georges Albert... Il aura tout perdu dans cette affaire. L'argent, sa fille, sa femme, son honneur. Tout !

— Vous le revoyez ?

— Non. Il vit reclus chez lui. Il s'occupe de son vieux père. C'est tout ce qui lui reste sur cette terre. Quelle misère !

Saint-Sauveur régla ses pains au chocolat et se rendit directement à la gare. Il prit un billet pour Agen.

77

Il avait à peine tourné les talons que le guichetier soulevait son téléphone et composait un numéro.

— Monsieur Mignoni ?... Il vient de prendre un billet pour Agen... Y a pas de quoi, c'est tout à fait normal.

Et il raccrocha.

78

Saint-Sauveur patienta une bonne heure avant que la vieille Alsthom 4820 qui assurait la ligne daigne s'avancer sur le quai. Il était presque midi lorsqu'il franchit la porte de la Maison des Lilas. Il trouva Odile Patry à sa place habituelle, sur le banc dans le jardin. Elle était occupée à nourrir une armée de pigeons qui voletaient autour d'elle.

— Bonjour, Odile.

— Tiens, vous voilà, vous ! répondit-elle d'une voix sèche. Qu'est-ce que vous me voulez encore ?

— Je suis venu parler avec vous.

— De qui ?

— Yvette Jauzion.

— Je n'ai rien à vous dire à son propos.

— Vous l'avez bien connue, n'est-ce pas ? Vous étiez son institutrice avant la guerre.

— Oui, mais je n'en garde qu'un souvenir très vague.

— Vous permettez que je m'installe à côté de vous ?

— Si vous avez du temps à perdre...

Saint-Sauveur s'assit sur le banc à ses côtés.

— Vous leur donnez à manger tous les jours ? demanda-t-il en désignant les pigeons.

— Tous les jours !

— Vous les aimez ?

— Bien sûr que je les aime ! répliqua sèchement la vieille femme en jetant mécaniquement ses miettes aux pigeons.

Saint-Sauveur songea que l'ancienne institutrice aimait aujourd'hui ses pigeons comme elle avait aimé, jadis, les écoliers de Clérac. Ils l'entouraient, voletant autour d'elle. Elle se sentait utile auprès d'eux. Il songea également qu'avec ses pigeons elle était plus tranquille. Les pigeons déçoivent rarement ceux qui les nourrissent.

— Pourquoi est-ce que vous ne m'aimez pas, moi ? demanda-t-il abruptement.

Elle le fusilla du regard.

— Parce que vous êtes un sale fouille-merde.

Saint-Sauveur hocha la tête. Peut-on fouiller la merde en restant propre ?

— Vous avez sans doute raison.

— J'ai lu le journal, ajouta la vieille femme. Sans vous, rien de tout cela ne serait arrivé.

— Le croyez-vous vraiment ?

— Oui.

— Le Magounia ne serait pas mort ? Delphine n'aurait pas cherché à faire croire qu'il était le père de son enfant ? Jack n'aurait pas assassiné Macabiau si je n'étais pas venu ?

Elle baissa la tête.

— Les habitants de Clérac ne pourront reprendre une vie normale que lorsque toute la lumière aura été faite sur l'histoire du village, reprit Saint-Sauveur.

La vieille femme resta un long moment sans dire un mot. Elle jetait ses miettes aux pigeons avec des gestes de plus en plus vifs et désordonnés, comme si elle éprouvait le besoin d'extérioriser les sentiments violents et contradictoires qui l'habitaient. A la fin, elle roula en boule le sac qui contenait les miettes, le jeta devant elle comme on jette les dés sur un tapi. Elle poussa un profond soupir.

— Vous vouliez parler d'Yvette… Qu'est-ce que vous voulez savoir ?

— Qui elle était.

— Elle avait une forte personnalité. Très forte. Hors normes ! Intelligente, passionnée. Elle aimait la vie. Elle croquait dedans avec un appétit qui m'a toujours sidérée.

— Au moment de la guerre, elle s'était engagée dans la Résistance. Quel âge avait-elle ?

— Dix-huit ans.

— Elle était belle ?

— Plus que cela. Elle était divine, élégante, une allure… et un caractère…

— Elle aimait les hommes ?

L'ancienne institutrice ne sembla pas offusquée par la question.

— Je vous ai dit qu'elle croquait la vie par tous les

bouts. Les hommes en faisaient partie. Elle était très... libre.

— Elle en fréquentait beaucoup ?

— Oui.

— Montalembert ?

— Pas seulement.

— Macabiau également !

— Comment savez-vous cela ? demanda la vieille femme.

— Montalembert et Macabiau se disputaient la tête de la Résistance. Ils se disputaient également la plus belle femme du village. Quoi de plus logique ?

Odile Patry leva les yeux au ciel, comme accablée par la simplicité d'un tel raisonnement.

— Montalembert savait-il qu'Yvette était également la maîtresse de Macabiau ?

— Je l'ignore, mais je pense qu'il s'en doutait.

— Vous m'avez dit que les Allemands avaient exigé que le nom d'Yvette soit porté sur la liste des otages. Montalembert n'a pas tenté de jouer de son influence auprès d'eux pour sauver sa maîtresse ?

— Je n'ai jamais compris, répondit la vieille femme qui, pressée par le flot des questions de Saint-Sauveur, s'était tassée sur son banc. Tout ce que je sais, reprit-elle, c'est qu'elle a été fusillée et que c'est horrible de mourir comme ça, si jeune.

— Surtout lorsqu'on est enceinte, murmura Saint-Sauveur.

— Qu'est-ce que vous dites ? s'exclama la vieille femme.

— Je dis qu'Yvette était enceinte. Vous ne le saviez pas ?

— Comment aurais-je pu le savoir ? bredouilla-t-elle.

— C'est le genre de confidence qu'une jeune femme fait volontiers à son ancienne institutrice.

La vieille femme baissa la tête.

— Yvette était enceinte, poursuivit Saint-Sauveur. Montalembert le savait. Pourtant, il n'a rien fait pour tenter de la sauver.

— C'est horrible, murmura la vieille femme, soudain accablée.

— Oui, c'est horrible, et c'est pour ça que vous n'avez pas voulu écrire tout ça dans votre livre. Vous vouliez que la mariée reste belle.

La vieille femme hocha la tête, accablée.

— Elle n'a pas été fusillée, murmura Saint-Sauveur au bout d'un moment.

La vieille femme sursauta.

— Qu'est-ce que vous dites ?

— Je dis qu'Yvette Jauzion n'a pas été fusillée avec les autres otages !

— Vous êtes fou ou quoi ? protesta l'ancienne institutrice.

Dans l'esprit de Saint-Sauveur, la véritable histoire d'Yvette Jauzion défilait comme dans un film. Il se mit à la raconter à haute voix, exactement comme s'il rédigeait un courrier à l'attention de Foch :

— Yvette était la maîtresse de Montalembert et également celle de Macabiau, mais en réalité elle n'était amoureuse d'aucun des deux hommes. Elle aimait la vie, simplement. Avec eux, elle goûtait le piment d'une existence dangereuse, risquant chaque jour sa vie pour servir une cause à laquelle elle croyait. Cela lui plaisait. Mais, à cette époque, les moyens contraceptifs n'existaient pas et Yvette est tombée enceinte. Qui était le père ? Elle aurait été bien incapable de le dire, et d'ailleurs, elle s'en foutait. Que ce soit Montalembert ou Macabiau, peu lui importait. Pour elle, son enfant était le fruit de la Résistance et cela lui suffisait. Elle était heureuse. Elle vous en avait parlé, n'est-ce pas ?

— Oui. Elle me l'avait dit.

— Un jour, elle s'est confiée aux deux hommes, avouant à chacun qu'elle était la maîtresse de l'autre et qu'elle ignorait qui était le père de son enfant. Les deux hommes, qui déjà à l'époque se vouaient une haine farouche, sont entrés dans une colère noire. Ni l'un ni l'autre n'acceptaient de partager cette paternité. Yvette a refusé de désigner un « vainqueur ». Elle les a rejetés tous les deux. Elle leur a annoncé qu'elle garderait son enfant pour elle seule. C'était compter sans la rivalité qui les opposait déjà.

— C'est pourtant vrai qu'ils se haïssaient, ces deux-là, murmura la vieille femme.

— Montalembert et Macabiau se sont rencontrés et se sont mis d'accord. Plutôt que d'avoir à supporter la vision d'un enfant sans savoir avec certitude si l'un ou l'autre en était le père, ils préféraient qu'Yvette et son enfant disparaissent. Mieux vaut le vide que partager une telle humiliation.

Restait à trouver le moyen. Le lieutenant Müller le leur a fourni. En se servant de Marie, ils lui ont tendu un traquenard et ils l'ont froidement exécuté. Montalembert et Macabiau savaient que les Allemands ne resteraient pas sans réagir et qu'ils fusilleraient des otages. Montalembert a proposé d'en dresser la liste. Les Allemands n'ont rien exigé. En réalité, ils étaient loin de soupçonner qu'Yvette faisait partie de la Résistance. Montalembert a proposé d'inscrire son propre nom. Il ne prenait aucun risque. Il savait que les Allemands refuseraient. Alors, il a inscrit celui d'Yvette.

— Mais les Allemands savaient qu'elle était sa maîtresse. Pourquoi ont-ils accepté ?

— Parce qu'ils ont compris que Montalembert voulaient se débarrasser d'elle.

— Mais vous dites qu'elle n'a pas été fusillée…

— Au dernier moment, Montalembert a reculé. Yvette était peut-être enceinte de lui. On ne fusille pas un Montalembert, même sous forme de fœtus, comme un vulgaire traître. Il a demandé aux Allemands d'épargner Yvette.

— Et ils ont accepté ?

— Oui, mais à une condition.

— Laquelle ?

— Qu'elle disparaisse. Les Allemands avaient demandé dix otages, il leur fallait dix otages. Pas un de moins ! Les habitants devaient penser qu'Yvette avait été fusillée avec les autres. Dans le camion qui emmenait les otages, Montalembert a mis le marché dans les mains d'Yvette : « Soit tu es fusillée avec les autres, soit tu disparais définitivement. A toi de choisir ! »

— Ce que vous dites est terrible, soupira la vieille femme.

— Il n'y a pas eu dix otages fusillés ce jour-là, mais neuf. Montalembert et les Allemands ont obligé Yvette à assister à l'exécution, poursuivit Saint-Sauveur. Yvette a eu la vie sauve, mais elle était morte de honte. Par la suite, elle a compris que Montalembert et Macabiau avaient manœuvré pour se débarrasser d'elle et de son enfant. Elle a voulu se venger.

— Se venger ?

— Cet enfant que les deux hommes refusaient, elle le leur a légué.

— Le Magounia, soupira la vieille femme.

— Oui, le Magounia.

Lorsque Saint-Sauveur se leva et tendit sa main, Odile Patry ne lui tendit pas la sienne. Non qu'elle ait voulu montrer à Saint-Sauveur combien elle le détestait, mais elle était anéantie, bouleversée par l'émotion. Lorsqu'il la quitta, un pigeon vint se poser sur l'épaule de la vieille femme et commença à picorer des brins de laine sur son chandail. Il roucoulait en réclamant sa pitance.

79

Au moment où Saint-Sauveur sortit de la maison des Lilas, il lui sembla apercevoir une silhouette familière qui se glissait le long des murs. Saint-Sauveur sourit. L'inspecteur Mignoni avait fait suspendre son contrôle judiciaire, mais il n'avait pas lâché l'affaire pour autant. Saint-Sauveur n'était pas inquiet. Il savait qu'il n'avait strictement rien à craindre de lui. Au contraire.

80

Après le coup de téléphone du guichetier, Mignoni avait sauté dans sa voiture et il était venu tranquillement attendre Saint-Sauveur à la sortie de la gare d'Agen. C'était bien pratique, ce genre de filature, lorsque le poisson ne se déplace qu'en autorail. Il avait suivi le taxi de Saint-Sauveur jusqu'à l'entrée de la maison de retraite, avait attendu que Saint-Sauveur pénètre à l'intérieur, puis il y était entré à son tour. Il avait présenté sa carte tricolore à l'accueil.

— Police ! Un homme vient d'entrer ici.

— Oui. Il y a un problème ?

— Non.

— Alors ? demanda l'hôtesse, surprise.

— J'aimerais simplement savoir à qui il vient rendre visite.

— Il vient voir Odile Patry, l'ancienne institutrice de Clérac. Elle a écrit un livre sur l'histoire du village et ça l'intéresse. Il y a un problème ? demanda à nouveau l'hôtesse, inquiète.

— Absolument aucun ! répondit Mignoni en souriant. Je vous pose cette question par curiosité, par simple curiosité.

Le pire, c'est que c'était vrai.

Lorsque le flic qu'il avait placé en faction devant la chambre d'hôpital de Saint-Sauveur lui avait raconté l'histoire des chiottes enfumées – « ça ne sentait pas la cigarette, chef, avait précisé le flic, mais le papier carbonisé » –, Mignoni avait immédiatement compris que le rapport d'autopsie avait disparu... en fumée. D'abord, il était rentré dans une colère noire, mais, dans l'après-midi, il avait reçu un coup de téléphone qui avait totalement changé la mise. Un armurier de Saumur.

« J'ai votre renseignement, inspecteur, avait dit le type.

— Je vous écoute.

— Le couteau a été acheté dans mon magasin le 7 juin, il y a un peu plus de deux ans.

— Le règlement ?

— Par chèque.

— Le nom sur le chèque ?

— Jack Lemoine, demeurant à Angoulême. »

Vive les apprentis assassins ! Pour trucider le curé, Jack s'était servi d'un couteau qu'il avait personnellement acheté dans une armurerie de Saumur. Un couteau de marque. Au diable le rapport d'autopsie ! Mignoni n'en avait plus besoin. Il tenait une pièce à conviction autrement plus probante. Jack avait dû penser qu'on ne pourrait jamais retrouver l'origine du couteau. Saumur, c'est le bout du monde, non ? Le naïf !

Mignoni avait immédiatement demandé à l'armurier de lui faxer les documents relatifs à l'achat du couteau, mais, au lieu de se précipiter à la prison pour confondre l'assassin, il avait choisi d'attendre. Il détestait Jack, et l'idée de le laisser mariner dans son jus ne lui était pas désagréable. Rien n'est pire pour un assassin que l'incertitude sur son propre avenir. Jack avait tué le curé… Mignoni avait décidé de le laisser mitonner en enfer, à petit feu. Il avait le temps. Et du temps, il lui en fallait, car il avait été, là, d'un coup, submergé par un sentiment si fort, si impératif qu'il lui était impossible de résister davantage : la curiosité.

Son enquête à lui était bouclée. Pas celle de Saint-Sauveur. Comment allait-il s'y prendre pour parvenir à ses fins ? Et d'ailleurs, quelles étaient ses fins ? Mignoni avait décidé de se mettre dans la position du voyeur. Comme un gosse gourmand. Il ne voulait pas rater la fin du spectacle. Voir au travail un coureur de nuit, pouvoir le suivre, l'observer : quel privilège, quel plaisir ! Il avait décidé d'en jouir sans se gêner, sans même chercher à se cacher…

Il attendit que Saint-Sauveur sorte de la maison de retraite et demanda à son tour à voir Odile Patry. Alors, comme ça, elle avait écrit un livre sur l'histoire de Clérac… Intéressant, ça…

81

Ce soir-là, dans le calme de sa chambre à l'hôtel de la Gare de Clérac, Saint-Sauveur écrivit son second courrier à l'attention de Foch. Il l'avait intitulé LA VÉRITABLE HISTOIRE D'YVETTE JAUZION. Il la relata exactement comme il l'avait racontée à l'ancienne institutrice sur le banc de la maison de retraite. Mais il lui donna une suite, détaillée et précise. Là encore, son intuition seule avait tissé le fil de son récit. Mais il était dans le vrai. Il le savait. Il le sentait. Il acheva son courrier par la formule traditionnelle : « Rédigé à Clérac, dans la nuit du 21 août », et il prit un malin plaisir à rajouter un post-scriptum :

Nom de la mère : Yvette Jauzion (état civil disponible à la mairie de Clérac).

Nom du père : à préciser !

Soit Georges Arthur de Montalembert (toujours en vie ; un fils, Georges Albert).

Soit Edouard Macabiau (décédé ; un fils, mort assassiné).

Il était certain que ces quelques lignes allaient mettre Foch en rage. Bien fait pour lui ! Il décida de faxer son courrier le lendemain depuis Bordeaux.

Alors qu'il écrivait, Saint-Sauveur avait surveillé les vitres de sa chambre, mais aucun caillou n'était venu les frapper. La Chouette prenait son temps.

Il décacheta le paquet d'enveloppes vierges qu'il avait acheté dans l'après-midi à la gare d'Agen, ouvrit le Bottin à la page « Clérac » et commença à inscrire les adresses. Il mit deux bonnes heures à effectuer cette tâche. A la fin, une pile de deux cents enveloppes, soit une pour chaque habitant de Clérac, trônait sur son bureau.

82

Le lendemain, Saint-Sauveur se rendit à Bordeaux à bord d'un A2E – « Mise en service : 1992. Capacité : 38 places assises et 12 strapontins. Poids total : 25 tonnes. Vitesse maximale : 90 kilomètres/heure. Nombre d'exemplaires construits : 3... » –, qu'il trouva léger, aérien et gai comme un pinson. Il se demanda pourquoi la série avait été si rapidement arrêtée, tant l'autorail avait de qualités. Les mystères de la SNCF...

Il envoya son fax depuis un bureau de poste proche de la gare et ne fut pas surpris de ne pas recevoir de réponse. Foch devait pester. Il avait horreur de l'impertinence.

Il ne fut pas surpris non plus de constater que le cabinet de maître Bordenave était à deux pas de la gare, tous près du bureau de poste. Une secrétaire avec un chignon haut comme la tour de Pise l'invita à patienter dans la salle d'attente. Une demi-heure plus tard, maître Bordenave l'invitait à entrer dans son bureau. L'homme était exactement comme

Saint-Sauveur l'avait imaginé. Comment imagine-t-on un notaire ? Tiré à quatre épingles, taille moyenne, maniéré, fines lunettes cerclées d'or.

— Que puis-je pour vous ? demanda-t-il en s'asseyant derrière son bureau.

— Hélas, plus grand-chose, répondit Saint-Sauveur en s'asseyant à son tour.

Le large sourire de maître Bordenave disparut, laissant place à une sorte de stupéfaction polie.

— Je vais vous expliquer, poursuivit Saint-Sauveur.

Il expliqua qu'il était atteint d'une maladie incurable et qu'il était venu finir ses jours dans la région. Au fil de son récit, Saint-Sauveur pouvait voir nettement les traits du notaire se décomposer.

— Je suis donc venu vous trouver afin de vous faire part de mes dernières volontés.

— Je vous écoute, murmura maître Bordenave d'une voix blanche.

Saint-Sauveur lui tendit le paquet d'enveloppes qu'il avait préparé et qu'il avait scindé en deux parties.

— Voilà, j'aimerais que quinze jours exactement après la date de mon décès, vous procédiez à ce premier envoi de lettres.

Maître Bordenave saisit le paquet d'une main tremblante, consulta l'adresse qui figurait sur la première enveloppe. Lorsqu'il vit inscrit le nom du village de Clérac, il jeta le paquet comme s'il lui brûlait les mains et se leva brusquement.

— C'est tout à fait impossible, monsieur !

Sa voix chevrotait. De peur ou d'indignation ?

— Pourquoi ? demanda Saint-Sauveur, impassible.

— Je ne le souhaite pas. Adressez-vous à quelqu'un d'autre !

— Pourtant, reprit Saint-Sauveur sur un ton égal, un collègue à moi... enfin, si on peut appeler cela un « collègue »... m'a confié juste avant sa mort qu'il avait organisé avec vous ce type d'opération. Je ne citerai pas son nom, de façon à ne pas trahir le secret professionnel auquel vous êtes tenu, mais je suis surpris que vous ne m'accordiez pas ce que vous lui avez accordé.

— J'ai eu tort d'accepter, voilà tout. En aucun cas je ne recommencerai. Il y a eu trop de morts dans cette affaire, trop de drames.

— Cette conversation restera strictement entre nous, maître Bordenave, lança Saint-Sauveur.

— Je n'ai rien fait d'illégal, protesta le notaire.

— Je sais. C'est vous qui postiez les lettres anonymes qui arrivaient à Clérac, vous l'avez vite compris ?

Maître Bordenave réfléchit un instant puis reprit place à son bureau.

— Vous n'êtes pas atteint d'une maladie incurable, n'est-ce pas ?

— Si. L'amour de la vérité.

— Vous me promettez que cette conversation restera strictement entre nous ?

— Je vous le promets.

— Que jamais vous ne citerez le nom du commanditaire ?

— Jamais, assura Saint-Sauveur, la main sur le cœur.

Il aurait volontiers craché par terre, ce qui aurait été beaucoup plus conforme à son état d'esprit, mais il savait que ce sont là des choses qui ne se font pas dans le cabinet d'un notaire.

— Bien ! Au début, non, je ne me suis rendu compte de rien, expliqua maître Bordenave. J'avais reçu un mandat, je l'exécutais. J'ignorais le contenu des lettres et je n'ai pas prêté spécialement attention aux adresses.

— Ce n'est que lorsque vous avez eu connaissance du mandat pour la nouvelle mairie et le toit de l'église que vous avez réalisé ?

— Mon commanditaire avait laissé une enveloppe qui m'était adressée personnellement. Je ne devais l'ouvrir que quinze jours après sa mort et suivre scrupuleusement ses indications. Quinze jours exactement après son décès, je l'ai donc ouverte. Elle contenait un numéro de compte en banque avec une procuration à mon nom et la consigne de consacrer cet argent à la construction d'une nouvelle mairie à Clérac et à la réfection du toit de l'église. J'ai suivi scrupuleusement les consignes.

— Mais vous avez commencé à avoir des doutes...

— Oui. Il me restait deux lots de lettres que je devais poster selon un calendrier très précis et j'ai effectivement commencé à avoir des doutes. J'ai posté le premier lot, et j'ai observé.

— La lettre que vous avez postée depuis Bordeaux disait : « Macabiau dit qu'il ne sait pas d'où vient l'argent pour la nouvelle mairie. Il ment. Il le sait très bien. Il n'en profitera pas. »

— C'est ça. Mais une autre lettre est arrivée le même jour. Celle-là, je ne l'avais pas envoyée. Je n'y comprenais plus rien.

— L'autre lettre disait : « La fille Montalembert est une catin. Cette salope couchait avec... »

Saint-Sauveur s'interrompit.

— Je vous ai promis de ne pas prononcer le nom de votre commanditaire...

Le notaire hocha la tête, ravi de tant de compréhension.

— « Avec Untel, reprit Saint-Sauveur, et aujourd'hui elle attend un bébé. Elle veut hériter des sous du clochard. Elle n'en profitera pas. » Cette lettre-là, c'est Delphine elle-même qui l'avait envoyée.

— Oui, c'est ce que j'ai appris depuis.

— Et puis Macabiau a été assassiné.

— Cela a été un choc énorme pour moi. Je me suis senti responsable. Il me restait un dernier lot de lettres à poster. J'ai longuement hésité. Mais je m'étais engagé auprès de mon commanditaire... Dans notre métier, ce genre de contrat est sacré.

— Je comprends, soupira Saint-Sauveur en songeant au montant du chèque que le notaire avait dû toucher.

— C'était la dernière série...

— « Macabiau a volé les sous de... Untel, récita Saint-Sauveur. Il les a enterrés dans son jardin, à deux bons mètres à main droite du puits. Il n'en profitera pas. »

— C'est cela ! Après, il n'y en avait plus. J'ai décidé de remplir mon mandat jusqu'au bout et d'oublier toute cette histoire.

— Il y a eu cette dernière lettre, à propos du curé...

— Celle-là, je vous assure que je n'y suis pour rien, protesta le notaire avec énergie.

— Je sais.

Saint-Sauveur se leva et tendit sa main.

— Merci de votre franchise.

Le notaire se leva à son tour.

— Je répète que je n'ai rien fait d'illégal.

Saint-Sauveur sourit. C'était vrai. Le notaire n'avait fait que remplir le mandat que le Magounia lui avait confié : poster des lettres selon un calendrier très précis, désigner des entreprises pour effectuer des travaux. Mais maître Bordenave, contrairement à ce qu'il affirmait, avait très vite compris qu'il était au cœur d'un charivari dantesque dont il était le seul à tenir les rênes, et il en avait joui. Comment le lui reprocher ? Les notaires jouissent si rarement.

— Et je compte sur votre discrétion, ajouta maître Bordenave.

— Vous pouvez !

Dans l'autorail du retour, Saint-Sauveur songea à

la façon dont le Magounia avait organisé sa vengeance. A la chinoise ! Machiavélique et raffinée. Il avait caché des bons anonymes au fond d'un pot dans sa cabane. Il savait qu'on les trouverait et il savait également que tout cet argent allait déchaîner les passions. Macabiau rêvait d'une nouvelle mairie ? Il la lui avait fournie, clés en mains. Mais, auparavant, il avait pris soin d'enterrer un coffre plein de bons dans son jardin. Macabiau prétendait ne pas savoir qui était le mystérieux mécène qui payait ? Le Magounia l'avait prévu et avait parfaitement orchestré les événements, selon un calendrier génial. Deux jours après l'annonce de la nouvelle mairie, une lettre anonyme atterrissait dans les boîtes de Clérac, annonçant que Macabiau cachait des bons dans son jardin. Comment ne pas imaginer, alors, qu'il les avait volés au Magounia ?

Le résultat avait largement dépassé les espérances du clochard. Tout cet argent avait tourneboulé les têtes. Delphine s'était parjurée. Jack était devenu un assassin. Macabiau et le curé y avaient perdu la vie et Delphine sa raison. Jusqu'à Mignoni, qui s'était mis de la partie. Bon Dieu ! songea Saint-Sauveur, mi-admiratif, mi-écœuré. Quel carnage ! Tout ça pour du fric…

Puis il se demanda pourquoi Mignoni ne prenait pas le train avec lui, au lieu de faire des sauts de puce entre les gares avec sa bagnole. Au moins, dans le wagon, ils pourraient discuter, ou jouer au poker… menteur de préférence.

83

La nuit était calme, paisible. Le chant des cigales formait une treille épaisse et compacte, rassurante. Seul le passage des TGV interrompait parfois les bruissements d'ailes dans un hurlement de tonnerre. Le temps semblait alors suspendu. Comme intimidées par tant de fracas, les cigales mettaient cinq bonnes minutes avant d'oser reprendre leur chant. Saint-Sauveur venait juste de terminer son troisième courrier à l'attention de Foch (dans lequel il décrivait par le menu la vengeance du Magounia), lorsqu'il entendit un petit caillou frapper au carreau de sa chambre. Un bruit léger, presque timide. Il se leva et regarda par la fenêtre. La Chouette était en bas. Saint-Sauveur lui fit signe qu'il descendait.

— Bonjour, Marie.

— Tu m'avais promis que tu ne lui ferais aucun mal, siffla la Chouette. Tu m'as menti, Corbeau. Tu es aussi mauvais que les autres.

Le visage de la Chouette était blême, ses yeux lançaient des éclairs.

— Je n'y suis pour rien, Marie, répondit Saint-Sauveur d'une voix douce.

— C'est ce que tu dis. Mais aujourd'hui, il croupit en prison.

— Jack a tué deux hommes, Marie.

— Macabiau n'était pas un homme, mais une bête malfaisante.

— Et le curé ?

— Laisse le curé où il est.

— Voyez-vous, Marie, lorsqu'un homme en tue d'autres, la police cherche à savoir qui c'est, pour l'empêcher de recommencer. C'est normal. La police a découvert toute seule que c'était Jack qui avait tué Macabiau et le curé. Moi, je n'ai rien dit.

— Tu me le promets ?

— C'est la vérité, Marie.

Saint-Sauveur eut le sentiment que la vieille femme ne cherchait qu'à se laisser convaincre.

— Lorsque le lieutenant Müller a été assassiné, reprit Saint-Sauveur, les Allemands n'ont pas cherché à savoir qui l'avait tué. Ils ont fusillé des otages, et ça, ce n'est pas normal.

— Oui, je sais, murmura la Chouette.

Saint-Sauveur conserva le silence, et une lumière pâle éclaira soudain son visage. Un TGV trouait la nuit.

— Vous voulez bien qu'on parle du lieutenant Müller ? demanda Saint-Sauveur au moment où les cigales reprenaient leur chant.

La Chouette poussa un soupir. Etait-elle agacée ?

Saint-Sauveur aurait juré qu'il s'agissait plutôt d'un soupir de soulagement.

— Tu veux encore parler de lui ?

— Oui.

— Viens demain soir chez moi !

Dans un bruissement d'étoffe, tel un bruissement d'ailes, la Chouette se retourna et disparut dans les ténèbres.

84

Le lendemain, Saint-Sauveur passa sa journée à traîner dans les ruelles de la vieille ville d'Angoulême. Il se sentait maussade. Le souvenir de Sony le torturait. Cette fille lui collait à la peau. Plus, même : il avait l'impression qu'elle était parvenue à pénétrer à l'intérieur de lui, à sa manière, sans douceur. Un peu comme on force une huître à la lame pour la gober, en vider le jus et la jeter. Saint-Sauveur se sentait comme une coquille vide et il en voulait à Sony. Pourquoi était-elle partie comme ça, sans un mot, sans un signe, sans la moindre explication ?

Dans la matinée, il était passé chez elle. Il avait encore les clés. Rien n'avait bougé. Pas le moindre gramme de poussière n'avait été déplacé. Dans la salle de bains, il avait retrouvé l'odeur de son parfum, et il était resté longtemps, prostré dans le canapé, à écouter le champ des dunes. Le désert...

De nouveau, ce goût de thé amer dans la bouche. Saint-Sauveur était décidé à se battre. Sitôt qu'il en aurait terminé avec l'affaire du clochard, il ferait tout pour retrouver Sony.

Mais n'avait-il pas déjà remué ciel et terre pour tenter de retrouver sa mère ?

Dans l'après-midi, il passa au siège de la télévision régionale. Il croisa le cameraman avec qui ils avaient dîné, le premier soir à Clérac. Il portait son immuable saharienne avec des poches partout.

— Salut.

— Salut. Des nouvelles de Sony ?

— Aucune. Personne ne sait où elle est passée.

Saint-Sauveur allait sortir du bâtiment lorsque le cameraman le rappela :

— Hé !

Il se retourna. Le cameraman s'approcha de lui et désigna le couloir qui menait aux salles de montage.

— C'était pas son monde, ici.

— Pourquoi ?

— Pas assez de lumière, pas assez de vent, pas assez de vie.

— Pourtant…

— Faut pas confondre. La vie n'est pas ici. Ici, on fait des calques en tirant la langue. Sony, il lui faut l'original.

Saint-Sauveur hocha la tête et le cameraman lui tapota l'épaule avant de s'engager dans le couloir. Il n'avait pas de poches dans le dos et, pour la première fois, il lui parut sympathique.

A la fin de la journée, il se rendit à la gare et prit un billet pour Clérac.

85

De nouveau, la nuit était noire, sans ombres.

Saint-Sauveur traversa le village et emprunta le petit chemin qui menait à la maison de la Chouette. Il allait y parvenir lorsqu'il se retourna brusquement. Au bout du chemin, il aperçut une silhouette qui cahotait dans les ornières.

Bon sang ! songea Saint-Sauveur. Un vrai pot de colle, celui-là !

Il toqua à la porte.

— Marie ?

Elle ouvrit immédiatement. Elle souriait et, pour la première fois, Saint-Sauveur songea que cette femme avait dû être belle.

— Entre, Corbeau.

— Ne m'appelez pas Corbeau !

— Comment veux-tu que je t'appelle ?

— Baptiste.

— Pouah ! Ton nom pue le cierge.

Lorsqu'il entra dans la pièce, Saint-Sauveur vit immédiatement le phonographe, briqué comme un sou neuf, qui trônait sur la table à côté de la pile de disques. Il songea à la soirée que Marie avait passée au Lazy Bird, à la musique qu'il avait jouée ce soir-là, au bonheur que la vieille femme avait ressenti au plus profond d'elle-même. Un bonheur si intense que, depuis, elle ne songeait qu'à le revivre. Saint-Sauveur remonta le ressort du phonographe et installa le vinyle de « Lily Marlène » sur le plateau.

— Il avait amené du champagne, ce soir-là ? demanda-t-il.

Ce fut comme s'il avait appuyé sur un bouton. Alors qu'auparavant la Chouette était incapable de prononcer le moindre mot à propos du lieutenant Müller, elle devint brutalement intarissable. L'image qui vint à l'esprit de Saint-Sauveur fut celle d'un barrage qui cède brutalement et d'une immense vague furieuse qui se déverse, frustrée d'avoir été si longtemps contenue. Saint-Sauveur eut une pensée émue pour le docteur Ernst Meyer et ses travaux sur les blocages physiques consécutifs à des traumatismes. Le moins que l'on puisse dire, c'était que la Chouette était guérie. Une vraie déferlante. Saint-Sauveur eut parfois l'impression de se noyer dans son récit, mais il resta plus d'une heure à l'écouter sans poser de questions, plaçant un disque après l'autre sur le plateau du phonographe.

— ... et puis, il est allé à la porte, là, et il s'est retourné, disait la Chouette. Il souriait. Il m'a dit qu'il avait passé une merveilleuse soirée. Il m'a demandé s'il pourrait revenir me voir et je lui ai dit que moi aussi j'avais passé une merveilleuse soirée et que oui, il pourrait revenir me voir. Alors, il est sorti et... les autres l'attendaient dehors.

Saint-Sauveur ne voulut pas lui infliger le récit de la mort de Müller. Il sauta directement à l'étape suivante. Il posa sa question avec le plus de naturel possible, comme si le monde et les gens dont il parlait avec la Chouette lui étaient aussi familiers qu'à elle.

— Parmi les otages désignés il y avait Yvette, n'est-ce pas ?

— Oui, Corbeau. Georges Arthur l'avait inscrite sur la liste.

— Quand je pense que tout le monde croit qu'elle a été fusillée. Elle est venue se réfugier chez vous, n'est-ce pas ?

— Oui. Elle attendait un petit.

La Chouette avait prononcé sa phrase comme on donne une explication, ou une excuse. En réalité, les deux femmes, exclues du village, étaient devenues des parias. Il était logique qu'elles se retrouvent.

— Georges Arthur lui avait ordonné de quitter le pays, mais la Yvette, elle était cabocharde. Elle n'a pas voulu partir comme ça. Tu vois ces mains-là, Corbeau ?

La Chouette tendit ses mains. Saint-Sauveur songea que, décidément, les habitants de Clérac avaient une forte propension à montrer leurs mains. Surtout ceux qui les avaient propres.

— Ce sont ces mains-là qui ont sorti le Magounia

de son ventre. Yvette a accouché ici même, allongée sur le lit où tu es assis.

— Elle est revenue plusieurs années après, n'est-ce pas ?

— Oh oui. Elle était encore très belle, et riche avec ça. C'est elle qui a donné tous ces bons au Magounia, le savais-tu ?

— Je m'en doutais. Elle a dit au Magounia qui était son père ?

— Montalembert ou Macabiau, elle ne savait pas. Mais le Magounia a fini par le savoir. Il était malin, le Magounia, et cultivé avec ça. Il savait même se servir d'un ordinateur. Tu l'avais compris ?

— Oui. Comment a-t-il fait pour savoir qui était son père ?

— Le Magounia avait appris qu'on peut savoir qui est ton père, avec des analyses, euh… je ne sais plus comment.

— ADN ?

— C'est ça. Il suffit d'avoir un morceau de peau, un ongle ou des cheveux. On porte ça à un laboratoire et on sait qui est ton père.

Saint-Sauveur eut un sourire. En matière scientifique, la Chouette taillait dans le vif.

— Edouard était déjà mort. Pas question de le déterrer ! Mais Georges Arthur, lui, il était toujours vivant. Alors un jour, le Magounia, il a demandé à la Marguerite de lui ramener des cheveux du vieux ou un bout d'ongle. Tu vois qui c'est, la Marguerite ?

Saint-Sauveur eut une moue d'ignorance.

— Mais si, elle monte chaque matin faire la toilette au vieux.

— Ah oui, Marguerite, je vois très bien.

— Bon. Une fois par mois, elle coupe les ongles et les cheveux de Georges Arthur. Elle a ramené une mèche. Le Magounia, il s'en est coupé une à lui, et il a ramené tout ça à un laboratoire. C'était Montalembert le père.

— C'était écrit noir sur blanc ?

— Oh oui. Noir sur blanc. J'ai conservé les papiers. Tu veux les voir ?

— Je veux bien.

La Chouette se leva et plongea dans son armoire. Elle en ressortit une liasse de feuilles qu'elle tendit à Saint-Sauveur. C'était une analyse ADN. Elle indiquait que les structure moléculaires des deux hommes auxquels appartenaient les échantillons fournis étaient parfaitement identiques et que, donc, l'un était le fils de l'autre. Simple comme bonjour.

— Je peux les conserver ? demanda Saint-Sauveur en se levant.

— Si ça te fait plaisir, murmura la Chouette.

— J'ai passé une merveilleuse soirée, Marie, dit Saint-Sauveur. Je pourrai revenir vous voir ?

Il avait prononcé exactement les mêmes mots que ceux que le lieutenant Müller avait utilisés, plus de soixante ans auparavant. L'avait-il fait exprès ?

— Moi aussi, j'ai passé une merveilleuse soirée. Tiens, je vais te donner autre chose, ajouta-t-elle comme une grand-mère propose de la confiture à un enfant.

Elle alla fouiller dans son armoire.

Elle se retourna et tendit une liasse de bons au porteur à Saint-Sauveur.

— Mais…

— Si. Prends, c'est pour toi !

Il y en avait pour une fortune.

— Le Magounia m'avait laissé ça au cas où, qu'il disait. Mais que veux-tu que j'en fasse, à mon âge ? Toi, tu en auras l'usage.

Elle lui fourra la liasse dans les mains.

— Merci, Marie, murmura Saint-Sauveur.

— Dieu te bénisse, souffla la Chouette en déposant un baiser sur sa joue.

— Bravo l'artiste, murmura Mignoni sur un ton admiratif.

Il était tapi au pied du mur, à l'extérieur, et observait la scène depuis la fente des volets.

— Bravo. Tu es enfin parvenu à tes fins !

Mignoni retourna au village, mains dans les poches, en sifflotant. Il se posait trois questions.

La première : Saint-Sauveur avait-il deviné depuis longtemps que le Magounia avait laissé de l'argent à la seule amie qu'il ait jamais eue sur cette terre ?

La seconde : était-ce pour récupérer ce fric que Saint-Sauveur s'était montré si amical et conciliant avec la Chouette ?

La troisième : Saint-Sauveur allait-il garder tout cet argent pour lui ou le remettre à l'Œuvre ?

La nuit même, dans la quiétude de sa chambre, Saint-Sauveur rédigea son ultime courrier à l'attention de Foch.

86

Trois jours plus tard, Foch se présentait au domicile des Montalembert. Il pressa le bouton de la sonnette. Georges Albert vint lui ouvrir la porte. Son visage était décharné, cadavérique. De grands cernes noirs cerclaient ses yeux. Une barbe épaisse lui mangeait le visage.

— Monsieur de Montalembert ?

— Oui.

— Je me présente. Je m'appelle Foch. Je représente une association de bienfaisance. Puis-je voir votre père ?

— Qu'est-ce que vous lui voulez ?

— Lui proposer un contrat.

— Un contrat ? Quel contrat ?

— On appelle cela un contrat de révélation.

— Mon père n'a pas de temps à perdre, répliqua Montalembert qui commença à refermer la porte.

Mais Foch avança son pied, bloqua la porte. Face à Montalembert, sa silhouette massive était impressionnante.

— Monsieur ! Je... protesta Montalembert.

— Le temps c'est de l'argent, coupa Foch. En m'écoutant, votre père n'en perdra pas. Il pourrait même en gagner beaucoup !

— Allez au diable !

Montalembert allait refermer la porte lorsqu'il entendit un bruit derrière lui. Il se retourna. Georges Arthur se tenait au beau milieu du couloir dans son fauteuil roulant. Foch fut immédiatement frappé par son regard. Saint-Sauveur n'avait pas menti. Le bonhomme était impressionnant.

Georges Arthur de Montalembert observa longuement Foch en hochant doucement la tête. Qui voyait-il en lui ? Un envoyé céleste ? Un ange exterminateur ? Foch soutint son regard. D'un geste impératif, le vieux lui fit signe d'entrer. Tous trois pénétrèrent dans le grand salon.

— Je dois vous demander de me laisser seul avec votre père, lâcha Foch.

Montalembert allait protester, mais le vieux leva la main et Montalembert se retira. Foch se pencha sur le fauteuil du vieux.

— Vous m'entendez ?

Le vieux hocha la tête.

— Bien, poursuivit Foch. Je suis ici pour vous révéler dans quelles conditions vous pouvez hériter d'une immense fortune. Je suis seul à détenir toutes les preuves et tous les documents qui vous permettront d'y prétendre. Avant d'aller plus loin, je dois vous faire signer ce qu'on appelle un contrat de révélation. Ce genre de contrat est parfaitement légal. Il est fréquemment pratiqué par des agences spécialisées dans la recherche d'héritiers. Celui-ci stipule que trente pour cent de la somme que vous allez percevoir iront à une fondation que je dirige. Etes-vous prêt à signer ?

Sans même l'ombre d'une hésitation, le vieux hocha la tête. Foch sortit d'une mallette une série de documents et tendit un stylo au vieux.

— Mettez vos initiales ici... Signez là... Encore là... Ecrivez « lu et approuvé », datez, signez ici !

D'une main très sûre, le vieux exécutait les ordres de Foch sans même se donner la peine de lire ce qu'il signait. Lorsque ce fut terminé, Foch tira une chaise et s'installa près de lui.

— Bien, ça risque d'être un peu long. C'est toute l'histoire de votre vie que je vais vous raconter. Vous êtes prêt ?

Le vieux hocha la tête et Foch put lire dans ses yeux une intense jubilation. On allait lui raconter sa vie ? Le vieux en jouissait à l'avance.

— C'est de votre fils que vous héritez. On l'appelait le Magounia. Votre fils est né...

Foch parla durant deux bonnes heures. Il raconta comment Yvette Jauzion avait accouché chez la Chouette avant de prendre le bateau pour l'Amérique du Sud. Comment, là-bas, elle avait rencontré un homme immensément riche qui l'avait épousée. Il raconta également qu'Yvette n'avait jamais oublié ce fils qu'elle avait laissé dans un petit village de France, et qu'à la fin de sa vie elle avait voulu le revoir.

— La femme en noir, vous avez dû en entendre parler ? demanda Foch.

Le vieux bougea ses lèvres. Foch se pencha pour entendre ce qu'il disait.

— Je savais que c'était elle, murmura le vieux, un éclair malicieux au fond des yeux.

Foch raconta ensuite comment le Magounia avait obtenu la preuve formelle que Georges Arthur de Montalembert était son père et comment, à la fin de sa vie, se sachant condamné, il avait organisé sa vengeance.

Lorsqu'il eut terminé le visage du vieux était baigné de larmes. Foch ne sut jamais si c'étaient des larmes de bonheur ou de désespoir. Sans même se donner la peine de le saluer – Foch ne saluait jamais ceux qu'il considérait comme des salauds –, il sortit du grand salon.

Montalembert l'attendait dans le couloir.

— Que lui avez-vous raconté ?

— L'histoire de sa vie.

— Comment la connaissez-vous ?

Foch ne daigna pas répondre.

— Je lui ai également révélé qu'il était l'héritier d'une immense fortune.

— Ah bon ? Vous pouvez m'en dire plus ?

Au moment ou Foch allait répondre, une déflagration énorme fit trembler les murs de la maison. Montalembert se précipita dans le grand salon. Partout, des morceaux de cervelle jonchaient la pièce. Répandus sur le sol, accrochés au plafond, collés sur les murs. Le coup de fusil, tiré en pleine bouche, avait arraché la tête du vieux de son corps, qui reposait encore sur le fauteuil roulant. Foch aperçut un morceau entier de la boîte crânienne qui, projeté sur le mur, avait glissé sur la commode. Dans le prolongement de la comète sanguinolente, les yeux de Georges Arthur étaient restés en place, chacun dans son orbite, et ils paraissaient contempler la scène, ahuris et rieurs. En rassemblant ce qui lui restait de forces, le vieux avait réussi à se lever du fauteuil et à saisir le fusil qui pendait au mur du grand salon. Il avait introduit le canon dans sa bouche. Puis il avait pressé la détente. Depuis combien de temps rêvait-il de faire cela ?

Georges Albert s'était effondré dans le grand canapé. Il pleurait.

— Mon Dieu ! Qu'avez-vous pu lui raconter comme horreur ?

— Je me suis contenté de lui raconter sa vie, répondit Foch, sans la moindre trace d'émotion. Et d'ailleurs, je suis prêt à vous la raconter également. Après lui, c'est vous qui êtes l'héritier. Mais d'abord, il faudrait que vous me signiez ça...

Foch lui tendit un exemplaire du contrat de révélation. Dans ce genre de circonstances, Foch se munissait toujours d'un double.

87

Le soleil brillait si haut dans le ciel que les plus intrépides s'étaient dénudés pour patauger gaiement dans l'eau de la fontaine de la place Francis-Louvel. A la terrasse de Chez Paul, Saint-Sauveur faisait face à Mignoni. La météo semblait avoir déteint sur leur humeur et les deux hommes souriaient.

— C'est gentil de m'avoir téléphoné, dit Mignoni. C'est étrange, d'ailleurs...

— Quoi ?

— Mon téléphone a sonné au moment où j'allais moi-même vous appeler.

— Les grands esprits...

— Tout est bien qui finit bien, n'est-ce pas ? Montalembert hérite et j'ai cru comprendre qu'une fondation avait raflé trente pour cent du gâteau au passage.

— Je ne suis pas au courant, répondit Saint-Sauveur en souriant. Mais je voudrais vous remercier.

— De quoi ?

— Vous m'avez sauvé la vie...

Mignoni inclina la tête en signe d'humilité.

— Deux fois ! précisa Saint-Sauveur. J'ai pensé que cela vous ferait plaisir.

Saint-Sauveur tendit à Mignoni une enveloppe cachetée.

— A nouveau, c'est étrange, dit Mignoni en saisissant l'enveloppe. Moi aussi, j'ai préparé quelque chose pour vous.

A son tour, il tendit une enveloppe à Saint-Sauveur. Les deux hommes paraissaient empruntés.

— On ouvre ? demanda Mignoni.

— On ouvre !

Mignoni décacheta son enveloppe. Elle contenait une liasse de bons au porteur. Pas autant que ce que la Chouette avait donné à Saint-Sauveur, mais cela représentait plus d'argent que l'inspecteur n'en gagnerait jamais au cours de toute sa vie de flic.

Mignoni siffla entre ses dents.

— J'espère que vous n'êtes pas choqué, murmura Saint-Sauveur.

— Non, rassurez-vous, répliqua Mignoni. Mais...

— Mais ?

— Le patron de l'Œuvre est au courant ?

— Qui ?

— Le patron de l'Œuvre.

— J'ignore complètement de quoi vous parlez.

— Ah oui, pardon.

Saint-Sauveur décacheta à son tour son enveloppe et son cœur fit un bond. Elle contenait un nom et une adresse : *Sony Li Chang. Sarong Lane 134. Surabaya.*

— Vous l'avez suivie, elle aussi ?

— J'ai mis Interpol sur le coup.

— Je n'ai pas compris pourquoi elle est partie, comme ça, sans un mot.

— Parce qu'elle est amoureuse de vous. Et pour savoir.

— Pour savoir quoi ?

— Si vous êtes également amoureux d'elle.

— C'est compliqué.

— Sony est une femme.

— Elle prétendait ne s'intéresser qu'au fric.

— Et vous l'avez crue ?

— Non.

— Vous auriez essayé de la retrouver ?

— Oui.

— C'est ce qu'elle voulait savoir. Ne lui parlez jamais de ça !

Il désigna l'enveloppe qui contenait son adresse.

— Et vous ? demanda Saint-Sauveur.

— Moi quoi ?

— Vous m'avez dit un jour que lorsque les hommes parlent des femmes, ils ne sont jamais indiscrets. Martine, vous l'aimez ?

— Oui. C'est con, hein ?

— Non, pourquoi ?

— Elle est juge.

— Vous êtes bien flic...

— Oui, c'est vrai.

Mignoni resta un instant pensif.

— J'aimerais bien faire un grand voyage avec elle.

Il tapota son enveloppe.

— J'en ai les moyens, maintenant. C'est bien, l'Indonésie ?

— Vous allez continuer longtemps à me suivre ? demanda Saint-Sauveur en éclatant de rire.

PRODUCTION JEANNINE BALLAND

Romans « Terres de France »

Jean Anglade
Un parrain de cendre
Le Jardin de Mercure
Y a pas d'bon Dieu
La Soupe à la fourchette
Un lit d'aubépine
La Maîtresse au piquet
Le Saintier
Le Grillon vert
La Fille aux orages
Un souper de neige
Les Puysatiers
Dans le secret des roseaux
La Rose et le Lilas
Avec le temps…
L'Ecureuil des vignes
Sylvie Anne
Mélie de Sept-Vents
Le Secret des chênes
La Couze
Ciel d'orage sur Donzenac
La Maîtresse du corroyeur
Un horloger bien tranquille
Jean-Jacques Antier
Autant en apporte la mer
Marie-Paul Armand
La Poussière des corons
Le Vent de la haine
Le Pain rouge
La Courée
tome I *La Courée*
tome II *Louise*
tome III *Benoît*
La Maîtresse d'école
La Cense aux alouettes
Nouvelles du Nord
L'Enfance perdue
Un bouquet de dentelle
Au bonheur du matin
Le Cri du héron
Victor Bastien
Retour au Letsing
Henriette Bernier
L'Enfant de l'autre
L'Or blanc des pâturages
Françoise Bourdon
La Forge au Loup
La Cour aux paons
Le Bois de lune
Le Maître ardoisier
Patrick Breuzé
Le Silence des glaces
Nathalie de Broc
Le Patriarche du Bélon
Annie Bruel
La Colline des contrebandiers
Le Mas des oliviers
Les Géants de pierre
Marie-Marseille
Jean du Casteloun
Les Amants de Malpasset
Michel Caffier
Le Hameau des mirabelliers
La Péniche Saint-Nicolas
Les Enfants du Flot
La Berline du roi Stanislas
Jean-Pierre Chabrol
La Banquise
Alice Collignon
Un parfum de cuir
Didier Cornaille
Les Labours d'hiver
Les Terres abandonnées
La Croix de Fourche
Etrangers à la terre
L'Héritage de Ludovic Grollier
L'Alambic
Georges Coulonges
Les Terres gelées
La Fête des écoles
La Madelon de l'an 40
L'Enfant sous les étoiles
Les Flammes de la Liberté
Ma communale avait raison
Les blés deviennent paille
L'Eté du grand bonheur
Des amants de porcelaine
Le Pays des tomates plates
La Terre et le Moulin
Les Sabots de Paris

Les Sabots d'Angèle
La Liberté sur la montagne
Yves Courrière
Les Aubarède
Anne Courtillé
Les Dames de Clermont
Florine
Dieu le veult
Les Messieurs de Clermont
L'Arbre des dames
Le Secret du chat-huant
Paul Couturiau
En passant par la Lorraine
Annie Degroote
La Kermesse du diable
Le Cœur en Flandre
L'Oubliée de Salperwick
Les Filles du Houtland
Le Moulin de la Dérobade
Les Silences du maître drapier
Le Colporteur d'étoiles
La Splendeur des Vaneyck
Alain Dubos
Les Seigneurs de la haute lande
La Palombe noire
La Sève et la Cendre
Le Secret du docteur Lescat
Marie-Bernadette Dupuy
L'Orpheline du bois des Loups
Les Enfants du Pas du Loup
Elise Fischer
Trois Reines pour une couronne
Les Alliances de cristal
Mystérieuse Manon
Laurence Fritsch
La Faïencière de Saint-Jean
Alain Gandy
Adieu capitaine
Un sombre été à Chaluzac
L'Enigme de Ravejouls
Les Frères Delgayroux
Les Corneilles de Toulonjac
L'Affaire Combes
Les Polonaises de Cransac
Le Nœud d'anguilles
L'Agence Combes et Cie
Suicide sans préméditation
Gérard Georges
La Promesse d'un jour d'été
Les Bœufs de la Saint-Jean
Michel Hérubel
La Maison Gelder
La Falaise bleue
Tempête sur Ouessant
Le Démon des brumes
Denis Humbert
La Malvialle
Un si joli village
La Rouvraie
La Dent du loup
L'Arbre à poules
Les Demi-Frères
La Dernière Vague
Yves Jacob
Marie sans terre
Les Anges maudits de Tourlaville
Hervé Jaouen
Que ma terre demeure
Jean-Pierre Leclerc
Les Années de pierre
La Rouge Batelière
L'Eau et les jours
Les Sentinelles du printemps
Hélène Legrais
Le Destin des jumeaux Fabrègues
La Transbordeuse d'oranges
Louis-Jacques Liandier
Les Gens de Bois-sur-Lyre
Les Racines de l'espérance
Jean-Paul Malaval
Le Domaine de Rocheveyre
Les Vignerons de Chantegrêle
Jours de colère à Malpertuis
Quai des Chartrons
Les Compagnons de Maletaverne
Le Carnaval des loups
Les Césarines
Dominique Marny
A l'ombre des amandiers
La Rose des Vents
Et tout me parle de vous
Louis Muron
Le Chant des canuts
Henry Noullet
La Falourde
La Destalounade
Bonencontre
Le Destin de Bérengère Fayol
Le Mensonge d'Adeline
L'Evadé de Salvetat
Les Sortilèges d'Agnès d'Ayrac
Michel Peyramaure
Un château rose en Corrèze
Les Grandes Falaises

Frédéric Pons
Les Troupeaux du diable
Les Soleils de l'Adour
Jean Siccardi
Le Bois des Malines
Les Roses rouges de décembre
Le Bâtisseur de chapelles
Le Moulin de Siagne
Un parfum de rose
Jean-Michel Thibaux
La Bastide blanche
Le Secret de Magali
La Fille de la garrigue
La Colère du mistral
L'Homme qui habillait les mariées
La Gasparine
L'Or des collines
Le Chanteur de sérénades
Jean-Max Tixier
Le Crime des Hautes Terres
La Fiancée du santonnier
Le Maître des roseaux
Brigitte Varel
Un village pourtant si tranquille
Les Yeux de Manon
Emma
L'Enfant traqué
Le Chemin de Jean
L'Enfant du Trièves
Le Déshonneur d'un père
Colette Vlérick
La Fille du goémonier
Le Brodeur de Pont-l'Abbé
La Marée du soir
Le Blé noir

Récits « Terres de France »

Albine Novarino
George Sand ou l'Amour du Berry

Collection « Sud Lointain »

Jean-Jacques Antier
Le Rendez-vous de Marie-Galante
Marie-Galante, La Liberté ou la Mort
La Dame du Grand-Mât
Erwan Bergot
Les Marches vers la gloire
Sud lointain
tome I *Le Courrier de Saïgon*
tome II *La Rivière des parfums*
tome III *Le Maître de Bao-Tan*
Rendez-vous à Vera-Cruz
Mourir au Laos
Jean Bertolino
Chaman
Fura-Tena
Anne Courtillé
Le Mosaïste de Constantinople
Paul Couturiau
Le Paravent de soie rouge
Le Paravent déchiré
L'Inconnue de Saïgon

Alain Dubos
Acadie, terre promise
Retour en Acadie
Hubert Huertas
L'Orque de Magellan
Hervé Jaouen
L'Adieu au Connemara
Sonia Marmen
La Vallée des larmes
Dominique Marny
Du côté de Pondichéry
Les Nuits du Caire
Cap Malabata
Juliette Morillot
Les Orchidées rouges de Shanghai
Michel Peyramaure
Le Pays du Bel Espoir
Bernard Simonay
Les Tigres de Tasmanie
La Dame d'Australie
Jean-Michel Thibaux
La Fille de Panamá
Tempête sur Panamá

Romans

Alain Gandy
Quand la Légion écrivait sa légende
Hubert Huertas
Nous jouerons quand même ensemble
La Passagère de la « Struma »
Denis Humbert
Un été d'illusions

Michel Peyramaure
Les Tambours sauvages
Pacifique Sud
Louisiana
Le Roman de Catherine de Médicis
Jean-Michel Thibaux
Le Roman de Cléopâtre

Composition : Facompo, Lisieux

Achevé d'imprimer sur les presses de

BUSSIÈRE

GROUPE CPI

à Saint-Amand-Montrond (Cher)
en février 2005
pour les Presses de la Cité
12, avenue d'Italie
75013 Paris

N° d'édition : 7245. — N° d'impression : 050464/1.
Dépôt légal : février 2005.

Imprimé en France